SI LO DICTA EL CORAZÓN

MARÍA MENÉNDEZ-PONTE

sm

www.literaturasm.com

Primera edición: julio 2010
Segunda edición: diciembre 2010

Dirección editorial: Elsa Aguiar
Coordinación editorial: Gabriel Brandariz
Diseño de cubierta: Lara Peces

Impresores, 2
Urbanización Prado del Espino
28660 Boadilla del Monte (Madrid)
www.grupo-sm.com

ATENCIÓN AL CLIENTE
Tel.: 902 121 323
Fax: 902 241 222
e-mail: clientes@grupo-sm.com

ISBN: 978-84-675-4361-2
Depósito legal: M-31506-2010
Impreso en la UE / *Printed in EU*

A Joaquín García de Dios, un gran maestro.

Y mi agradecimiento a José Luis Cortés,
por el cariño con que leyó la novela en sus comienzos
y por sus acertados comentarios.

1
ENCUENTRO EN EL POZO

En la hora séptima del solsticio de verano, el sol era abrasador. Al andar, había que hacerlo procurando que el polvo del camino no entrara en contacto con los pies para no quemarse, aunque resultaba inevitable que se colara entre las sandalias. Samuel se dirigía hacia la hacienda de su primo Leví buscando la sombra de los sicómoros. Constantemente tenía que secarse el sudor que le resbalaba por la frente y el cuello formando diminutos riachuelos, pero pronto llegaría al pozo y podría beber y refrescarse.

A lo lejos, vio la figura de una joven que también iba hacia allí con un cántaro en el hombro. Pero, desde donde estaba, no podía reconocerla. Solo cuando estuvo cerca de ella, se dio cuenta de que era Judit. ¡Cuánto había cambiado en estos dos años en que no se habían visto! Ya no era la niña morenita y flaca que solía retarlo con mirada desafiante, sino una joven bellísima cuya presencia le resultaba turbadora. Sus enormes ojos color ámbar destacaban en su tez canela como dos lámparas en la noche. Apenas los contempló, tuvo que desviar la mirada hacia el agua del pozo, tal fue el aturdimiento que le produjo. En ese momento le vino a la cabeza la ocasión en que ella le había tomado el pelo y él la había insultado llamándola «hija del pecado». Lo había hecho sin pensar, fruto de la ofuscación, porque lo había escuchado a menudo en su casa, aunque no acertaba a comprenderlo: el pecado era impuro, oscuro y vergonzoso, no tenía nada que ver con Judit, que era bonita, alegre y transparente. Sin embargo, nunca se había atrevido a preguntar a su padre cuál era el motivo de que la llamaran así; había cosas que los niños no debían preguntar nunca. Y aquellas crueles palabras se le habían clavado dentro como si el herrero se las hubiera grabado a fuego en su corazón. Hubiera querido tragárselas en el mismo instante en que salieron de su boca, pero el mal ya estaba hecho; le bastaron los ojos de Judit para darse cuenta del dolor tan intenso que le había infligido. Encima había reaccionado de la manera más cobarde, corriendo a refugiarse en la hacienda de sus abuelos maternos, donde pasaba todos los veranos. Judit había estado tres días sin salir de su casa, pero, cuando lo hizo, supo por su sonrisa que lo había perdonado.

Y ahora, cuando menos lo necesitaba, ese penoso recuerdo se empeñaba en regresar a su cabeza con una terca nitidez. Samuel se sentía desconcertado, no sabía si dirigirse o no a ella. Ya no eran unos niños, y no estaba bien visto que los hombres abordaran a las mujeres en la calle. Así que optó por sacar el agua del pozo con la polea y llenarle el cántaro.

–¿Has venido para quedarte todo el verano? –le preguntó ella, saltándose la costumbre que a él le habían enseñado a guardar en su familia.

Samuel levantó los ojos y pudo ver que sus mejillas se arrebolaban, tiñéndose del color de las granadas. Su rubor demostraba que tampoco ella se sentía cómoda con el atrevimiento que había mostrado al hablarle.

–Sí, hemos venido para la fiesta de Pentecostés y nos quedaremos todo el verano, hasta la fiesta de las Tiendas –le respondió, temeroso de que pudiera escuchar su corazón golpeándole el pecho; parecía el pollino de su abuelo dando coces contra la aldaba del corral.

–Anda, bebe agua y refréscate antes de que cojas una insolación –le aconsejó ella mientras se agachaba a recoger su cántaro para volver a ponérselo en el hombro.

–Espera, que te ayudo – él trató de adelantarse a su movimiento.

Pero su torpeza provocó que a ella se le resbalara el manto de la cabeza; este cayó al suelo y dejó al descubierto una melena que parecía un campo de trigo ondeando con la brisa.

–Lo... lo... siento –balbuceó, y se agachó a recogerlo a la vez que ella, de manera que sus manos se rozaron.

Tal fue su turbación que sintió una serie de espasmos en el pecho y una oleada de fuego se derramó por todo su cuerpo. Jamás había sentido nada parecido. Ella tomó el manto, le sonrió y volvió a cubrir con él su abundante cabellera, no sin antes esparcir un olor a pan recién hecho que casi le hizo perder el sentido.

Para cuando quiso reaccionar, ella ya había cogido el cántaro, se lo había colocado en el hombro y empezaba a alejarse en dirección a su casa, como una visión inalcanzable que se desdibujaba a cada paso.

A pesar del agua fría que bebió y derramó por su cabeza, no consiguió apaciguar el fuego interno que lo invadía, ni la profunda emoción que triscaba en su interior como el cabritillo que acude por vez primera a los pastos. Samuel se puso de nuevo en camino, pero ya no era el mismo que unos instantes atrás, y ello le perturbó el ánimo. ¿Por qué la presencia de Judit lo había alterado de semejante manera? Nada tenía que ver con la alegría que había sentido otros veranos al verla, la misma que le daba encontrarse con su primo, por quien sentía un gran cariño; pero esto era otra cosa, un sentimiento incontrolable, una tempestad en medio del mar.

Con estos pensamientos, prosiguió su camino hasta que la voz de su primo, gritando su nombre, lo sacó de su ensimismamiento, y los dos corrieron, cada uno al encuentro del otro. Sin embargo, cuando se vieron frente a frente, apenas se reconocieron.

–¡Cómo has crecido! –exclamó Leví, impresionado.

Samuel le sacaba casi una cabeza; en cambio, su primo tenía una complexión más fuerte que él y los rasgos de su cara eran prácticamente los de un hombre; incluso le había crecido una barba tan negra y rizada como su cabello.

–¡Y tú estás hecho un toro, te sienta bien el campo!

Dicho esto, y una vez superado el desconcierto inicial –dos años sin verse eran mucho tiempo en esa edad de cambios–, los dos se estrecharon en un cálido abrazo.

–¡Cuánto me alegro de que hayas podido venir, Samuel! ¡Tienes que contarme tantas cosas! ¿Qué tal está tu madre?

–Por fin está bien. Un médico venido de Egipto consiguió curarle las hemorragias. Y pasar el verano en Cafarnaún la pondrá más fuerte: el aire del campo hace milagros. Yo también estaba deseando venir, aquí se respira libertad.

–¿Libertad? –se extrañó su primo.

–Tú no lo puedes entender, porque siempre has vivido en contacto con la naturaleza, pero es una sensación que te estalla por dentro y que no sientes en Jerusalén, donde todo es más reglado, más formal, más artificial.

–Cuéntame cosas de allí. Me han dicho que te han prometido con una muchacha de una familia muy hacendada. ¿Cómo es?

Samuel sintió un pinchazo de remordimiento. No había vuelto a acordarse de Rebeca desde el día en que fueron presentados para los esponsales, poco antes de emprender el viaje; en cambio, no podía quitarse de la cabeza su encuentro con Judit. Se sentía preso de ella, invadido por su aroma a pan recién hecho, mecido por la caricia de su pelo, obnubilado por el roce de su mano.

–Pues... es alta y espigada... y poco habladora.

–Mejor. ¿Para qué quieres una mujer que esté todo el día dándole a la lengua? Y sus ojos, ¿de qué color son?

Samuel trataba de borrar inútilmente los de Judit, dos luces color ámbar que no conseguía apagar en su memoria.

–Pues... oscuros, igual que su cabello.

–¡Qué emocionante!

Pero a Samuel no le producía ninguna emoción, solo indiferencia; así que trató de desviar la atención de su primo.

–¿Y tú? ¿Has conocido ya a la que será tu esposa? Tengo entendido que te casarás el año que viene, después de la fiesta de las Trompetas. ¿Cómo es la novia?

Leví sonrió abiertamente; era un joven transparente, y su mirada hablaba por él.

–Es como una manzana roja y apetitosa que te grita desde el árbol: «¡Cómeme!». Tiene una gran frescura y lozanía. Se llama Raquel.

Samuel sintió envidia sana de que los sentimientos de su primo coincidieran con la voluntad de sus padres de desposarlo con una muchacha que le agradaba, ya que en su caso no era así. Él, al contrario que Leví, no tenía ninguna gana de que llegara el fatídico día de su casamiento; lo sentía como una losa en sus espaldas, y esta conversación le entristecía, pues no hacía sino recordarle algo que trataba de olvidar. Le hubiera gustado comentar con su primo su encuentro en el pozo para que él le contara más cosas sobre Judit, pero habría sido una descortesía por su parte chafar su legítima alegría.

–Es la tercera de seis hijas. Figúrate, con la sexta su padre se hará rico, ¡con tantas dotes! –se rió.

Su primo era un bromista y arrancó una sonrisa a Samuel. A continuación le dio una palmada en la espalda.

–¡Estoy tan contento de que hayas podido venir para la boda de mi hermana! No sería lo mismo sin ti. Nos divertiremos juntos en el banquete, y podrás conocer a la que será mi esposa, que es prima del prometido de Esther. Además, no conoces Caná; es una bonita aldea, te gustará, ya lo verás.

Pero Samuel, a pesar de los esfuerzos por participar de la alegría de su primo, estaba ausente, lejos de allí, concretamente en el pozo. Menos mal que Leví, embargado por su propio contento, no era consciente de su zozobra.

Cuando entraron en el patio central de la casa, a Samuel le sorprendió su tamaño. En su recuerdo lo hacía mayor, pero seguramente sería su altura lo que le daba una nueva perspectiva. Por un instante, la familiaridad de los olores lo devolvió a los tiempos felices en que su primo y él recorrían los campos sin otra preocupación que jugar y bromear. Pero esto, lejos de animarlo, hizo que su corazón se encogiera un poco más, quizá porque era más consciente que nunca de que había abandonado definitivamente esa época alegre y despreocupada que habían sido los veranos de su infancia para entrar en otra mucho más compleja y turbulenta.

En medio del patio, que era de planta rectangular, había una higuera. A la izquierda quedaba el horno de leña, donde las mujeres estaban cociendo el pan. Su aroma penetró en sus fosas nasales y volvió a traerle el recuerdo de Judit como una suave y envolvente caricia. Para disimular su aturdimiento, le dijo a su primo:

–No veo a tu madre.

–Supongo que se encuentra en sus aposentos o en el gineceo; está en esos días del mes en que las mujeres son impuras.

Los judíos tenían unas costumbres muy rígidas sobre lo puro y lo impuro, y una de ellas era que las mujeres no podían tocar los alimentos los días que tenían el periodo, ni durante cuarenta días después de dar a luz. También el semen derramado hacía impuro todo aquello sobre lo que caía: la túnica, la cama, la carne... El *Levítico*, uno de los libros de la Torah, contenía todas esas leyes. Samuel se había quedado muy impresionado al estudiarlo, por la minuciosidad y precisión con que estaban detalladas. En el capítulo once había un listado completísimo de los animales que eran impuros y lo que ocurría si tocabas alguno muerto, lo mismo que si se contaminaba alguna de las vasijas con las que se cocinaban los alimentos; el doce hablaba de la purificación de la mujer después del parto; el trece y el catorce, de la impureza de la lepra y de todos los pasos a seguir si en el cuerpo apareciera alguna llaga, mancha o hinchazón; el quince, sobre las impurezas físicas; y el diecisiete, sobre el modo de matar y cocinar los animales. A Samuel le parecían exageradas muchas de estas reglas: por ejemplo, que un médico fuera considerado impuro por tocar a los enfermos, o que un sacerdote no pudiera tocar un cadáver para no contaminarse. Pero esas reticencias le creaban malestar de conciencia, porque suponían ir en contra de la Ley de Dios.

Samuel saludó a Sara, la mujer de Marcos, el mayor de sus primos, y a su prima Esther, que estaba en vísperas de su boda, lo cual le produjo una gran impresión: no imaginaba a su prima casada, pues, a pesar de sus catorce años, le parecía una niña todavía, quizá por su constitución tan menuda. Luego se dejó conducir por Leví a la sala de baños para quitarse el polvo de las sandalias antes de comer, una norma fundamental de los judíos.

Una vez dentro, los dos se desnudaron y permanecieron un buen rato dentro de la alberca sin dejar de charlar. Se estaba bien allí. Por suerte para ellos, en la época de la recolección la comida se hacía algo más tarde que de costumbre, ya que se aprovechaba la hora de más calor para descansar del trabajo. Samuel se sintió tan relajado que, durante un silencio de su primo, se atrevió a sacar el tema que le oprimía el pecho como el yugo a los bueyes.

–¿Sabes a quién me he encontrado en el pozo? –comentó intentando darle un tono casual, sin importancia.

–¿A Ruth?

Samuel negó con la cabeza.

–¿A Josué? –volvió a negar–. ¿A Dina? ¿A Rubén?

–A Judit –respondió él antes de que su primo nombrara a todos los vecinos y parentela.

Y nada más pronunciar su nombre, volvió a sentir una oleada de calor en el pecho. Menos mal que estaban dentro del agua y pudo disimular la turbación que le produjo, o bien su primo no supo captarla.

–¿A la hija del pecado? –se rió él.

–Por favor, no me recuerdes ese incidente tan desafortunado –le rogó Samuel.

–Solo eras un crío. Además, no dijiste nada que no fuera cierto: es hija de una adúltera.

–Eso no es verdad.

–¿Ah, no? ¿Y cómo llamas a alguien cuando de sus cinco hijos solo tres son de su marido?

–¿Cómo lo sabes?

–Porque aquí se sabe todo, es un sitio pequeño.

–En todo caso, Judit no tiene la culpa de lo que haya podido hacer su madre.

–Los hijos heredan el pecado de los padres y, por tanto, son impuros: lo dice la Torah. Mira, si no, los ciegos o los paralíticos de nacimiento. ¿Acaso no son la consecuencia del pecado de sus padres?

Samuel se quedó pensativo. No le parecía justo que los hijos cargaran con la culpa de los padres, y mucho menos Judit, la antítesis del pecado. Pero se calló porque no tenía argumentos para contradecir a su primo; solo el dictado de su corazón.

2

Incidente en la sinagoga

Samuel llevaba dos días evitando volver a encontrarse con Judit. Pensaba que, al no verla, disminuiría el deseo que crecía en su interior como una semilla de mostaza. Pero no solo no lo había conseguido, sino que su obsesión por ella se había acrecentado. Por eso, cuando el *sabbath* la vio entrar en la sinagoga, su corazón dio un vuelco y empezó a latir desenfrenadamente. Ella se sentó donde estaban las mujeres –un lugar inferior al de los hombres–, pero aun así Samuel temió que todos los que se encontraban cerca de él pudieran oír la incontenible furia de sus latidos, semejante a la de los tambores de los ejércitos antes de invadir una ciudad. Su mirada temerosa se cruzó entonces con la de un hombre al que nunca antes había visto en Cafarnaún. Tenía unos ojos serenos y penetrantes a la vez, que, sin saber por qué, lo tranquilizaron, proporcionándole al instante una gran paz interior.

A continuación, su padre, con la autoridad que le daba ser sacerdote del Templo, señaló a uno que tenía una mano paralizada y se dirigió altivamente a aquel hombre preguntándole:

–¿Crees que es lícito curar en sábado?

Samuel se sorprendió ante semejante pregunta. ¿Quién era ese hombre para que su padre lo increpara de aquella manera? Conocía bien a su progenitor, y por su mirada sabía que estaba conteniéndose para no explotar en un furibundo ataque de ira.

El hombre, sin perder la calma, respondió:

–Supongamos que uno de vosotros tiene una oveja y un sábado se le cae en un hoyo. ¿Acaso no la sacará de allí? Pues ¡cuánto más vale un hombre que una oveja! –Samuel observó que a su padre se le había hinchado la vena del cuello y parecía a punto de estallar–. Por tanto –continuó el extraño sin alterarse lo más mínimo por ese detalle que a cualquier otro le habría hecho palidecer–, está permitido hacer el bien en sábado.

Luego, aquel hombre se acercó al de la mano paralítica y le dijo con autoridad, como desafiando a su padre:

–Extiende la mano.

Él la extendió y al instante quedó curada, tan sana como la otra. Samuel no podía dar crédito a lo que acababa de presenciar, tan impresionado se había quedado. Había oído hablar de quirománticos y curanderos poseídos por el demonio, pero nunca había visto a nadie curar de aquella manera.

Inmediatamente, su padre y los escribas y fariseos que había en la sinagoga se pusieron a murmurar con gran alteración; pero el hombre que había obrado el prodigio salió rápidamente de allí y desapareció sin que pudieran recriminarle lo que había hecho ni acusarlo de nada. Después continuaron con las lecturas y los salmos propios del día santo por excelencia.

Samuel esperó a llegar a la casa de su abuelo para abordar a su padre.

–Padre, ¿quién era ese hombre que curó al de la mano enferma?

–Un loco llamado Jesús, que expulsa demonios con el poder de Belcebú, jefe de los mismos –respondió visiblemente alterado: se veía que era un tema que le molestaba profundamente.

Sin embargo, a Samuel no le había dado la impresión de ser ningún loco relacionado con las fuerzas del mal, sino alguien que, por el contrario, emanaba una bondad y una entereza que no parecían de este mundo. Por supuesto, se calló su opinión: no quería incidir en un tema que irritaba a su padre en exceso. Seguramente tendría razón para juzgarlo con tanta dureza, ya que había sido sumo sacerdote y pertenecía al Sanedrín, un consejo formado por setenta y un representantes de los ancianos, notables y escribas, que se encargaba de todos los asuntos relacionados con la religión y la justicia; ellos movían los hilos de la vida política.

Samuel decidió olvidar el incidente y, con el permiso de su padre, se fue a pasear con su primo Leví. Pero, en lugar de hacerlo por las calles, como era habitual entre los jóvenes, que así podían lucir sus mejores túnicas después del acto religioso en la sinagoga, prefirió ir por el campo, dentro de los límites permitidos en el *sabbath*, pues, saturado como estaba de la vida en la ciudad, esto tenía para él más encanto.

Por el camino iban contándose las novedades, felices de estar juntos de nuevo. Pero, inevitablemente, pronto salió a relucir el incidente de la sinagoga, pues a Samuel le había impresionado vivamente. Por contra, le pareció que a su primo no le había impactado tanto como a él.

–¿Conocías tú a ese tal Jesús? –le preguntó.

–Sí, es amigo de Simón, ahora apodado Pedro, y de su hermano Andrés, los pescadores. También van con él los hijos del Zebedeo, y Felipe, y Natanael, y Tomás, el gemelo, ¿te acuerdas de él? –Samuel asintió con la cabeza–, y Santiago, el hijo de Alfeo, y Judas Tadeo, y Simón el fanático y Judas Iscariote, el zelota.

–¿Y tú crees que, siendo amigo de esos, expulsa a los demonios con el poder de Belcebú?

–También anda con pecadores y prostitutas. Según he escuchado, entre sus discípulos está un tocayo mío, al que ahora llaman Mateo, que era recaudador de impuestos, y ya sabes la mala fama que tienen.

–Pues a mí me parece que tenía sentido lo que dijo en la sinagoga.

Su primo se escandalizó de sus palabras.

–Curar en sábado va contra la Ley de Moisés, ya oíste a tu padre. Y digo yo que él sabrá más de las Escrituras, siendo sacerdote, que el hijo de un carpintero de Nazaret, ¿no crees?

Samuel no encontró palabras con las que replicarle, ya que su único argumento era lo que su corazón le dictaba por mero impulso, y eso lo asustó. Por alguna razón que desconocía, no era capaz de olvidar la profunda mirada con la que aquel hombre había tranquilizado su agitado estado de ánimo, y no paraba de darle vueltas.

La campanilla de un leproso lo sacó de su ensimismamiento. Los leprosos estaban obligados a hacerla sonar para advertir a quien se acercase, ya que los judíos consideraban la lepra como una enfermedad enviada por Dios, y la Ley prohibía acercarse a ellos; por eso vivían en cuevas, apartados de todo el mundo.

–Vamos a desviarnos un poco del camino –le aconsejó Leví–, no sea que nos contagie.

Y se habían salido de él cuando vieron cómo el leproso empezaba a correr en pos de ellos con los brazos en alto. Ambos se quedaron paralizados de miedo: ese comportamiento no era normal en un leproso. ¿Estaría loco, o endemoniado? ¿Y si los tocaba y los contagiaba? Samuel miró hacia atrás buscando algún sitio en el que ponerse a salvo de él, y entonces descubrió a Jesús, que caminaba en su misma dirección junto con otros hombres. En su cara no había ningún signo de temor, ni tampoco en su comportamiento. Aparentaba una gran serenidad. En cambio, sus amigos, al igual que ellos, parecían escandalizados por la actitud del leproso.

Según se iba acercando, los dos primos notaron las articulaciones rígidas y se intercambiaron una mirada que expresaba todo el miedo que sentían en ese momento ante una situación que los desbordaba. Era un miedo cerval, ubicado en su cogote, y desde allí se desparramaba al resto del cuerpo. Instintivamente se juntaron uno contra el otro intentando protegerse del algún modo. Pero respiraron aliviados cuando vieron que pasaba de largo por delante de ellos y continuaba corriendo hacia Jesús.

Sin embargo, al llegar donde él estaba, se tiró a sus pies gritando:

–¡Maestro, si tú quieres, puedes curarme!

Samuel se maravilló de la mirada tan compasiva que se dibujó en el rostro de Jesús, y se acordó de la que le había dedicado a él en la sinagoga, que lo había serenado en el acto. ¿Cómo era que aquel hombre no tuviese miedo de que el leproso pudiera contagiarlo? ¿Podía venirle esa pasmosa serenidad de Belcebú, como había sugerido su padre? Luego contempló con asombro cómo extendía su mano sobre él y le decía:

-Sí, lo quiero. Quedas curado.

Pero mucho más asombroso todavía fue constatar cómo las llagas desaparecieron inmediatamente del rostro del leproso. Samuel y Leví fueron testigos de que en su cara únicamente quedaron las marcas de la enfermedad. A continuación, Jesús advirtió al leproso:

–Ojo con decírselo a nadie. Ve a presentarte al sacerdote para que atestigüe que estás curado, y lleva la ofrenda de la curación establecida por la Ley de Moisés.

Sin embargo, el leproso estaba tan feliz que se lo iba contando a todo el que se encontraba por el camino. Samuel, después de presenciar aquel portentoso milagro, el segundo del día, se quedó tan profundamente impactado que le sugirió a Leví que se acercaran a hablar con él.

–¡Tú estás loco! Como se entere tu padre de que has hablado con Jesús, se pondrá furioso, y con razón –le amonestó–. ¿Acaso no viste lo que hizo con el leproso?

–Lo curó, lo mismo que al de la sinagoga –le respondió Samuel.

No entendía cómo su primo no sentía las mismas ganas que él de conocer mejor al hombre que obraba esos prodigios.

–Pero ¿no te das cuenta de que le puso la mano encima y está impuro? ¿Acaso quieres contagiarte de su impureza?

–Es milagroso que le haya curado la lepra de ese modo. Ya viste que no utilizó ningún ritual nigromántico ni evocó a Belcebú. Y tampoco es médico, puesto que no le mueven intereses económicos. ¿No crees que podría ser un profeta?

–¿Has perdido la razón? ¿No ves que lo curó en sábado, que es el día del Señor? ¿Es que no oíste lo que dijeron los escribas y los fariseos en la sinagoga? Por no mencionar la opinión que tiene tu padre de él.

Samuel sabía que su primo tenía razón, pero, por algún motivo que no alcanzaba a comprender, una fuerza interior le impelía a defender a ese hombre.

–Quizá le hayan contado cosas que no se corresponden con la realidad; hay gente muy maledicente. Si tú vieras la de intrigas que se cuecen en torno a la corte que rodea a mi abuelo Anás...

–Mira, no sé cómo será allí, pero aquí todo el mundo se conoce y mucha gente murmura de él. Es un loco. Por lo visto va diciendo por ahí que el Espíritu del Señor le ha ungido para anunciar la buena noticia a los pobres y la libertad a los cautivos, y para dar la vista a los ciegos y poner en libertad a los oprimidos. Yo no sé si lo que hace es o no con el poder de Belcebú, pero desde luego no está bien de la cabeza; en eso le doy la razón a tu padre.

Samuel meditaba las palabras de Leví y seguía sin encontrar un argumento suficientemente sólido que pudiera echar por tierra esa idea que él tenía de Jesús, pero, en todo caso, no le parecía ningún loco. ¿Por qué no podía ser un profeta como Elías o Eliseo, que curaban en virtud del Espíritu de Dios?

Una vez en casa de su abuelo, los dos primos procedieron a lavarse las manos y los pies. Esther y la madre de Samuel se los lavaban a su marido, al abuelo y a los tíos, en tanto que la madre de Leví y la mujer de Marcos lo hacían con los invitados, y les ungían los pies con perfumes, pues era costumbre que las mujeres realizaran esta tarea. El lavatorio de pies y manos era un ritual obligado antes del almuerzo, pero los sábados se hacía con una mayor ceremonia, ya que, al no tener que ir a trabajar, la comida era mucho más relajada que la del resto de la semana, y la sobremesa solía prolongarse hasta la caída de la tarde, cuando aparecían las primeras estrellas.

A continuación, se sentaron en unos almohadones en torno a la mesa, y el abuelo pidió al padre de Samuel que realizara la bendición de los alimentos y las oraciones de acción de gracias. Luego, él mismo fue poniendo sobre el pan ácimo pedazos del pollo asado en la víspera –ya que en el *sabbath* no se podía cocinar– y repartiéndolo entre los comensales, mientras su mujer escanciaba el vino en las copas. En el centro de la mesa había vasijas de distintos tamaños con lentejas, mantequilla, queso, higos y frutos secos, y en medio, una que contenía la salsa en la que podían mojar el pan por turnos.

Al finalizar la comida, las mujeres se retiraron al gineceo mientras los hombres permanecían charlando en uno de los patios de la hacienda. Fue entonces cuando volvió a salir el tema de Jesús.

–¿Quién se cree que es ese iluminado para venir a abolir la Ley de Moisés? –declaró el padre de Samuel, exaltándose de nuevo.

–Pretende ir más allá de los preceptos que nos dio el profeta por mandato de Dios –respondió uno de los invitados–.

Dice que si llevas una ofrenda al altar y te acuerdas de que tu hermano tiene una queja contra ti, debes dejar la ofrenda para ir a reconciliarte primero con tu hermano.

–Y además pretende abolir la ley del talión: «ojo por ojo, diente por diente» –añadió enardecido el padre de Leví–. Va diciendo por ahí que si alguien te da un bofetón en la mejilla derecha, debes ofrecerle también la izquierda.

–Y también dice que hay que amar a los enemigos y rezar por los que nos persiguen –intervino otro de los comensales, escandalizado.

–Y encima tiene el valor de llamarnos hipócritas a los fariseos y ridiculizarnos delante del pueblo porque oramos de pie en las sinagogas o damos limosna en las calles para que nos vea la gente –se enervó el invitado que había hablado en primer lugar.

Samuel los escuchaba atónito, lanzando miradas suplicantes a su primo para que no relatara el incidente ocurrido con Jesús, pues, aunque estaba seguro de que omitiría su conversación para no delatarlo, prefería que no mencionara el tema. Después de todo lo que acababa de escuchar, estaba inquieto, confundido, con remordimiento de conciencia. Quizá se había precipitado al pensar que ese hombre era un profeta, basándose únicamente en los prodigios que había contemplado; bien podía ser un taumaturgo como tantos otros. Al fin y al cabo, lo acababa de conocer y todavía le quedaba mucho por aprender en la sinagoga, en tanto que su padre y los fariseos eran profundamente religiosos y conocían a fondo la Ley de Moisés. No podían estar todos equivocados.

La ceremonia del *havdalá,* también llamada de la separación, celebrada al final de la tarde, le procuró cierta paz interior. En ella se alababa al Señor por la generosidad de haber otorgado el *sabbath* para su deleite y haber efectuado las separaciones necesarias en el universo, de modo que cada cosa tenga su lugar y su tiempo, haciendo ese día para el gozo del alma y otros seis para dedicarse al trabajo diario. Luego, cuando su abuelo encendió una lámpara con doble mecha para resaltar el contraste entre la luz y las tinieblas, Samuel se hizo el firme propósito de olvidarse de Judit, así como de ese tal Jesús, y concentrar su pensamiento únicamente en Rebeca. El olor de las especias aromáticas que invadió sus fosas nasales le ayudaría a ello, ya que tenía por misión consolarlos del vacío que se sentía al finalizar el día festivo. Y permanecería con él durante los siguientes días, recordándole el *sabbath* pasado y brindándole la esperanza para el próximo.

Por último, su abuelo llenó una copa de vino hasta el borde, símbolo bíblico de la abundancia de Dios, a la vez que entonaba el salmo 23:

Jehová es mi pastor; nada me faltará.
En lugares de delicados pastos me hará descansar;
junto a aguas de reposo me pastoreará.
Confortará mi alma...

Samuel sentía que cada uno de los versos penetraba en su corazón sombrío, dotándolo de fuerza para llevar a cabo su decisión.

... Me guiará por sendas de justicia por amor de su nombre.
Aunque ande en valle de sombra de muerte...

Un escalofrío le recorrió la espalda. Definitivamente, debía apartarse de ese tal Jesús y no volver a pensar que podía ser un profeta.

... No temeré mal alguno, porque Tú estarás conmigo;
tu vara y tu cayado me infundirán aliento...

Nunca ese salmo había cobrado tanto sentido como en ese momento, en que su plácida y confortable vida se tambaleaba como una barca en medio de una tempestad del mar de Galilea.

... Aderezas mesa delante de mí en presencia de mis angustiadores...

El recuerdo de Jesús le nubló la mente. Tenía razón su primo: había actuado impulsivamente expresando el deseo de acercarse a aquel falso profeta que no había hecho más que llenar su cabeza de dudas.

... Unges mi cabeza con aceite; mi copa está rebosando...

Contempló el vino que había rebosado la copa derramándose en el plato sobre el que estaba colocada.

... Ciertamente, el bien y la misericordia me seguirán todos los días de mi vida,
Y en su casa moraré por largos días.

Samuel suspiró hondamente, convencido de su fortaleza. Ignoraba los acontecimientos que le sobrevendrían los próximos días.

3

El baño

Samuel pasó unos días en la hacienda de su tío, ayudando en las labores de la siega del trigo que precedían a la fiesta de Pentecostés, la cual se celebraba cincuenta días después de la Pascua para dar gracias a Dios por la cosecha recogida. El trabajo duro del campo le ayudaba a no pensar en Judit durante el día, aunque por las noches su imagen acudía inevitablemente a su mente, perturbándolo y llenándolo de remordimientos. A pesar del cansancio acumulado, le costaba conciliar el sueño, y daba vueltas y más vueltas sin poderse dormir. Necesitaba sacar ese peso de su cabeza compartiendo sus inquietudes con alguien, o no podría descansar. Por eso, al tercer día, amparado por la oscuridad de la noche, le confesó a su primo su zozobra.

–Oye, Leví, creo que me he enamorado –le soltó de sopetón, asombrado por haber formulado en voz alta algo que ni siquiera se había atrevido a pensar en sus noches de insomnio.

–¿Quieres decir que piensas mucho en Rebeca? También a mí me ocurre con Raquel –se le iluminó la cara a la luz de la luna–. Estoy deseando que llegue el día de la boda de Esther para volver a verla.

–Es que no es en ella en quien pienso, sino en Judit.

–¿En Judit? –preguntó en un tono más alto del que correspondía a esa hora de la noche.

–Chiiist, baja la voz, no vayan a oírnos. Verás, desde el día en que la vi en el pozo, no puedo quitármela de la cabeza. Y te aseguro que no es por no haberlo intentado.

–¿Ves como es hija del pecado? Te ha embaucado igual que hace su madre; es una encantadora de hombres.

–Pero ella no hizo nada que fuera más allá de lo permitido.

–No importa, lo lleva escrito en la frente, como los leprosos en la piel.

–Es un sentimiento muy fuerte, Leví. Su sola imagen hace que mi cuerpo arda como en un incendio.

–Porque es la viva imagen del pecado, y eso que te ocurre no es más que un anticipo de las llamas del infierno.

Su primo, lejos de aliviar sus remordimientos, los avivó como quien atiza el fuego. Sin embargo, Samuel insistió:

–Pero lo que yo siento cuando pienso en ella no es malo; es un calor muy dulce que me invade y... siento ganas de tenerla a mi lado y abrazarla y... bueno, ya sabes, me provoca una excitación que no puedo controlar.

–Te habrá hecho algún hechizo. ¿No te daría nada a beber?

–Únicamente bebí agua del pozo.

–Seguro que le hizo algún ensalmo.

La frente de Samuel se arrugó como un campo recién surcado.

–¿Y qué puedo hacer?

–Olvidarte de ella.

–¿No te he dicho que ya lo he intentado? –sus palabras denotaban desesperanza.

–¿Por qué no piensas en Rebeca?

–Apenas me acuerdo de cómo es. A decir verdad, no me produjo ninguna emoción especial conocerla.

–Seguro que eso vendrá después, cuando yazgas con ella.

–Pero con Judit no he necesitado yacer: me bastó mirarla a los ojos, y desde entonces no puedo quitármela de la cabeza. Es como si el herrero me hubiese grabado su imagen a fuego.

–Tus padres nunca aceptarían ese matrimonio.

–Lo sé, por eso te lo cuento a ti; debes guardarme el secreto.

–No temas, sabes que lo haré. Y no te preocupes tanto; tengo el convencimiento de que en unos días te habrás olvidado de ella, ya lo verás. Es el hecho de que se haya transformado en una mujer tan bella lo que te ha impactado, pero es algo pasajero, sé lo que me digo.

Samuel sintió un pinchazo de celos en el estómago.

–¿También a ti te ocurrió?

–Sí, pero solo hasta que vi a Raquel. Cuando tú vuelvas a ver a Rebeca, comprenderás que fue una tontería, que ella será la dueña de tu corazón.

Esto último tranquilizó un poco a Samuel. Quizá su primo tuviera razón: a lo mejor lo que él creía un gran amor solo era el impacto que le había producido la transformación de Judit en esos dos años que había dejado de verla.

Esa noche durmió mejor y, si bien soñó con ella, al día siguiente se sentía más animado, más ligero. Así que, antes de regresar a casa de sus abuelos para la preparación de la fiesta, decidió ir a darse un baño en el río Jordán, como solían hacer su primo y él otros veranos en los días que apretaba el calor. Había una pequeña ensenada oculta por los árboles que les servía de playa, donde solían retozar lanzándose al río desde un tronco que sobrevolaba el agua.

Samuel corrió alegre entre los árboles, sintiéndose niño de nuevo y aspirando los aromas de esa zona del campo que le resultaban tan familiares: el pino, el romero, el tomillo, la hierba fresca, la menta... Ese lugar le traía muy gratos recuerdos, y notaba que su pecho se ensanchaba con cada una de sus zancadas. Sin embargo, a pocos metros del río, algo le hizo pararse en seco: una túnica de algodón color añil extendida cuidadosamente sobre unos arbustos de lavanda. Su corazón, acelerado por la carrera, daba la impresión de salírsele del pecho, los latidos eran como los aldabonazos en la puerta de madera maciza con férreos herrajes del palacio de su abuelo Anás. Y es que esa túnica no era otra que la de Judit; podría reconocerla entre cientos de ellas.

Cuando alzó la cabeza, lo que vio lo dejó petrificado; allí, a pocos metros de él, estaba ella completamente desnuda, y las gotas de agua resbalaban por su piel mojada produciendo destellos, como si su cuerpo estuviera adornado por cientos de brillantes. Esa visión casi celestial lo paralizó por completo; no podía apartar la vista y tampoco echar a correr, a pesar de que sabía que debía hacerlo si no quería que ella lo descubriera. Pero una extraña fuerza lo mantenía aferrado a la tierra como si tuviera raíces. Sentía la boca seca y los brazos y las piernas tan rígidos como los troncos de los árboles. En cualquier momento, Judit se volvería hacia donde él se encontraba e iría a recoger su ropa. Entonces pensaría que la había estado espiando, y no se lo perdonaría. Samuel volvió a acordarse de la fatídica frase que había pronunciado aquel día: «Eres hija del pecado», y fue como si le hubieran apretado algún resorte, porque sus pies empezaron a correr de nuevo huyendo entre los árboles, tratando de pisar siempre hierba que amortiguara cualquier posible ruido.

Llegó a la hacienda de su abuelo empapado en sudor, sin saber qué caminos había recorrido, sacudido por una fiebre desconocida. Su madre se asustó al verlo llegar en tal estado; lo acostó en una esterilla en la habitación más fresca de la casa y le aplicó un paño empapado en agua fría en la frente mientras él deliraba. Luego, el chico cayó en un profundo sueño. Durmió medio día y toda la noche, y despertó a la mañana siguiente con la sensación de haber sido rescatado de un extraño sueño en el que la realidad de lo vivido quedaba difuminada. Sentía su cuerpo tan débil como si saliera de una larga enfermedad. ¿Cómo reaccionaría cuando volviera a ver a Judit? ¿Lo habría visto ella huyendo entre los árboles? Dentro de poco sería la fiesta de Pentecostés y todos los jóvenes se reunirían para la comida. ¿Cómo podría volver a mirarla a los ojos después de haberla contemplado desnuda?

4

La fiesta de Pentecostés

El día de la fiesta de Pentecostés, muy de mañana, toda la familia de Samuel se dirigió, junto con el resto de los vecinos, a ofrecer a Dios los primeros frutos recogidos de la cosecha. El padre, por su condición de sacerdote del Templo, era quien dirigía la ceremonia, esperando a la gente en el altar construido para tal ocasión. La comitiva iba encabezada por un buey con los cuernos recubiertos de oro y una guirnalda de olivo sobre la testuz, y los niños lo precedían haciendo sonar sus flautas. El abuelo y el tío llevaban las dos roscas de ocho litros de flor de harina, cocidas con levadura tal como prescribía el *Levítico*, y los demás miembros de la familia portaban al hombro distintos cestos con los frutos recogidos: higos, granadas, almendras, olivas, sandías, melones y manzanas, así como diversos vegetales. Allí los recibía el sacerdote con las siguientes palabras:

–Hermanos, habitantes de Cafarnaún, bienvenidos seáis.

Luego, cada uno presentaba su cesto haciendo una declaración en la que daba las gracias a la bondad de Dios para con los israelitas; excepto los niños, las mujeres y los que tenían alguna minusvalía, que únicamente entregaban la ofrenda sin decir nada. De ese modo renovaban la alianza que el Señor había hecho con su pueblo. El sacerdote recitaba un salmo de la Torah colocando sus manos debajo del cesto y, a continuación, la persona en cuestión colocaba su ofrenda al lado del altar, se postraba ante él y se marchaba.

Cuando Samuel vio a Judit acercarse al mismo con un cesto de higos, su corazón le dio un vuelco y sintió como si una caravana de camellos galopara sobre su pecho. Debajo de su túnica podía adivinar cada una de las formas de su cuerpo, que de nuevo se le aparecía cubierto de pequeños brillantes que emitían destellos en su piel canela. Tal fue su turbación que no pudo evitar excitarse y que sus mejillas se enrojecieran hasta parecer dos granadas como las que había en muchas de las cestas. Le hubiera gustado poder salir corriendo y refugiarse en cualquier lugar apartado para que nadie lo viera, pero eso hubiera llamado doblemente la atención; así que tuvo que conformarse con tapar sus partes pudendas con el cesto mientras miraba a un lado y a otro para comprobar si alguien se había dado cuenta de ello. En ese instante pensó que quizá su primo tuviera razón al decir que Judit era una encantadora de hombres. Las mujeres inducían al hombre al pecado, no había más que leer el *Génesis*: Eva se había dejado tentar por la serpiente y había sido la causante de que Adán comiera del árbol prohibido. «Ella y solo ella es la culpable del tormento que estoy sufriendo», se dijo con rabia. De buena gana la habría vuelto a insultar llamándola «hija del pecado», como había hecho en aquella ocasión; solo que esta vez se sentía con razones para hacerlo.

Sin embargo, cuando Judit se volvió hacia él, después de depositar su ofrenda al lado del altar, sus enormes ojos color ámbar derramaban inocencia, y al contemplarlos se apaciguó su ira. No, Judit no era culpable de nada, ni siquiera de ser tan bella. ¿Cómo había podido acusarla aunque fuera con el pensamiento? Ella ignoraba sus sentimientos, la batalla que se libraba cada día dentro de él, entre el deber ser y el dictado de su corazón; en cambio, ese acto suyo descontrolado era una mezquindad. Aturdido, dirigió su rabia contra las rígidas costumbres judías, que lo obligaban a casarse con alguien a quien no amaba, y también contra la decisión de sus padres, por haber elegido a una muchacha que no producía en él más que indiferencia. Y sin saber cómo ni por qué, le vinieron a la mente las palabras de Jesús que su tío y los invitados habían reproducido en la conversación de la tarde del *sabbath*: «Si llevas una ofrenda al altar y te acuerdas de que tu hermano tiene una queja contra ti, debes dejar la ofrenda para ir a reconciliarte primero con tu hermano». No era exactamente que Judit tuviera una queja contra él, pues ignoraba lo que se había atrevido a pensar de ella, pero seguro que la tendría si lo llegara a saber. Así que interiormente le pidió perdón por ese mal pensamiento que había tenido, y entonces se sintió un poco más reconfortado. Pero, aun así, algo le seguía hurgando por dentro, como esos moscardones que revoloteaban en torno a la fruta acompañando el vuelo con sus zumbidos. Era la frase de ese tal Jesús: «Ama a tus enemigos y reza por los que te persiguen». Su abuelo Anás y su padre le habían enseñado todo lo contrario; precisamente su casa era centro de insidias y venganzas contra los que se atrevían a pensar distinto a ellos. Y desde luego, nunca en sus oraciones habían mencionado a los romanos, el imperio opresor; solo tenían para ellos palabras de desprecio, aunque a la cara les hicieran el juego para evitar su enemistad, pues se trataba de un enemigo demasiado poderoso. ¿Acaso no era eso una hipocresía igual que la de los fariseos al rezar de pie y dar limosna en la calle para que todos los vieran? ¿Y no era hipocresía compartir con los más débiles los frutos de la cosecha en la fiesta cuando el resto del año les dispensaban un trato diferente? Lo hacían únicamente porque lo mandaba el *Deuteronomio*, pero en ningún caso movidos por el amor al prójimo.

Samuel se asustó de la rebeldía que iba creciendo dentro de él como un grano de mostaza, que empieza siendo apenas un pequeño brote y acaba convirtiéndose en un gran árbol. ¿Qué le estaba sucediendo? Nunca antes se había rebelado contra sus padres ni contra las costumbres o las leyes de Moisés. Así que, cuando le tocó el turno de dejar su ofrenda, era tal su agitación que estuvo a punto de derramar las manzanas que llevaba. Su padre no se lo hubiera perdonado: tenía grandes esperanzas depositadas en él para que llegara a convertirse en maestro de la Ley, ya que poseía una proverbial memoria –podía recitar párrafos enteros de la Torah–, así como una insaciable curiosidad por descifrar el sentido de las leyes. A veces hacía tantas preguntas a Hillel, su rabino en la sinagoga de Jerusalén, que llegaba a exasperarlo, y este siempre le respondía: «Samuel, no pretendas conocer aquello que sobrepasa tu entendimiento». ¿Qué pensaría él del poder de curación de Jesús y de su interpretación de las leyes? Cuando regresara, sería lo primero que le preguntaría.

Después de la ofrenda de los panes y los frutos, el sacerdote ofreció en holocausto siete corderos añales sin defecto, un novillo y dos carneros: un tipo de sacrificio prescrito por el *Levítico* que consistía en quemar entero al animal. El fuerte olor a carne tostada penetró en las fosas nasales de todos los presentes, y el calor del fuego acrecentó la concupiscencia de Samuel, que observó a Judit por el rabillo del ojo, volviendo irremediablemente a imaginar su cuerpo desnudo. A continuación, su padre ofreció en sacrificio expiatorio un macho cabrío, y derramó sobre el ara la sangre del animal como símbolo de expiación por los pecados cometidos. El pecado era para los judíos algo que contaminaba al hombre e interrumpía su relación con Dios, por lo que este sacrificio permitía restablecer esa relación rota, cosa que el hombre no podía hacer por sí mismo. Samuel se sintió tremendamente dichoso de que el Señor le diera la oportunidad de arrepentirse por haberse apartado de las leyes, siquiera con el pensamiento, y de que volviera a confiar en él. Finalmente, su padre ofreció otros dos corderos añales en sacrificio de comunión: el pecho de las víctimas y la grasa debían ser para Dios, mientras que el muslo derecho correspondía al sacerdote; además, había que comer toda la carne en el día, sin que quedara ningún resto para el siguiente.

Samuel observó el respeto con que la gente miraba a su padre mientras este realizaba las ceremonias correspondientes. Otros años, él mismo se había sentido muy orgulloso de tener un padre tan importante y respetado; sin embargo, hoy le parecía hallar cierta prepotencia y afectación en sus gestos, lo cual establecía una barrera entre él y los demás. Automáticamente le vino a la mente la mirada compasiva de Jesús cuando había puesto sus manos sobre el leproso, sin mostrar el menor rechazo a su conducta ni miedo al contagio, y las que le había dedicado a él mismo, primero en la sinagoga y después al pasar por su lado tras haber curado al leproso. Y en esa comparación su padre salió perdiendo.

Al término de la ceremonia, durante la comida que tenía lugar en el campo, todos los jóvenes se reunieron en el mismo lugar, de modo que la presencia de Judit se hizo inevitable. Cada vez que ella cruzaba una palabra con cualquiera de los muchachos, Samuel sentía que su estómago ardía en una pira de celos. Pero tampoco se atrevía a dirigirle la palabra; únicamente le lanzaba alguna que otra mirada de soslayo cuando creía que ella no lo veía, y la desviaba en cuanto se cruzaba con la de ella. Sin embargo, en un momento dado, coincidieron uno al lado del otro y ella comentó:

–Estás muy callado, Samuel. ¿Te ocurre algo?

La caravana de camellos inició de nuevo el galope cruzando su pecho de lado a lado, y su cara se convirtió en la granada más madura de todas las cestas.

–No... no me pasa nada... solo que... hace mucho calor.

Su voz sonaba necia, o eso al menos pensó él. ¿Por qué no podía bromear con ella como había hecho los otros veranos?

¿Por qué se le trababa la lengua de aquel modo? ¿Acaso era un castigo a sus horribles pensamientos, a esa rebeldía que crecía dentro de él? Y encima, el tema del calor volvió a traer a su mente la escena del baño.

–¿Sueles ir a bañarte con tu primo como hacías antes? –le preguntó ella como si hubiera adivinado sus pensamientos.

¡De todas las preguntas que podía hacerle, había ido a elegir esa precisamente! ¿Y si era una indirecta? ¿Y si lo hubiera visto el otro día espiándola a través de los árboles? ¿Y si, cuando él había salido huyendo, ella se hubiera dado la vuelta y lo hubiera reconocido? Su cara era ahora como una puesta de sol en pleno mes del Tammuz, cuando los montes parecían arder al final de la tarde. Menos mal que Leví vino a salvarlo de la apurada situación en que se encontraba.

–¡Vámonos al lago a lanzar piedras con las hondas! Echemos una carrera –le propuso.

Todos los muchachos empezaron a correr para ver quién llegaba el primero, mientras que las muchachas se quedaron algo más rezagadas, siguiéndolos a otro ritmo; excepto Judit, que, olvidándose de que ya no era una niña, se sujetó la túnica con las manos y apretó a correr, dispuesta a no dejarse ganar por sus antiguos compañeros de juegos. Era una buena corredora y pronto se situó entre los dos primos.

Durante la carrera, Samuel volvió a sentir que se estrechaba entre ellos la camaradería de antaño, como cuando eran niños y se picaba en cuanto Judit trataba de adelantarlo, y en esos vaivenes sus túnicas acababan rozándose irremediablemente. En un momento dado, Leví se paró porque tenía flato, y ellos dos continuaron la encarnizada carrera por las estrechas calles de Cafarnaún, hasta que Judit se tropezó y cayó al suelo. Samuel se paró a ayudarla; pero, al volver a contemplar sus ojos, recordó de nuevo que no estaba ante la niña de los otros veranos, sino ante la bellísima muchacha del pozo. Y en ese instante, un extraño impulso que surgió de algún lugar desconocido para él hasta ese momento le hizo besarla en los labios. Un beso que le supo al higo más dulce que hubiera probado jamás. Aunque, inmediatamente después, se sintió avergonzado de su conducta.

–Perdona –murmuró levantándose para salir huyendo de allí. Ni siquiera se atrevió a mirarla de nuevo a los ojos.

Era tal la vergüenza que sentía que, en lugar de ir hacia la zona del lago en que celebraban las competiciones, se marchó cabizbajo hasta el pequeño puerto, donde los pescadores estaban descargando sus barcas. ¿Cómo había podido hacer eso? ¿Qué extraño arrebato le había impulsado a obrar así? ¿Qué pensaría Judit de él? Su corazón encogido le recordó al potrillo aquel que había nacido mal en la hacienda de su abuelo y que él había sostenido entre sus brazos mientras se debatía entre la vida y la muerte. Ni siquiera la magnificencia del atardecer sobre el lago Tiberíades logró sacarle de su aflicción. Sí lo hicieron, en cambio, los gritos de los pescadores que llegaban en dos de las barcas arrastrando una red entre ellas.

–¡Eh, venid a echarnos una mano! Contemplad todos el milagro.

Samuel reconoció al pescador que saltó de una de las barcas: era Simón, ahora apodado Pedro, uno de los discípulos que, según le había dicho su primo, iban siempre con Jesús.

–¡Muchacho, acércate! –le gritó–. Ayúdanos a descargar la pesca.

Él acudió obedientemente y se quedó maravillado por la enorme cantidad de peces que había en la red, cientos de ellos. Jamás había visto nada igual.

–¿No eres tú el primo de Leví y nieto de Anás? –le preguntó Pedro.

Samuel asintió con la cabeza y a su vez formuló una pregunta que denotaba toda la sorpresa y admiración que le provocaba un hecho tan extraordinario:

–¿Habéis pescado todo esto en un día?

–Ha sido un milagro, un auténtico milagro –respondió él muy excitado–. Llevábamos toda la noche sin haber pescado nada cuando Jesús –señaló hacia una de las barcas, en la que Samuel pudo ver únicamente a Andrés, el hermano de Pedro– me dijo que echara la red en una zona donde ya lo habíamos intentado. Yo le respondí que no había nada que hacer en ese lugar, que no había un solo pez, pero él insistió, y yo, por darle gusto, accedí. Entonces empezaron a caer tal cantidad de peces que mi hermano y yo no podíamos levantarla, así que llamamos a Santiago y a Juan –los señaló y ellos asintieron mientras descargaban la red–, que estaban en su barca muy cerca de nosotros, para que nos echaran una mano. Pero no nos atrevimos a levantarla por miedo a que se rompiera, dada la cantidad de peces, de modo que decidimos arrastrarla hasta aquí entre las dos barcas.

En pocos segundos, el puerto se llenó de gente que quería contemplar aquella pesca milagrosa; pero Jesús no apareció por ningún lado, y Samuel se sintió decepcionado sin saber muy bien por qué. Quizá necesitaba que volviera a mirarlo con aquellos ojos que emanaban paz para calmar su agitado estado de ánimo y alegrar su corazón abatido. Quizá pudiera obrar con él algún tipo de milagro, como había hecho con el leproso y el de la mano paralítica. Pero, al mismo tiempo, estos pensamientos lo aterrorizaron. ¿Qué clase de influencia ejercía ese hombre sobre él aun sin estar presente? ¿No tendría razón su padre y era el demonio quien lo tentaba de ese modo? Por suerte, en dos días partirían para Caná, donde iba a celebrarse la boda de su prima; y quizá, alejándose de allí, pudiera olvidarse de él lo mismo que de Judit.

5

La caravana

Al amanecer, la caravana de la boda de Esther partió hacia Caná con todos los familiares y amigos invitados, más un pequeño grupo de fariseos, miembros de una cofradía que se encargaba de repartir limosna; eran unos cincuenta cafarnaítas en total. Hicieron el camino por la costa, bordeando el lago de Genesaret hasta Magdala, que distaba tres millas de Cafarnaún, y allí se unieron a la comitiva algunos familiares. El pueblo, que era un importante centro comercial de salazón, olía fuertemente a pescado secado al sol.

Contra todos los pronósticos que había hecho Samuel, cuanto más se alejaban de Cafarnaún, mayores eran el desasosiego y la tristeza que sentía, como si le desgarraran el corazón a tiras, y la alegría de los demás no hacía sino acentuarlos. Había creído que distanciarse de Judit supondría una liberación para su acongojado ánimo, pero estaba siendo justamente lo contrario. Las ganas de verla se habían apoderado de él como el labriego de la azada que golpea la tierra sin descanso hasta cavar todos los surcos, y se sentía terriblemente culpable por cómo se había comportado con ella. Por segunda vez había actuado como un auténtico cobarde al salir huyendo sin ninguna explicación, tan solo un «perdona» apenas susurrado entre dientes. ¿Qué pensaría de él? Seguramente, que era un muchacho de la capital engreído y prepotente, acostumbrado a aprovecharse de su condición de nieto de Anás e hijo de sacerdote del Templo y miembro del Sanedrín. Tenía que verla para declararle su amor, aunque fuera imposible casarse con ella; pero quería que conociera al menos la auténtica razón que lo había impulsado a cometer semejante osadía.

–¿En qué estás pensando, Samuel? –su primo lo zarandeó del brazo.

Él lo miró sin comprender su gesto, ausente de cuanto sucedía.

–Estás totalmente ido, ni siquiera respondes a mis preguntas –le recriminó.

–Perdona... No escuché lo que me decías... Supongo que es el cansancio de la caminata...

–A ti nunca te ha afectado el cansancio. ¿No estarás pensando otra vez en Judit?

Solo con oír su nombre, las mejillas de Samuel se encendieron como si estuviera sentado al calor de la lumbre. En ese momento, no quería hacer partícipe a nadie de sus pensamientos más íntimos, ni siquiera a Leví, así que trató de desviar su atención formulando a su vez otra pregunta:

–¿Falta mucho para la primera parada?

–No, mira, ahí está el valle de Shikhin.

Samuel contempló la multitud de huertas y pequeños terrenos que se disputaban esa fértil llanura que se extendía kilómetros y kilómetros hasta casi llegar al mar, y decidió hacer un esfuerzo por integrarse en la alegre comitiva en la que él se sentía totalmente fuera de lugar.

–¡Qué paisaje tan bello! –exclamó.

–Sí, aquí la tierra es muy fértil. Ojalá fuera así la de nuestros campos –deseó en voz alta su primo.

Al llegar al valle, hicieron un alto para comer y reponer fuerzas del viaje con unas tortas de pan, carne de pichones y frutos secos. Durante el almuerzo, Samuel no le quitó ojo a su prima Esther. Le costaba hacerse a la idea de que ella fuera la novia, pues seguía viéndola como a una niña, y buscaba en sus gestos algún indicio que le permitiera pensar que su alegría no era auténtica. No podía serlo porque, después de la boda, tendría que quedarse en Caná con una familia que no era la suya. Su padre la adoraba –era su ojito derecho–, lo mismo que sus hermanos, que siempre estaban gastándole bromas y mostrándose muy protectores con ella. ¿Cómo sería el novio? ¿Le habría gustado tanto al conocerlo en los esponsales como a Leví su prometida? ¿Y qué pensaría él de ella? Volvió a acordarse de su encuentro con Rebeca y esto le produjo una gran desazón. ¿Acaso era él un bicho raro, distinto de todos?

–¿No comes, Samuel? –le preguntó su prima, solícita–. Tienes que coger fuerzas, aún queda un largo camino.

Él le sonrió y dio un bocado a la torta que ella le había ofrecido. Sin lugar a dudas, a todas las muchachas les gustaba ser protagonistas el día de su boda y lucir sus mejores galas, y en eso Esther no era una excepción, ya que era muy coqueta. Desde pequeña le había gustado adornarse con los abalorios de su madre, y a él le hacía mucha gracia, pues la única hermana que tenía ya estaba casada cuando él nació, de modo que esas aficiones propias de la niñas constituían una novedad para él. Pero ¿es que su prima no pensaba en lo que sería su vida después de la ceremonia, lejos de sus padres y hermanos? Samuel, como en tantas otras ocasiones, se alegró de haber nacido varón. Al menos ellos no tenían que renunciar a su familia al casarse, ni trasladarse de ciudad; pero, en cambio, tendría que vivir al lado de una mujer por la que no sentía nada, y dudaba mucho que después de yacer con ella las cosas fueran a cambiar, como había sugerido su primo.

Cuando estaban recogiendo los enseres para proseguir camino, Samuel vio algo que le heló la sangre: un salteador de caminos tenía agarrada a su prima y la amenazaba con un cuchillo cuya hoja rozaba su cuello. ¿De dónde había salido? ¿Cómo es que ninguno se había dado cuenta de su presencia hasta que no se había producido el asalto? Seguramente Esther se habría separado del grupo, ocultándose entre los matorrales para aliviar su vejiga, y el bandido habría aprovechado el momento. La pobre tenía el pánico reflejado en la cara, temerosa de que aquel animal sin escrúpulos fuera a rajársela precisamente en la víspera de su boda.

Mientras su tío trataba de calmarlo negociando con él, Samuel, oculto como estaba tras las mulas, se tiró al suelo y empezó a reptar hasta los matorrales más próximos. Quería sorprenderlo por detrás y obligarle a tirar el cuchillo, pero le costaba avanzar debido a la rigidez de su cuerpo, atenazado por el miedo. Si el bandido lo sorprendía, era capaz de matar a su prima; quizá fuera mejor idea darle lo que pidiera y que la soltara. Sin embargo, a pesar de estas reflexiones, continuaba avanzando como un silencioso reptil, sintiendo que el pulso le golpeaba las sienes como el martillo del herrero, que hacía retumbar toda la forja. Sabía que lo que intentaba hacer era un acto temerario que podía poner en peligro la vida de Esther y la suya propia, pero la rabia de verla bajo el cuchillo de ese maleante era superior a cualquier razonamiento. ¡Estaba tan ilusionada con su boda, y ese tipo había venido a truncar sus ilusiones!

Cuando ya se había situado a la retaguardia del ladrón, un golpe seco le hizo levantar la cabeza. Fue el impacto que había producido al estrellarse contra el suelo una bolsa con monedas que le había lanzado su tío Johab. Pero aquel hombre no se animaba a dar un paso para recogerla; seguramente, también él tendría miedo de que cualquier movimiento en falso lo perjudicara, o a lo mejor esperaba más botín. Ahora era su padre quien hablaba con el asaltante de caminos. Por la estrategia que estaba siguiendo, Samuel se dio cuenta de que lo había descubierto, pues estaba a punto de lanzar otra bolsa con monedas hacia el lado en que él se encontraba. Pero el bandido lo amenazó profiriendo insultos:

–¡Quédate quieto, santón, no te muevas o le hinco el cuchillo! Tírala junto a la otra bolsa –señaló la que yacía en el suelo.

Sin embargo, su padre, haciendo caso omiso, la lanzó hacia el lado en que se encontraba Samuel.

–¿No te dije que al lado de la otra? –bramó el rufián echando sobre la pobre Esther una apestosa bocanada de vino.

Desde donde estaba, Samuel no podía ver sus ojos, que parecían dos canicas saliéndosele de las órbitas; solo su pelo sucio y renegrido, tan áspero como la crin de un caballo sin cepillar.

–Lo siento, no lo he hecho a posta, tengo mala puntería –le respondió su padre con una humildad impropia de él. También el miedo le había hecho mella.

El tipo seguía aferrado a su presa, dudando qué bolsa coger primero. Se le veía nervioso, y eso no le inspiraba confianza alguna a Samuel porque, a la mínima que se sintiera amenazado, podría hacerle daño a Esther. El sudor empapaba su cuerpo de tal modo que su túnica se le pegaba a la piel como un sudario. ¿Y si, después de todo, cogía el botín y se la llevaba como rehén para asegurarse de que nadie lo seguía? Lo más sensato era esperar a ver qué hacía el ladrón, no podía adelantarse a sus movimientos. A pesar de que era muy veloz corriendo, se encontraba demasiado lejos de él como para superar el trecho que los separaba sin que el otro se diera cuenta. Sin duda, lo mejor sería permanecer agazapado hasta ver si liberaba o no a su prima una vez que se hiciera con el botín.

Después de mucho dudar, el asaltante de caminos fue a recoger primero la bolsa de la derecha. Todos los familiares y amigos parecían estatuas de piedra, el terror dibujado en sus caras, seguramente preguntándose lo mismo que Samuel: ¿qué haría ese rufián una vez que hubiera cogido las dos bolsas? De ahí se fue a por la de la izquierda, la más próxima a Samuel, mientras amenazaba con rajarle la cara a Esther si alguien hacía el menor movimiento. Y ya con ellas en su poder, tal y como él había imaginado, comenzó a recular sin soltar a su presa. El corazón de Samuel se puso a latir como el galope de un caballo desbocado: aquel hombre estaba cada vez más cerca de él; unos pasos más, y lo pisaría si seguía caminando en la misma dirección. Tenía que estar muy alerta y pensar rápido lo que iba a hacer. Si lo sorprendía por detrás, podría clavarle el cuchillo a su prima, así que lo mejor sería inmovilizarle el brazo cuya mano lo sujetaba, a la vez que le propinaba un golpe seco en la espalda con la rodilla. Y ya no le dio tiempo a pensar nada más, sino a encomendarse al Señor para que lo ayudara a salir con bien y poner en marcha el único plan viable.

La altura de Samuel, unida al factor sorpresa, hizo que el cuchillo saliera disparado por los aires y que el hombre cayera derrumbado por el dolor, soltando a su rehén y las dos bolsas, mientras Esther, cegada por las lágrimas, echaba a correr hacia sus familiares.

–¡Esther, a tu derecha, coge el cuchillo! –le gritó su primo tratando de sujetar al hombre, que se revolvía como un animal herido.

En ese momento, ella fue consciente de lo que había ocurrido y, a pesar del susto que tenía en el cuerpo, hizo lo que su primo le pedía; no podía dejarlo en la estacada. Él había expuesto su vida por salvarla a ella, así que tenía que corresponderle. Además, ya todos los hombres de la caravana corrían a su encuentro, y la protegerían en el caso de que el criminal se escapara de los brazos de Samuel para tratar de volver a hacerse con el arma. Casi a la vez que ella lo recogía del suelo, el hombre conseguía soltarse de su primo mordiéndole el brazo. Pero, al verse acorralado, consciente de que no tenía escapatoria, echó a correr entre los matorrales antes de que el grupo enfurecido pudiera alcanzarlo.

Samuel y sus dos primos, Leví y Marcos, querían ir tras el delincuente para darle su merecido, pero sus respectivos padres se lo impidieron.

–Lo importante es que Esther está a salvo –comentó su tío.

–Y a ti hay que curarte la herida del brazo –dijo su padre.

Una de las mujeres de la caravana era una experta en hierbas y, después de lavarle la sangre, le untó un ungüento que al instante le calmó el dolor. Todos lo felicitaron por su valentía, excepto su madre, que lo regañó por imprudente. No así su padre, que lo exhibía orgulloso ante todos como si de un trofeo se tratase. Luego prosiguieron su camino sin hacer más paradas. Desde ese momento, su prima no se separó de él; según sus propias palabras, era su héroe.

Al cabo de unas horas, cuando apenas sentían las piernas del cansancio, divisaron por fin las crestas del monte Yodefat. Al abrigo de este se extendía la ciudad de Caná, rodeada de fértiles vegas bañadas por el río del mismo nombre, en cuya ribera crecían los juncos como una frondosa selva. En ella se encontraban también las mejores almazaras y bodegas de la zona. En la ladera occidental había toda una suerte de terrazas escalonadas sobre las que se apiñaban las viviendas y los huertos. La ciudad estaba circundada por un muro, aunque muchas casas quedaban fuera de su perímetro.

La comitiva se internó por las calles empedradas justo cuando el sol desaparecía tras la colina. Había un gran bullicio debido a la cantidad de gente que había acudido para la boda, y la plaza era un hervidero de judíos y gentiles venidos de toda la región.

El hospedaje era escaso, de modo que los familiares y amigos se fueron acomodando en las casas y posadas lo mejor que pudieron. A Samuel y a sus primos les tocó dormir en el tejado de la casa. Esa noche, Samuel dio un montón de vueltas en su esterilla contemplando el cielo estrellado. En sus pensamientos se mezclaban las escenas de miedo vividas durante el viaje con la poderosa imagen de los labios de Judit, tan dulces como el más dulce de cuantos higos hubiera probado. Su recuerdo lo llevó a fantasear con la idea de que ella hubiera presenciado cómo había salvado a su prima; sin duda despertaría su admiración hasta el punto de desear que volviera a besarla. Y su fantasía le caló tan hondo, que dio en pensar que quizá a ella no le hubiera desagradado ese beso furtivo que le había robado entre las callejuelas de Cafarnaún. Poco a poco, esa idea fue cobrando cuerpo en su cabeza: ¿y si no se había molestado por ello? Después de todo, no había hecho ningún gesto para repelerlo, a lo mejor también ella se sentía atraída por él. La ilusión fue creciendo hasta que llegó a visualizarse a sí mismo con una musculatura propia de un héroe griego y un halo de grandeza que, a decir verdad, no tenía. Más bien se sentía torpe y desmañado a causa de su acelerado crecimiento, le costaba coordinar los brazos y las piernas y tenía una timidez impropia de su familia paterna. Pero en su quimera las cosas sucedían de otro modo: todos caían rendidos a sus pies por tanta magnificencia, dondequiera que fuese, y acudían a rendirle pleitesía enterados de sus hazañas. Luego, al final del camino, estaba Judit esperándolo para yacer con él en el lecho nupcial.

Cuando el sueño entraba en un callejón sin salida, Samuel volvía a recrearlo partiendo del único hecho real que tenía: el beso, los labios carnosos de Judit espachurrándose contra los suyos como dos higos maduros. ¡Cómo le hubiera gustado congelar ese momento y borrar todo lo demás! Pero había transcurrido con tanta celeridad... apenas unos segundos que durarían eternamente en su memoria. Ahora le pesaba no haberse parado a contemplar sus ojos inmediatamente después del beso, para saber cuáles eran sus sentimientos hacia él; pero su turbación se lo había impedido.

Y este fue el último pensamiento que ocupó su mente antes de quedarse dormido como un tronco, roto como estaba por el cansancio de una jornada de viaje.

6

La boda

El día de la boda se presentó tan soleado como la víspera. Samuel se despertó con el sonido de las muelas de grano y las voces de los burreros y los pastores conduciendo a las reatas y a los rebaños a los pastos del Yodefat. A partir de ese instante, ya no hubo un segundo de paz en la casa del novio. Él, junto con los más jóvenes, ayudó a los sirvientes a desplazar el mobiliario para hacer sitio al tropel de invitados que pronto empezarían a llegar, y a distribuir los puestos.

A media mañana, el padre del novio, vestido con sus mejores galas, se desvivía por saludar a unos y a otros, desempeñando las labores de anfitrión. El novio, por su parte, parecía un príncipe, con su cinto de seda de brillantes colores y sus sandalias adornadas con listones. Y eso que aún le faltaba la corona de oro, que se ceñiría cuando terminara de preparar la habitación y el lecho nupcial con los dos amigos que hacían de testigos. Entretanto, la novia se adornaba para el cortejo en casa de unos parientes. Y así transcurrió el día, entre saludos y preparativos. Leví, desde el momento en que Raquel, su prometida, hizo acto de presencia, ya solo tuvo ojos para ella. Estaba completamente atontado. Samuel nunca lo había visto así: era como si su espíritu bromista y decidido lo hubiera abandonado para entrar en una especie de limbo donde la tartamudez se hubiera apoderado de su lengua y la sordera de sus oídos. En cambio, los sirvientes bromeaban sobre la escasez del vino, algo que Samuel no alcanzó a comprender, ya que el padre del novio era propietario de viñedos y de una bodega, así que le preguntó a uno de los familiares por el motivo de la chanza.

–Es que hace dieciocho meses se celebró en la ciudad una boda donde al parecer escaseó el vino –le respondió este.

–Por suerte, estaba Jesús de Nazaret, que convirtió el agua de las vasijas en vino de la mejor calidad –intervino un cananeo, que sin duda hablaba con conocimiento de causa.

Samuel pudo ver cómo las orejas de su padre, que estaba de espaldas a él y había escuchado la conversación, se encendieron, y cómo se volvía inmediatamente hacia ellos.

–¡Eso son habladurías propias de gente inculta! –bramó, con la vena de su cuello a punto de reventar.

El cananeo que había hablado respondió ofendido:

–Yo fui testigo del milagro.

–¿Acaso viste cómo el agua se transformaba en vino? –inquirió el sacerdote mascando hacia dentro su ira.

–Vi cómo los criados servían el vino de las tinajas que antes contenían el agua para las abluciones.

–¿Y quién te dijo a ti que el novio no hubiera guardado allí el vino?

–Porque cuando el maestresala lo felicitó por haber reservado el mejor vino para el final, cuando lo usual es hacer lo contrario, él se mostró francamente sorprendido, pues minutos antes yo mismo había escuchado a los criados decirle que se había terminado el vino.

–Con estas habladurías, no me sorprende que la plebe siga a ese iluminado creyéndolo un profeta. ¡Adónde vamos a llegar!

Samuel pudo comprobar lo irritado que estaba su padre al observar su barbilla temblorosa. ¿Por qué le enfurecería tanto ese tal Jesús? Nunca lo había vista tan fuera de sí como cuando se hablaba de él. Si realmente pensaba que era un pobre loco, ¿por qué manifestaba ese temor tan grande a sus hechos y a sus palabras? ¿Acaso pensaba que podría restarle fieles al Templo? Pero no hubo tiempo para más reflexiones, ya que el novio hizo la señal oportuna a uno de sus testigos para que partiera rumbo a la casa donde se encontraba la novia y le diera aviso de que todo estaba listo para empezar la ceremonia.

Como era ya noche cerrada, según requería el ritual, todos los invitados prepararon sus candelas llenándolas con un poco de aceite. Los sirvientes iban pasando las aceiteras para que nadie se quedara sin poder recargar su lámpara. Así que, una vez que el amigo del novio regresó de su cometido, todos las encendieron, formando una comitiva que era como una luminaria centelleante. Entonces los músicos hicieron sonar sus flautas y *kinnors*, una especie de arpas, y la procesión, dirigida por el rabí, emprendió la marcha, haciendo un recorrido por toda la ciudad e invitando a cuantos se encontraban por la calle a unirse al cortejo, hasta terminar en el portalón de entrada de la casa de los familiares de la novia. Allí esperaban las diez doncellas que debían recibir al novio y escoltarlo hasta el interior, portando sus teas encendidas, mientras los invitados esperaban fuera.

Samuel sintió que la emoción se le agolpaba en el pecho cuando vio salir a su prima engalanada con una lujosa túnica color púrpura recogida con dos magníficos broches y numerosos collares sobre ella, con la cabeza tocada con una corona de oro y el rostro cubierto por un velo. Estaba preciosa. Aquello no tenía nada que ver con las bodas a las que solían jugar tan a menudo cuando eran pequeños. Él había asistido a las de sus tres hermanos mayores, pero no le habían producido la misma emoción que la de su prima, quizá porque entonces solo era un crío y ahora era más consciente de lo que ello significaba.

Una vez en la calle, su tío Johab hizo los honores acercando la mano de su hija a la de Rubén, el novio. A continuación, el funcionario de la sinagoga les dirigió unas breves palabras a los dos y, siguiendo la costumbre, les hizo prometer que se respetarían y se amarían hasta la muerte conforme a la Ley de Moisés. Después, los novios se intercambiaron regalos, y la novia dio tres vueltas alrededor del novio mientras recitaba bendiciones sacadas del libro de Tobías. Y por último, el chazán pronunció las esperadas palabras:

–Ya son marido y mujer.

Al oírlo, la multitud prorrumpió en vítores a los recién casados mientras agitaban sus hojas de palma y formaban un pasillo con granos de cereal desperdigados por el suelo. La música volvió a sonar y el cortejo, encabezado por la pareja, regresó dando muestras de alegría a la casa del novio. Sin embargo, Samuel sintió que no pertenecía a aquel momento de felicidad; le embargaba la melancolía. Tenía la sensación de que la boda de su prima marcaba el final de su infancia, una etapa alegre y dichosa sin otra preocupación que corretear con sus primos por los campos o acudir a las clases de la sinagoga.

Una vez en la casa, los sirvientes los iban recibiendo solícitos, encargándose de distribuir a todos los invitados en torno a la inmensa mesa del banquete nupcial que se había dispuesto en el patio, o bien en los precintos de la explanada. Entretanto, los recién casados, escoltados por sus asistentes personales, se encaminaban a la habitación nupcial, donde permanecerían a solas el tiempo necesario para la consumación del matrimonio.

Para distraer el hambre a una hora tan tardía, los criados, dirigidos por el maestresala, repartieron vino y un ligero tentempié, ya que no se podía empezar el banquete sin los novios. Al llevarse la copa a los labios, Samuel volvió a acordarse de lo que había comentado el cananeo sobre el milagro obrado por Jesús. ¿Cuántos milagros había hecho ese hombre? ¿Y por qué el del vino precisamente? ¿Lo había hecho como un alarde público de su poder, o para evitar la vergüenza del novio? Después de haber sido testigo de dos de ellos, no tenía dudas de que lo hubiera realizado, al contrario que su padre, que, a pesar de haber presenciado el de la sinagoga, no quería dar pábulo a comentarios como el del cananeo. Es verdad que siempre le había fastidiado la credulidad de la plebe, a la que tildaba de ignorante, pero nunca le había concedido mayor importancia. ¿Por qué Jesús le sacaba tanto de quicio? ¿Acaso tenía algo personal contra él que se guardaba para sí?

Pero pronto se olvidó del asunto, al escuchar a Leví bromear sobre lo que estaría ocurriendo en la habitación nupcial.

–Como le cojan gusto, nos van a obligar a ayunar –le susurró casi al oído.

Su primo, al estar sentado lejos de Raquel, había vuelto a recuperar su esencia y resultaba difícil permanecer serio con él más de dos minutos.

–Si te oyera tu hermana, te retorcería la lengua –se rió Samuel.

Sin embargo, la imagen de los novios en el lecho trajo a su cabeza la idea de él yaciendo con otra mujer que no fuera Judit, y fue como la mordedura de un lobo que le estuviera desgarrando la carne con sus temibles caninos; no podía soportarla.

Por fin, uno de los testigos salió al patio anunciando la feliz noticia de que los novios ya habían cohabitado y la virginidad de la novia había sido probada. Todos los invitados se regocijaron con el anuncio que indicaba el inicio de la cena, y mucho más cuando aparecieron los recién casados cubiertos con sus coronas florales. Esther se había quitado ya el velo y todos se disputaban ser los primeros en besar a la joven esposa. Pero ella les anunció que el primer beso sería para su primo Samuel, que le había salvado la vida en la caravana.

Inevitablemente, las mejillas del chico se tiñeron del color del vino al sentir que las palabras de su prima habían atraído hacia él las miradas de todos los invitados.

La cena duró más de una hora, y en ella se sirvieron los más suculentos platos de carnes y pescados, con variadas ensaladas y verduras; pero, sin duda, lo más celebrado fue el vino de la bodega del padre del novio. Entonces volvió a salir a colación el milagro realizado por Jesús en aquella famosa boda celebrada meses atrás. Era patente que había causado un gran impacto en la comarca, y ello provocó que los hombres se enzarzaran en una interminable discusión. Los más exaltados eran los fariseos y los saduceos: se veía claramente que odiaban a ese hombre, y aportaron nuevos datos que hicieron temblar de ira la barbilla del padre de Samuel.

–Su único objetivo es ridiculizarnos y desprestigiarnos ante el pueblo con esas parábolas que va diciendo por ahí –gritó uno de los fariseos con la euforia que produce el exceso de vino–. El otro día contó en mis propias narices la historia de dos hombres que subieron al Templo a rezar, un fariseo y un recaudador de impuestos. El fariseo rezaba diciendo: «Dios mío, te doy gracias por no ser como los demás, que son ladrones, injustos o adúlteros, y de no ser como ese recaudador. Ellos son pecadores; yo, en cambio, ayuno todas las semanas y doy al Templo una décima parte de lo que gano, como manda la Ley». Por el contrario, el recaudador, desde un rincón, se daba golpes en el pecho diciendo: «Dios mío, ten compasión de mí, porque soy un pecador».

–Pues no veo cómo puede desprestigiarnos con la verdad –comentó otro de los fariseos, arrebatado por el efecto del alcohol–. Cada uno reza según es su comportamiento; todos sabemos que los recaudadores son unos ladrones y, por tanto, deben arrepentirse como pecadores que son.

–Es que falta la coletilla con la que Jesús remató la historia –le replicó el otro–. Según él, cuando el recaudador bajó a su casa, estaba en paz con Dios; no así el fariseo, porque, según sus palabras, «a todo el que presume de sí mismo lo humillarán, pero el que se humilla será alabado por todos».

–¡Es indignante! Informaré de esto al Sanedrín –sentenció el padre de Samuel. Al hablar, apretaba la pata de cordero que estaba comiendo como si la quisiera estrangular con su propia mano, hasta que esta prácticamente se le quedó sin sangre por la presión ejercida.

A Samuel le vino a la cabeza la ceremonia oficiada el día de Pentecostés, en la que su progenitor se le había antojado presuntuoso y prepotente; y, sin saber por qué, las palabras de Jesús le parecieron llenas de sentido, aunque no se atreviera a decirlo.

Menos mal que la aparición de los postres calmó los ánimos de los comensales, haciendo que se olvidaran de un tema que levantaba tantas ampollas. Había bandejas de pastelillos de menta, barquillos de canela, tortas dulces rellenas de compota de frutas, melones rellenos de leche cuajada con pasas, crema de huevo con salsa de granada y dátiles en abundancia. Aquello era un auténtico festín que provocó la admiración de todos los invitados. Después se bailó y cantó hasta el amanecer.

La boda duró una semana entera, al término de la cual los familiares y demás invitados regresaron a sus respectivos pueblos.

7

El criado del centurión

Si el viaje de ida había sido alegre para todos excepto para Samuel, el de vuelta había transcurrido de otro modo. Los familiares sin duda acusaron la ausencia de Esther, especialmente sus padres y hermanos. Pero también él había sentido un gran vacío. Entre otras cosas, por la certidumbre de que la boda de su prima había puesto un punto final a su niñez y lo había abocado a una nueva etapa sinuosa y difícil, en la que sus convicciones de siempre se tambaleaban a la mínima, haciéndole dudar incluso de la integridad de su padre. Pero, a pesar de encontrarse en un terreno desconocido y resbaladizo, que convulsionaba su conciencia, había algo que le producía una gran felicidad interior, y era el hecho de poder volver a ver a Judit. Esa semana se le había hecho eterna sin su presencia.

Según se iba acercando a su casa, la visión de ella, desnuda en el río, y el beso robado invadían todo su ser provocándole sentimientos contradictorios. Sabía que era una felicidad ficticia a la que debía renunciar, pero su corazón se negaba a hacerlo. ¡Qué suerte la de su primo al enamorarse de la muchacha que le estaba destinada! ¿Acaso era una prueba que le mandaba Dios la de unirse a una mujer estando enamorado de otra? Recordó cómo Yahvé había bendecido a Abrahán y a Sara, dándoles un hijo en la vejez que marcaría la descendencia de su pueblo. ¿Qué le tendría deparado a él? ¿Por qué su destino era este y no otro?

Todos estos pensamientos poblaban su mente mientras sus pies lo conducían irremisiblemente hacia Judit. Necesitaba verla con urgencia para hablar con ella de todo lo sucedido. Y para lograr su propósito, no se le ocurrió nada mejor que montar guardia subido a un sicómoro situado estratégicamente no muy lejos de la vivienda. En algún momento saldría a buscar agua en el pozo, a comprar alimentos o a cualquier otro quehacer doméstico, y podría hablar con ella.

Había una gran paz allí arriba, perturbada únicamente por el sonido de los moscones y abejorros que merodeaban los higos prácticamente ya maduros, porque los pájaros, ante su presencia, no se atrevían a acercarse. Por eso no le pasó desapercibida una silueta que se dibujaba a lo lejos caminando hacia la casa. Al principio apenas se distinguía otra cosa que la nube de polvo que levantaban sus sandalias, pero conforme se iba acercando, más familiar le resultaba la figura. ¡Como que era su tío Johab! Samuel se quedó de una pieza. ¿A qué tenía que ir a la casa de Judit? ¿Acaso tenía negocios con ellas? No, eso era del todo imposible: dado lo religiosa que era su familia, su tío nunca haría tratos con una mujer que había sido repudiada por su marido por adúltera, pues eso era lo que murmuraba la gente. Seguramente iría de camino hacia otro sitio y pasaría de largo.

¡Pero cuál no sería su asombro al ver que su tío entraba directamente en la vivienda, como quien recorre un camino que le es familiar! Samuel sintió la boca seca y los músculos blandos, pero no tuvo tiempo para hacer ninguna elucubración más, pues enseguida vio a Judit saliendo con un cántaro en el hombro camino de la fuente. De pronto le entró un ataque de vergüenza. ¿Qué pensaría ella si lo viera ahí subido montando guardia? ¿Cómo explicaría su presencia? Seguramente pensaría que la estaba espiando. Lo mejor sería permanecer oculto entre las ramas e ir tras ella cuando se hubiera alejado un buen trecho.

Claro que no contaba con la fina capacidad de observación de Judit, a la que nunca se le escapaba nada. En cuanto dio unos cuantos pasos, se fijó en el minúsculo trozo de túnica color azafrán que asomaba entre las hojas del sicómoro más frondoso de cuantos había en el camino, y no pudo evitar la curiosidad de saber a qué todo pertenecía esa parte.

Cuando Samuel se dio cuenta de que sus pasos se encaminaban precisamente hacia el árbol en que se encontraba encaramado, contuvo la respiración, suplicando para sus adentros no ser descubierto; pero, al oír su voz, supo que no tenía escapatoria.

–¿Qué haces ahí subido? –le increpó Judit con un aplomo que estaba muy lejos de sentir, pues él era la última persona que se esperaba encontrar después de que le hubiese robado aquel beso en una callejuela del centro y de que hubiese salido corriendo como un fugitivo.

Samuel notó que enrojecía, si bien las hojas de la higuera amortiguaron el calor que desprendían sus mejillas.

–Estaba... esperándote –le respondió, notando su lengua tan áspera como la piel de los higos que aún no han madurado.

–Pues aquí me tienes, ya puedes bajar –dijo ella desafiante, con la fuerza que le daba la humillación sufrida.

Samuel se sintió más torpe que nunca, como si sus piernas quisieran hacerse una trenza, negándose a bajar. Pero finalmente consiguió doblegarlas y descender hasta quedar al lado de Judit. De su cabeza emanó hasta su nariz ese aroma a pan recién hecho que desprendían sus cabellos y que, una vez más, casi le hizo perder el sentido. Pero Judit no pareció darse cuenta, porque se puso a caminar sin mirarlo a los ojos ni una sola vez.

–Quería... pedirte perdón... por... por lo del otro día –su voz sonaba timorata; para nada era el héroe griego que en su fantasía volvía victorioso de su hazaña.

–¿Qué fue lo que ocurrió el otro día? –la voz áspera de ella contrastaba con la de él; para nada era la muchacha dulce y amable que lo esperaba sonriendo al final del camino.

–Ya sabes...

–No, no lo sé –le cortó ella.

Samuel se dio cuenta del grado de enfado que tenía.

–Cuando te besé.

–¡Ah, eso!

Ahora mostraba desprecio. «Sin duda está muy dolida», pensó Samuel.

–Lo hice porque... estoy enamorado de ti, Judit. No dejo de pensar en ti a todas horas, eres la dueña de mi pensamiento, de mis sentimientos...

Ella se detuvo y le miró a los ojos, pero no pudo mantener mucho tiempo la mirada por miedo a que él descubriera sus propios sentimientos. No quería que lo hiciera porque sabía que Samuel nunca sería para ella.

–Tienes que perdonarme, Judit, por esto y por haberte llamado una vez «hija del pecado». Nunca te pedí perdón por ello y lo tenía clavado en el corazón como una astilla.

–Igualmente te perdoné. Sé que fue en un momento de ofuscación y que no hiciste sino repetir lo que otros van diciendo por ahí –Samuel no quiso confesarle que en esos otros estaban incluidos sus propios familiares–, pero lo del beso no estuvo bien. Ya me enteré por tu prima de que estás prometido a una muchacha de una familia hacendada de Jerusalén. ¿Acaso quieres mancillar mi honra?

–Eso sería lo último que querría, Judit: ya te he dicho que siento por ti un amor que es más grande que el mar y que el cielo juntos –la mirada de ella se dulcificó–. Solo pienso en poder estar contigo, en cambiar la maldita costumbre que nos impide casarnos. Francamente, dudo mucho que el Señor quiera separar a los que se aman; no hago más que darle vueltas, no sé de dónde viene esa absurda costumbre.

–No blasfemes, Samuel.

–No estoy blasfemando. Simplemente, me cuesta creer que la justicia de Dios sea esa.

Al darse cuenta de la sinceridad y de la terquedad de sus sentimientos, Judit se lanzó a confesarle los suyos:

–¿Sabes, Samuel? Yo también tengo ese mismo sentimiento hacia ti, siempre lo he tenido. Esperaba cada verano como los labriegos esperan a que caiga el agua en sus campos, contando los días que faltaban para verte. Por eso, el año pasado me llevé una gran decepción cuando no viniste.

Según iba hablando, a Samuel se le ensanchaba el corazón hasta no caber dentro de su pecho de pura felicidad. Toda la amargura que había pasado estos días se le borró de golpe de la mente. Quería que este momento durara eternamente, que no se acabara nunca. Quería retener cada una de sus palabras tal cual habían sonado en sus oídos. Quería volver a besar sus labios carnosos, como un higo maduro recién abierto.

–No pudimos venir porque mi madre estaba enferma –respondió desde la nube en la que se encontraba.

–Sí, me lo dijeron tus primos.

–Y este año te he decepcionado, ¿no? –esperaba oír más, que le regalara los oídos.

–Al contrario, cuando te vi en el pozo tan alto, tan cambiado... me quedé sin aliento.

Samuel estaba levitando; por eso le fastidió la llegada de un gran gentío que caminaba hacia ellos e interrumpía así aquel momento tan mágico.

–Mira, es Jesús –le señaló ella.

–¿Y no es ese el centurión? –se extrañó él.

–Sí que lo es. Vamos a ver qué ocurre. Espero que no haya ido a arrestarlo.

Samuel pensó inmediatamente en su padre, pero enseguida descartó la idea de que hubiese ido a hablar con el centurión para que arrestara a un judío, cuando eran precisamente los romanos sus mayores enemigos. Si a alguien odiaban los judíos era a ellos, pues los consideraban unos bárbaros que adoraban a varios dioses, visitaban los baños públicos y organizaban fiestas y banquetes que ofendían a Dios, además de ser los opresores de su pueblo.

–¿Por qué habría de hacerlo? –le preguntó Samuel, pensando que quizás ella tuviera la respuesta.

–Porque cada vez hay más gente que lo sigue, y ya sabes que a los romanos no les gustan las alteraciones del orden público. Aunque este centurión siempre se ha portado muy bien con nosotros, e incluso nos ha edificado la sinagoga.

Sin embargo, una vez allí, pudieron comprobar que no se trataba de un arresto; al contrario, los dos se quedaron de una pieza cuando escucharon al centurión romano dirigirse a Jesús en estos términos:

–Maestro, sé que eres una persona que ayudas a todo el mundo y por eso he venido a buscarte. Verás, mi criado, que es como un hijo para mí, está enfermo y nadie puede hacer nada por él.

–No te preocupes, yo iré a tu casa a curarlo –le respondió con toda tranquilidad.

Si las palabras del centurión dejaron boquiabierto a Samuel, la respuesta de Jesús no le produjo menos impresión: ¡un judío yendo a la casa de un romano!

–Señor, yo no soy digno de que entres en mi casa –le contestó él–. Estoy seguro de que, con una palabra que pronuncies, mi criado quedará curado.

Samuel se tuvo que pellizcar para cerciorarse de que había oído bien. ¿Cómo es que un romano mostraba esa confianza ciega en un judío que era despreciado y criticado por muchos de sus propios hermanos? Con el corazón latiéndole fuertemente en el pecho, esperó impaciente a ver qué ocurría, pues no le había pasado desapercibido el asombro que también le habían causado a Jesús las palabras del centurión. ¡No era para menos!

–Os aseguro que jamás he encontrado un judío con una fe tan grande como la de este hombre –dijo elevando la voz; luego, dirigiéndose al centurión, añadió–: Vete a tu casa, tu criado ya está sano.

Samuel se quedó de piedra. ¿Cómo podía decir Jesús que un romano tenía más fe que un judío, cuando ellos no creían en un solo Dios sino que adoraban a varias divinidades? Ahora entendía por qué a su padre le irritaba tanto aquel hombre y le parecía tan peligroso, más por las cosas que decía que por los milagros que hacía. Sin embargo, en su fuero interno, deseó con todas sus fuerzas que estas palabras pronunciadas por Jesús no llegaran a oídos de su padre. Y ello le produjo cierto malestar, porque era como ponerse de parte de él. ¿Era ese el poder de Belcebú con el que, según su padre, obraba?

Cuando el resto de los presentes abandonaron el lugar, tan asombrados como ellos dos, Samuel se atrevió a preguntarle a Judit:

–¿Crees que se habrá curado el criado?

–¿No oíste a Jesús?

Por su respuesta se dio cuenta de que la fe de ella en aquel hombre era tan grande como la del centurión, por lo que no se atrevió a comentar nada más sobre lo ocurrido. Sí, en cambio, trató de indagar sobre el motivo de la visita que les había hecho su tío Johab preguntándoselo directamente, pues no podía apartar esa imagen de su cabeza.

–Oye, por cierto, ¿qué hacía mi tío en tu casa?

Las mejillas de Judit se tiñeron de púrpura, y Samuel se sintió avergonzado por haberla violentado.

–Negocios –dijo después de unos segundos de vacilación–. Y ahora, si me disculpas, tengo que ir a la fuente. Además, creo que es mejor que no nos vean juntos, no vayan a murmurar.

Samuel se quedó desolado por su reacción, y sintió como si alguien le pisoteara sus sentimientos. Adiós al momento mágico. Adiós a sus ilusiones. Adiós a Judit.

8

CONVERSACIÓN CON EL RABINO

El deseo de Samuel de que su padre no se enterara de lo ocurrido con el centurión no se cumplió. No sabía cómo lo hacía, pero su padre parecía tener una red de espías por todo el país. No en vano era hijo de Anás, en cuya casa se cocían todas las intrigas y se tomaban las decisiones importantes sobre cualquier asunto de la nación. El caso fue que, cuando él llegó a la hacienda de sus abuelos para la comida del mediodía después de ser testigo de dicho episodio, se encontró a su padre en pleno ataque de furia. Samuel jamás lo había visto en tal estado, vociferando que aquello era un hecho tan grave que tenía que ir a Jerusalén para informar personalmente a su abuelo y a su cuñado Caifás, su sucesor como sumo sacerdote. Viéndolo tan fuera de sí, Samuel se temió lo peor –que se hubiera enterado de que él había sido testigo de ese suceso–, lo que le llevó a permanecer semioculto tras uno de los pilares del patio. Pero, al descubrirlo, su padre lo llamó de inmediato para hacerle partícipe de lo ocurrido, sin ser consciente del miedo que su hijo sentía en aquel momento, como el árbol que teme ser arrancado de la tierra por un temporal. Sin embargo, una vez que comprobó que su temor era infundado, se calmó en gran medida y atendió a los deseos de su progenitor de que cuidara de su madre en su ausencia, ya que, por desgracia, le habían vuelto las hemorragias.

Al día siguiente, Samuel se levantó al alba para ir a acompañarlo hasta la salida de Cafarnaún. De algún modo sentía cierto alivio por su marcha, pues últimamente lo juzgaba con una gran dureza, y ello hacía que le remordiera la conciencia. Durante el breve trayecto, su padre le recordó que debía asistir puntualmente a la sinagoga para recibir clases del rabino, pues si bien en verano existía cierto relajo en el tema de la enseñanza, quería que prosiguiera sus estudios para llegar a convertirse en un maestro de la Ley. Esta era una profesión copada en su mayor parte por los fariseos, pero, precisamente por el prestigio y el auge que estaba cobrando, su padre, perteneciente a la casta de los saduceos como todos los sacerdotes de la clase alta, había accedido a los deseos de su hijo pequeño de llegar a ser uno de ellos. Por tanto, Samuel debía estudiar los textos de la Torah en profundidad, tanto orales como escritos; un aprendizaje que duraba muchos años, ya que normalmente no se alcanzaba el grado de doctor hasta los treinta y siete. Por eso a Samuel le desconcertaba que muchos llamaran maestro a Jesús, y le intrigaba de dónde le vendrían esa sabiduría y ese conocimiento que iban más allá de las propias leyes.

Una vez que Samuel se hubo despedido de su padre, las dudas volvieron a hacer mella en su cabeza al recordar el episodio del centurión vivido la víspera. ¿Se habría curado su criado, tal y como le había asegurado Jesús, o no? Su fe, a pesar de los milagros que había presenciado, no era inquebrantable como la de Judit o la del propio centurión, y necesitaba ir a comprobarlo por sí mismo, influenciado como estaba por las palabras de su padre que aún resonaban en sus oídos: «La gente inculta y sin formación está siempre expuesta a creer cualquier cosa que le cuenten, y luego va esparciendo por ahí rumores sin ningún fundamento. Y de esto precisamente se aprovechan todos esos charlatanes que embaucan al pueblo con su palabrería». Así que lo primero que hizo, antes de acudir a la sinagoga para sus clases con el rabino, fue acercarse a la villa del centurión, que estaba en una colina rodeada de cipreses y palmeras.

Desde lo alto del promontorio, Samuel contempló el mar de Galilea, que en ese momento parecía un inmenso espejo azul en cuyas aguas se reflejaban tanto las casas de Cafarnaún como las de Tiberíades, la ciudad que estaba al otro lado del lago. Sin duda era un lugar que invitaba a la ensoñación, aunque en su caso tuviera un regusto amargo, ya que también se veían desde allí las calles por donde había echado la carrera con Judit en la fiesta de Pentecostés y donde le había robado el beso. «¡Qué rápido se desvanecen los sueños!», pensó. Aunque, en el fondo, no era capaz de quitarse de la cabeza que el suyo hubiera acabado tan súbitamente, o más bien no se resignaba a que fuera así.

La villa del centurión no era excesivamente lujosa para lo que acostumbraban los romanos, pero sin duda disponía de más lujos y comodidades que cualquier casa judía de Galilea. Samuel se apostó en las cercanías de la misma, ya que un judío no podía entrar en casa de un romano, y esperó pacientemente a que saliera cualquiera de los criados para preguntarle por el que estaba enfermo.

Por suerte, no tuvo que esperar mucho tiempo, pues enseguida salieron dos de ellos provistos de unos cestos para ir al mercado a hacer las compras del día. Samuel se les acercó tímidamente, preocupado de que alguien pudiera informar de ello a su padre; aunque siempre podía excusarse ante él diciendo que había ido a buscar información para luego pasársela. Este pensamiento le hizo enrojecer, pues la mentira y la ocultación eran algo a lo que él no estaba acostumbrado. ¿Qué le estaba ocurriendo últimamente? ¿Tendría la culpa ese taumaturgo? ¿Era por eso por lo que su padre le tenía tanta manía, porque era capaz de hechizar a la gente para que lo siguiera ciegamente?

–Buenos días –los saludó.

Ellos se sorprendieron, pues no era habitual que un judío se dirigiera a los romanos. Así que se quedaron mirándolo con extrañeza.

–Veréis, venía a informarme sobre el criado del centurión que estaba enfermo.

Inmediatamente se hicieron un guiño de complicidad, como si ya otros hubieran venido antes a preguntar por él.

–Ya está curado –le respondieron.

Samuel sintió que su interior se removía con la misma fuerza con la que las olas arrastran la arena de la playa, y su corazón empezó a latir con ímpetu.

–¿Y cuándo fue eso? –insistió, como si necesitara más pruebas que confirmaran que su curación era fruto de un nuevo milagro de Jesús.

–Ayer por la mañana, en la hora cuarta, se levantó tan fresco como un pepino, pidiendo agua y comida. Luego, el centurión llegó y lo abrazó llorando y gritando una y otra vez: «Jesús ha obrado un milagro en mi casa».

Samuel se quedó lívido. Los romanos no creían en milagros. Para ellos, la única curación posible era la de los médicos; sin embargo, ahí estaba el centurión proclamando uno ante sus criados. Si eso llegaba a oídos del emperador, podría tener problemas.

Con estos pensamientos en su cabeza, se dirigió a la sinagoga. ¿Qué pensaría el rabino del milagro del que él mismo había sido testigo? Le hubiera gustado poder comentar con él el encuentro entre Jesús y el centurión y lo que acababa de escuchar de labios de sus criados, pero este podría hacérselo saber a su padre y se metería en un buen lío. Sin embargo, necesitaba que alguien le ayudara a apaciguar su agitado ánimo, pues tan pronto pensaba una cosa como al instante se arrepentía de haberla pensado. Sin duda, su padre tenía razón y lo mejor era apartarse lo más posible de ese hombre que parecía ejercer una influencia maligna sobre él, haciendo que se tambaleara todo su mundo. ¿No era eso lo que hacía el demonio, tentar a la gente? Bastante tenía ya con el sufrimiento que le causaba su amor imposible por Judit. Quizá el rabino sí pudiera aportarle un poco de luz en este caso, explicándole de dónde venía la desdichada costumbre de que fueran los padres quienes eligieran a la persona con la que casar a sus hijos, para ver si había alguna posibilidad de oponerse a ella.

–Shalom –le saludó, pues era el modo en que los judíos se deseaban la paz y el bienestar.

El rabino le devolvió el saludo y lo hizo sentarse junto a los demás alumnos con los que compartía la clase. Samuel esperó pacientemente a que esta terminara para quedarse a solas con él, lo cual era bastante frecuente, ya que se estaba preparando para ser un maestro de la Ley y necesitaba profundizar en los temas. Una vez que se hubo marchado el último, le hizo la pregunta que le quemaba en la boca:

–Maestro, ¿cuál es el origen de que los padres arreglen las bodas de sus hijos? ¿Acaso tiene un sentido religioso?

–Naturalmente, Samuel; es Dios, a través de los padres, quien elige a la muchacha adecuada.

Su respuesta fue un jarro de agua fría, pero aun así no desistió de seguir buscando desesperadamente una salida a su problema.

–¿Y si los padres no escuchan bien el mensaje de Dios y se equivocan? ¿Cómo podemos saber lo que Dios espera de nosotros?

–¿Y me lo preguntas tú, que llevas el nombre del profeta Samuel? ¿Acaso tengo que recordarte su historia?

Samuel se la sabía de memoria, ya que su madre solía contársela cuando era pequeño, y a él le encantaba porque le parecía ser el protagonista al tener su mismo nombre. No se cansaba de escucharla una y otra vez, y no consentía que su madre se apartara ni una coma del texto, y si lo hacía la corregía. Ese profeta del que hablaba la Torah había sido consagrado al Templo por su madre, una mujer estéril que le había hecho esa promesa al Señor si le daba un hijo varón. Por ello entró, siendo aún niño, al servicio de Elí, el sacerdote, que estaba ya viejo. Y un día, estando dormido en el santuario donde se encontraba el Arca de la Alianza, escuchó una voz que lo llamaba: «¡Samuel!». Él, pensando que era Elí, corrió presuroso a atenderlo, pero este le respondió que él no lo había llamado, que volviera a acostarse. Sin embargo, al poco de haberlo hecho, oyó de nuevo la voz y fue donde el sacerdote, que volvió a decirle lo mismo. Así hasta tres veces. Entonces Elí, comprendiendo que era el Señor quien lo llamaba, le dijo que la próxima vez le respondiera: «Habla, Señor, que tu siervo escucha».

–Pero a mí nunca me ha hablado el Señor. ¿Cómo podría reconocer su voz? –le preguntó Samuel, confundido.

–El Señor nos habla a través del corazón; solo hay que permanecer atento a sus deseos.

Inmediatamente, Samuel hizo la lógica conexión en su cerebro, aunque no se atrevió a decir en alto lo que pensaba. Entonces, ¿si su corazón le había llevado directamente a Judit, era señal de que el Señor bendecía su amor? ¿Acaso debía enfrentarse a sus padres por condenarlo a un matrimonio contrario a los deseos de Dios? Pero ¿y si era su corazón quien lo engañaba?

El rabí, como si hubiera adivinado sus dudas, le preguntó:

–¿Recuerdas lo que le ocurrió a Samuel, siendo ya juez, cuando el Señor le dijo que Saúl no le gustaba como rey y quería que ungiera a uno de los hijos de Jesé?

–Que se confundió al pensar que se refería a Eliab –respondió rápido para demostrarle que era un buen conocedor de las Escrituras.

–Exactamente. ¿Y qué le dijo entonces el Señor?

–Le dijo así: «No te fijes en la estatura y en las apariencias, porque el Señor no ve a las personas como las veis vosotros; Dios mira al corazón».

Y nada más responderle, una idea que le disgustaba profundamente asaltó su cabeza. ¿Habría hecho él lo mismo que su tocayo al deslumbrarse con la belleza de Judit? ¿Sería la voluntad de Dios que se uniera con Rebeca, tal como habían dispuesto sus padres? El Señor había elegido rey a David, el más pequeño de los hijos de Jesé, que ejercía las labores de pastor, y ese ser insignificante había sido capaz de vencer al gigante Goliat, el más temido de los guerreros filisteos, convirtiéndose en rey de los israelitas. ¿Le ocurriría a él lo mismo con Rebeca? Quizá, a primera vista, no le había llamado especialmente la atención, pero cuando la conociera más a fondo, después de la boda, ella ganaría su corazón.

Samuel salió de la sinagoga mucho más confundido de lo que había entrado. ¿Por qué Dios no era más claro en sus peticiones? ¿O sería que él era duro de oído para entenderle?

9

El sermón de la montaña

Los días siguientes, Samuel, en su afán por cumplir los mandamientos, entre los que se encontraba la obediencia a los padres, decidió volcar todo su interés en aplicarse en las clases con el rabino y en ocuparse de su madre tal y como le había prometido a su padre. Pero se sentía como una lámpara a la que se le va acabando el aceite y cuya luz se va haciendo cada vez más mortecina hasta apagarse por completo. Incluso llegó a visualizarse a sí mismo dentro de un pozo sumido en las tinieblas, pues así era como imaginaba su vida sin Judit. Cada día su ánimo había ido decayendo un poco más, y hoy su corazón estaba tan triste como el día, que amenazaba lluvia. Samuel contempló el cielo plomizo y pensó que estaba a tono con él. ¡Qué diferencia cuando, días atrás, la alegría de ver a Judit le estallaba en el pecho! ¿Cómo era posible que no fuera capaz de olvidarse de ella? ¿Qué clase de prueba le estaba mandando Dios?

Con el corazón embotado por el sufrimiento y la cabeza estallándole de dudas, se dirigió hacia la hacienda de su primo Leví, a ver si él lo alegraba un poco con sus bromas mientras los ayudaba a recoger los higos y los melones ya maduros. Pero el vocerío de una multitud caminando en su misma dirección lo sacó de sus pensamientos. ¿Adónde iría toda aquella caterva de gente?

Pronto lo alcanzaron, pues iban a paso ligero, con prisa, y les pudo preguntar por su destino.

–Vamos a escuchar a Jesús –le informaron.

Al instante, su pulso se aceleró, como si le acabaran de dar una noticia que le atañera, y el deseo de seguirlos creció dentro de su pecho con tanta fuerza que no fue capaz de resistirse, y marchó tras ellos. No obstante, no se podía librar del remordimiento que su impulsiva decisión le provocaba y que se le agarraba al pecho como el ternero a la ubre de su madre. ¿Acaso no se había prometido a sí mismo que se alejaría de ese hombre? ¿Qué misteriosa fuerza lo impelía a ir tras él? ¿Por qué no podía olvidarse de su mirada, de su gesto compasivo con el leproso, y de lo que había dicho de la oveja en la sinagoga? Más de un vez estuvo tentado de darse la vuelta, pero sus pasos no obedecían a su mente, sino al impulso de su corazón abatido que necesitaba consuelo. Él era esa oveja que se había caído al pozo y necesitaba que ese hombre lo sacara de ahí, lo mismo que había hecho con el de la mano paralítica y el leproso.

Al llegar a un campo de almendros, se salieron del camino y comenzaron a subir la ladera de una pequeña colina, en la que se juntaron con gentes que venían de todas partes. Formaban una gran muchedumbre, por lo que Samuel fue sorteando a unos y otros hasta colocarse en las primeras filas. Entonces pudo ver a Jesús. Ahí estaba, en medio de todos, vestido con una túnica corriente sin mangas, atada con un cinto. Y sin embargo, a pesar de la pobreza de su ropa, había una imponente grandeza en su persona, un resplandor que emanaba de su interior y que lo distinguía de los demás. Instintivamente, Samuel comparó su humilde vestimenta con las suntuosas vestiduras que llevaba su padre cuando oficiaba las ceremonias: la túnica interior blanca, la exterior azul, el efod, el pectoral, el vestido a cuadros bordado en oro, jacinto y púrpura, el cinturón y el turbante ceñido por una corona de oro; y le pareció que los sacerdotes necesitaban de esa vestimenta para reforzar su autoridad, porque sin ella serían como el resto de los ciudadanos.

La sola presencia de Jesús lo tranquilizó, y su mirada serena le devolvió la paz que le había faltado últimamente. Incluso le pareció que le hacía un gesto de reconocimiento antes de ponerse a hablar, lo cual le produjo una gran alegría.

–Dichosos los pobres de corazón, porque el reino de Dios les pertenece –dijo haciendo una pausa.

Tenía una voz grave y bien timbrada que enseguida captaba la atención de la gente. Pero a Samuel no fue su voz lo que le llamó la atención, sino las palabras que acababa de pronunciar. Se quedó seco, como si lo hubieran clavado a la tierra. ¡Si su padre y los fariseos las hubieran escuchado! Ellos, que tanto se ufanaban de pertenecer a la clase dirigente y consideraban a los pobres los excluidos, los malditos por Dios de la sociedad. ¿Cómo podía decir que el reino de Dios les pertenecía a ellos? Ahora empezaba a entender por qué a su padre le parecía tan peligroso Jesús. Sin embargo, al ver la actitud doblegada y encogida de aquellas personas humildes, le pareció que el Señor por fuerza tenía que estar con ellos. ¿Por qué iba a estar solo al lado de los ricos y poderosos? No, no eran ellos quienes lo necesitaban, sino estos, que temían su poder y se gastaban lo poco que tenían en ofrecerle sacrificios que, a la postre, enriquecían a los sacerdotes. Esta reflexión le produjo una gran convulsión interna.

–Dichosos los afligidos, porque serán consolados.

Y ahora se dirigía a él. Sus ojos serenos penetraron en los suyos atormentados haciendo que le invadiera un maravilloso bienestar. ¿Acaso había adivinado lo que le ocurría, lo afligido que estaba su corazón? No había duda de que este hombre era un profeta. Pero ¿podía su padre estar equivocado?

–Dichosos los desposeídos, porque heredarán la tierra.

Samuel pensó en lo inmensamente rica que era su familia. Si su abuelo Anás escuchara semejante aseveración, se le abrirían las carnes pensando que Jesús era un provocador, un revolucionario que incitaba a los pobres a quitar los bienes a los ricos. ¿Acaso eran esas sus intenciones?

–Dichosos los que tienen hambre y sed de la justicia de Dios, porque se saciarán.

¿Cuál era la justicia de Dios? A él muchas de las leyes ortodoxas se le antojaban injustas y crueles. Jesús tenía razón al afirmar que un hombre era mucho más importante que una oveja y, por tanto, era lícito curar en sábado. Sin embargo, ¿no era el propio Dios quien mandaba las enfermedades a los que habían cometido pecado? Su conciencia en este momento era como un trozo de piel carcomida por la lepra. Se sentía enfermo, angustiado, enfebrecido. Echó un vistazo a su alrededor. Todos lo escuchaban sobrecogidos, con la mirada anhelante, como quien bebe agua después de una travesía por el desierto, en completo silencio. Un silencio roto únicamente por la potente voz de Jesús. También Samuel buscaba en sus palabras un bálsamo para su corazón malherido, para su acongojada conciencia, pero estas no hacían sino removerla aún más. Y su pecho, en lugar de ensancharse, se encogía como las manos de los bebés cuando tienen hambre.

–Dichosos vosotros cuando os injurien y os persigan y os calumnien por mi causa. Estad contentos y alegres, porque vuestro premio en el cielo será grande. Pues así persiguieron a los profetas que os precedieron.

Samuel volvió a tener la sensación de que algo bullía dentro de él, como el agua del puchero en la lumbre. Las palabras de Jesús no le estaban dejando indiferente; era como si se estuvieran cociendo en su interior y le quemaran las entrañas. ¿Acaso le estaba pidiendo romper con su familia y con las creencias que de ellos había aprendido? Desde luego, aquello no tenía nada que ver con las enseñanzas recibidas tanto en la sinagoga de Jerusalén como en la de Cafarnaún. Quizá su padre tuviera razón. Sin duda había sido una inconsciencia propia de su juventud el haber venido a escucharlo. ¿Qué se le había perdido a él entre toda esa gente con la que nada tenía que ver? Y, sin embargo, al mirarle a los ojos, ese rechazo se esfumaba, porque su mirada era tan limpia y cristalina como el agua de las fuentes, y hablaba con una autoridad de la que carecían los demás maestros de la Ley.

–Vosotros sois la luz del mundo. No puede ocultarse una ciudad construida sobre un monte.

Estas nuevas palabras prendieron en Samuel de una manera especial. Y es que precisamente él siempre se había sentido atraído hacia la profesión de maestro de la Ley para poder alumbrar a la gente el sentido de la Torah. Pero ninguno de los rabinos con los que él estudiaba había conseguido remover sus creencias de ese modo. Con ellos siempre tenía la sensación de quedarse en la superficie de las cosas, de no poder ir hasta el fondo de las mismas. En cambio, ahora notaba cómo dentro de él crecía una fuerza capaz de mover montañas.

–Brille vuestra luz ante los hombres, de modo que, al ver vuestras buenas obras, glorifiquen a vuestro Padre del cielo.

¿Qué obras eran esas? ¿Bastaba con ser un buen hijo y cumplir los mandamientos de la Ley de Moisés? Volvió a echar una mirada a esas pobres gentes, cuyas túnicas estaban en muchos casos remendadas, pero que parecían tener una fe inquebrantable en Jesús. ¿Acaso era él mejor que esas gentes por el hecho de haber nacido en un lugar privilegiado? Ese pensamiento fue como un pellizco en su atribulada conciencia. *Dichosos los desposeídos, porque heredarán la tierra.* ¿Acaso era justo que la riqueza estuviera solo en manos de unos pocos, mientras otros se morían de hambre? Todas esas personas iban detrás de Jesús en busca de consuelo porque tenían una vida dura y difícil. ¿Y él? ¿Qué buscaba él?

Cuando bajó del monte, se sintió transformado. Era como si su alma se ensanchara hacia territorios inexplorados, una sensación extraña, por un lado liberadora y aterradora por otro. De lo que no había duda era de que ya no era el mismo que antes de haber escuchado a Jesús. Fue como si empezara a encajar piezas que antes estaban sueltas por su cabeza, y a hacerse reflexiones que nunca se le había ocurrido hacer. ¿Qué sentido tenía el principal mandamiento, «ama al prójimo como a ti mismo», si se trataba con desprecio a los de condición inferior o no se perdonaba al que te había ofendido? Jesús tenía razón en esto. Su padre no podría objetar nada ante semejante argumento.

Iba tan ensimismado en sus propios pensamientos que ni se había dado cuenta de que Judit estaba a escasos pasos de él. Fue ella quien lo llamó, quizá porque se sentía a salvo de cualquier intimidad que pudieran intercambiarse entre tanta gente.

–¡Samuel!

Su nombre, en boca de ella, le sonó como el acorde de una cítara en manos del rey David, y su corazón empezó a bailar de alegría, tratando de abrirse paso entre el tumulto hasta alcanzarla.

–Hola, Judit, ¿qué haces tú aquí?

–¿Y te choca verme? Más raro se me hace a mí que tú hayas venido. No es la primera vez que voy a escuchar a Jesús. Mi madre le sigue habitualmente, aunque hoy no haya podido venir. Dice que es el único hombre que jamás la ha insultado ni la ha mirado mal; incluso vino hace unos días a nuestra casa para reponerse del cansancio. Y no me digas qué fue lo que le dijo, pero desde entonces mi madre ha cambiado completamente. De hecho, tu tío Johab no ha vuelto porque así se lo ha pedido ella.

Esto último confundió a Samuel.

–¿Y qué tiene que ver mi tío con lo que Jesús haya podido decirle a tu madre?

Samuel no lograba establecer la relación que había entre el comportamiento de su madre y la presencia de su tío en su casa, pero sí pudo ver, en cambio, que su pregunta había vuelto a hacer que Judit se ruborizara y se sumiera en un significativo silencio.

–¿Qué pasa con mi tío? –insistió él–. ¿No iba a tu casa a hacer negocios? ¿Qué tiene que ver con la transformación de tu madre? ¿Acaso os robaba al hacer los tratos?

La cara de Judit estaba tan roja como la túnica color púrpura que se ponía él el *sabbath* y demás fiestas judías. Parecía arrepentida de haberle hecho esa confesión.

–Olvídalo, Samuel. No debería haberte contado nada.

–No, Judit, quiero saber si os ha hecho algo malo, aunque sea familiar mío.

Pero Judit se escabulló confundiéndose entre la gente.

10

El acoso

Después de unos días en la hacienda de sus tíos, Samuel se sentía con una energía renovada. La vida al aire libre, recogiendo fruta y compartiendo juegos con ellos, le había venido muy bien. Su tío les había iniciado en el tiro con arco, y también jugaban con una pelota de cuero en los ratos en que descansaban del trabajo. Cuanto más tiempo pasaba con él, más imposible le parecía que esa persona tan afable y campechana, que se comportaba como un muchacho más, pudiera abusar en los tratos comerciales que tuviera con la familia de Judit. No se parecía nada a su padre, mucho más distante y autoritario. Samuel se sentía a gusto en su casa. En Jerusalén echaba de menos ese tipo de vida y los juegos de mesa a la luz de un candil en las noches estrelladas. Pero, a pesar de lo agradable que le resultaba su estancia ahí, no podía olvidarse de su madre. Estaba muy preocupado por su salud, ya que últimamente volvía a permanecer impura más días al mes de los debidos. Lo normal era cuatro o cinco; en cambio, ella solía estar hasta dos y tres semanas sangrando. Por eso había decidido poner fin a sus pequeñas vacaciones para cuidar de ella, tal y como le había prometido a su padre, y reanudar sus estudios en la sinagoga; no quería que Jairo, el jefe de la misma, informara a su progenitor de sus ausencias.

Sin embargo, a pesar de la felicidad de estos días, no había podido olvidar el sermón de Jesús en la montaña; le había hecho mella, y había removido algo muy profundo dentro de él. Notaba que ya no era el mismo de antes. Había sufrido una transformación interior que, durante el camino de vuelta, su conciencia no paraba de recordarle. Jesús había dicho que no podía ocultarse una ciudad construida sobre un monte. Pero ¿qué luz podría dar él viviendo, como vivía, en una concha de oro, a la sombra de su familia, de espaldas al mundo? ¿Qué sabía él del sufrimiento de los demás? ¿Acaso podía comprender a toda esa gente, de escasos recursos y asfixiada por los excesivos impuestos, que bebía con ansia las palabras de Jesús? ¿Podría su vida seguir siendo la misma que hasta ahora? Intuía que el Señor exigía de él algo más, pero ¿qué era?

Cuando llevaba recorrida la mitad del camino, sintió unas ganas inmensas de sumergirse en las aguas frescas del Jordán, como solían hacer su primo y él otros veranos. Sería una especie de bautizo de esa nueva etapa de su vida, un baño renovador que le ayudaría a clarificar sus ideas, se dijo, aunque, en su fuero interno, sabía que era la posibilidad de encontrarse con Judit lo que lo impulsaba a ir hacia allí, por mucho que tratara de engañarse. No podía vivir sin verla.

Poco antes de llegar a la ensenada, oyó unos gritos que le helaron la sangre. ¿No era esa la voz de Judit? Y sin darse tiempo a la reflexión, empezó a correr hacia allí como nunca antes había corrido, sintiendo que sus pies tenían alas. Llegó a tiempo de ver a Malaquías, el hijo de un fariseo, tratando de forzarla en el suelo. Estaba totalmente desnuda; al parecer, la había sorprendido saliendo del agua.

Cegado por la furia, Samuel se lanzó contra él profiriendo insultos y gritos. El otro, asustado por la fuerza y la altura de su contrincante, se escabulló como pudo y puso pies en polvorosa mientras Judit trataba de ocultar su desnudez replegándose sobre sí misma sin dejar de llorar. Samuel fue a recoger su túnica donde sabía que la había dejado y la cubrió con ella antes de intentar consolarla. La verdad es que era una situación que lo sobrepasaba: no sabía cómo actuar en un caso como este. Pero fue la propia Judit quien se abrazó a él con terribles sollozos, y así permanecieron no se sabe cuánto tiempo, porque Samuel perdió el sentido del mismo. Igual podían haber transcurrido horas que minutos, o días.

Cuando por fin se calmó, exclamó con voz desgarrada:

–¡Qué destino tan terrible el de la mujer, expuesta a perder su honra con cualquiera que quiera aprovecharse de su condición! Y luego nos llaman hijas del pecado.

Samuel sintió que sus mejillas enrojecían de vergüenza. Aunque sabía que Judit no se refería a él, esa expresión siempre le recordaría el momento más vergonzoso de su vida, que tanto le había costado olvidar.

–No eres tú quien ha cometido pecado, sino él –sentenció.

–¿Y quién va a creerme? –respondió ella separándose y mirándolo a los ojos con desesperación. Samuel acusó el vacío de su cuerpo.

–Yo puedo testificar en su contra. Creo que lo mejor será denunciarlo ante las autoridades.

–No, Samuel; desgraciadamente, las mujeres no somos libres de ir donde queramos. Tú puedes venir a darte un baño sin problemas, en cambio yo...

–Podría hablar con mi padre.

–Déjalo estar, Samuel. Eso no haría sino empeorar las cosas. Dirían que mi comportamiento lo provocó, es lo que hacen siempre en estos casos.

Samuel no pudo replicarle porque sabía que tenía razón, pero le parecía una situación tremendamente injusta.

–Por eso queremos a Jesús –prosiguió ella–, porque es el único que nos trata con dignidad a las mujeres. Ya ves la cantidad de seguidoras que tiene. La gente que murmura de él tiene el corazón sucio y una venda en los ojos que les impide ver.

–¿Y qué pasa con mi tío? ¿Acaso él os trató mal a ti o a tu madre?

Esa cuestión no dejaba de hurgarle en la cabeza, constantemente volvía a ella, pues de algún modo se sentía responsable de su familia. Pero Judit apretó los labios como si tratara de sellar su boca para que no saliera de ahí ninguna palabra en relación con ese tema.

–¿Qué pasa, Judit, por qué no me lo cuentas?

–Porque es mejor que no lo sepas, Samuel. Mira, bastante ha pasado ya mi madre, ha sufrido mucho. ¡Ni te imaginas la de veces que la he oído llorar por las noches cuando pensaba que yo dormía! Mi padre nos abandonó cuando yo era muy pequeña, tanto que ni siquiera lo recuerdo. La gente dice que la repudió por adúltera, pero, si eso fuera cierto, ya la habrían lapidado.

–Es una injusticia nacer mujer, ya lo dice el refrán: *Bienaventurado aquel cuyos hijos son varones, y ¡ay! de aquel cuyos hijos son hembras* –fue todo lo que se le ocurrió decir en esas circunstancias.

–¿Acaso tengo yo la culpa de mi belleza? ¿Acaso mi madre tiene la culpa de la suya? ¿Acaso no nos la ha dado el Señor? Son los hombres los que nos miran con ojos lascivos. Ni saliendo cubiertas a la calle estamos a salvo de ellos. ¿Y qué futuro me espera a mí, que soy considerada hija del pecado? De un pecado que mi madre no cometió. Por eso tienes que entender que te rechace, Samuel, porque sé que nuestro amor es imposible y solo me traería desgracia, como le ocurrió a mi madre.

–¿Qué quieres decir?

–Nada, Samuel, ya te he dicho que es mejor que no sepas nada.

–Pero necesito saberlo, Judit. Yo te quiero, y estoy dispuesto a hablar con mi padre para que comprenda que solo puedo ser feliz contigo.

–Sabes que nunca lo comprendería, Samuel. Tu padre es una autoridad perteneciente al Sanedrín, y yo solo soy una humilde muchacha de Cafarnaún. Nunca aceptaría ese matrimonio.

Samuel sabía que ella tenía razón, pero quería creer que en ese yo renovado todo era posible. Aún sentía la fuerza de las palabras de Jesús: *Brille vuestra luz ante los hombres, de modo que, al ver vuestras buenas obras, glorifiquen a vuestro Padre del cielo.*

–Nuestras costumbres son excesivamente rígidas. Cuando yo sea maestro de la Ley, haré que cambien las cosas.

Judit lo contempló con admiración, aunque sabía que sería tarde para ellos.

–Eres una persona noble, de gran corazón, Samuel.

–Tú también lo eres, Judit, y no dejaré que nadie te haga daño.

Ella le agradeció sus palabras, a pesar de que sabía que el hechizo se rompería en cuanto los dos regresaran a su vida cotidiana. Sin embargo, ese era un momento mágico en el que todo parecía posible.

Después de acompañar a Judit a su casa, Samuel dio un rodeo por el pueblo antes de ir a la suya; necesitaba meditar sobre cuanto había ocurrido y calmarse. Nunca hubiera imaginado que un fariseo fuera capaz de violar a una muchacha. ¡Ellos que se jactaban de ser los primeros cumplidores de la Ley! Estaba incendiado, y el deseo de denunciarlo ante las autoridades no cesaba de crecer dentro de su pecho, pero Judit tenía razón. Las mujeres llevaban todas las de perder en estos casos, y sin duda sería sometida a la vergüenza pública. Seguramente Malaquías aduciría en su favor que ella lo había provocado, y su propio testimonio sería puesto en entredicho, dada la mala fama de la madre de Judit. No obstante, Samuel hubiera preferido denunciarlo, ya que, al quedar impune su vileza, podría volver a intentarlo con ella o con cualquier otra. Aunque quizá lo frenara el miedo a que, si testificaba contra él, le dieran la razón por ser nieto de Anás. Sus pensamientos eran un rompecabezas en el que las piezas del forcejeo con Malaquías se mezclaban con las de su tío. ¿Por qué Judit persistía en negarse a contarle la relación que tenía con ellas? No paraba de darle vueltas a todo lo sucedido. Conociéndolo como lo conocía, quería pensar que su intención era la de ayudarlas a salir adelante, lo cual no era fácil para dos mujeres solas (los demás hijos, todos varones, se habían ido a Magdala, donde se habían hecho comerciantes, seguramente para no tener que aguantar las habladurías sobre su madre), pero eso no casaba con las palabras de Judit: «No sé qué le dijo Jesús a mi madre cuando vino a nuestra casa, pero desde entonces ha cambiado completamente; de hecho, tu tío Johab no ha vuelto porque ella así se lo ha pedido». Tenía que haber otra razón, porque, después de escuchar el sermón de la montaña, Samuel estaba seguro de que Jesús nunca se opondría a que una persona hiciera el bien; al contrario.

Al pasar por delante de la casa de Pedro, antes llamado Simón, vio que había una enorme multitud de gente agolpada ante la puerta. Algunos incluso estaban subidos a las ventanas. Pero lo que más le llamó la atención fue ver a los que estaban en la azotea del porche tratando de bajar la camilla de un paralítico con unas cuerdas. Samuel supuso que Jesús estaría dentro de la casa: no en vano, Pedro era del grupo de los doce que siempre iban con él. Lo más probable era que los amigos del paralítico quisieran llevárselo para que lo curara, lo cual no resultaba fácil dada la muchedumbre que abarrotaba la casa. Samuel, viendo las dificultades que estaban teniendo, subió a ayudarles a sujetar las cuerdas con las que trataban de descolgar la camilla hasta situarla justo delante de Jesús. Este, al ver el esfuerzo que habían hecho los amigos del paralítico por lograr que lo curara, sonrió admirado de la fe tan grande que tenían y le dijo:

–Hombre, tus pecados quedan perdonados.

Desde su atalaya, Samuel pudo ver las caras de los fariseos y sacerdotes que se encontraban en ese momento en la casa, absolutamente escandalizados por las palabras que acababan de escuchar. Enseguida se pusieron a murmurar: «¿Habéis oído lo que ha dicho? ¡Ha blasfemado, solo Dios puede perdonar los pecados! ¡Habrase visto! Pero ¿quién se creerá que es?». Aunque, conociéndolos como los conocía, Samuel sabía que en el fondo estaban encantados de haberlo podido pescar en un renuncio, pues eso era lo que estaban buscando desde hacía tiempo.

Pero Jesús esperó pacientemente a que se apaciguaran los murmullos sin alterarse lo más mínimo y, cuando se hizo el silencio, les dijo:

–¿Por qué os agitáis de ese modo? ¿Qué os parece más fácil, decir: «Tus pecados quedan perdonados», o decir: «Levántate y anda»? –y a continuación declaró con una gran autoridad–: Pues vais a ver que el Hijo del Hombre tiene en la tierra poder para perdonar los pecados.

Luego se dirigió al paralítico y le dijo:

–Levántate, coge tu camilla y vete a tu casa.

Para asombro de todos los presentes, el paralítico se levantó en el acto, cogió la camilla en la que había yacido segundos atrás y se fue a su casa alabando a Dios.

Todos se quedaron atónitos. Unos asustados, otros fastidiados, pero los más comentaban admirados:

–Hoy hemos presenciado un hecho extraordinario. ¿Quién será este Hijo del Hombre que tiene poderes como los de Dios?

También Samuel, de camino a casa de sus abuelos, iba meditando sobre las palabras de Jesús y la autoridad con la que obraba. ¿Habría podido curar a ese hombre perdonándole los pecados si su poder viniera de Satán, como decía su padre? Por un instante estuvo tentado de correr a su encuentro para preguntarle qué tenía que hacer para alcanzar el reino de Dios, pero el miedo a la reacción de su progenitor lo frenó. ¿Qué habría hecho él en el caso de Judit? ¿Habría denunciado a Malaquías ante las autoridades?

En cuanto hubo traspasado el umbral de la puerta que daba al patio, su madre, abandonando a las mujeres con las que estaba charlando, salió corriendo a su encuentro y se abrazó a él angustiada.

–Hijo, me han dicho que has ayudado a bajar la camilla de un paralítico para que ese nazareno lo curara.

«¡Con qué rapidez se extienden los rumores en Cafarnaún!», pensó Samuel mientras escogía las palabras para tranquilizar a su madre.

–Madre, pasaba por allí y vi que tenían dificultades para bajarla. ¿Qué malo hay en hacer el bien a la gente? ¿Acaso el principal mandamiento no dice: «Ama a tu prójimo como a ti mismo»?

–Pero ya sabes lo que opina tu padre de ese iluminado; si se enterara...

–Te aseguro que sus poderes no le vienen de Belcebú, madre, sino del cielo. Y no es ningún loco ni un embaucador; yo mismo he visto cómo lo curaba perdonándole los pecados. Pero hay gente muy maledicente que no piensa más que en acabar con él. Yo te digo que ese hombre es un profeta.

–¡Calla, Samuel! ¿Cómo puedes hablar así? ¿También a ti te ha convencido para que lo sigas? Tienes que prometerme que no irás tras él. Mira lo débil que estoy yo, y tu padre no está aquí...

–No te preocupes, madre, que no haré nada que vaya a perjudicarte. Pero si tú tuvieras fe en él, te curarías. ¿Sabes que ha curado al criado del centurión, que estaba muy enfermo, sin ir a su casa siquiera?

–¡Cómo puedes creer tú esas habladurías, Samuel, destinado como estás a ser un maestro de la Ley!

–Es que no son habladurías, madre; yo mismo me informé por otros criados suyos de que efectivamente había sanado en el momento exacto en que Jesús le dijo que se fuera, que ya estaba curado.

–¿Y cómo sabes tú eso? ¿Acaso estabas ahí?

Samuel enrojeció levemente al verse sorprendido y, bajando la cabeza, respondió:

–Sí, madre, yo estaba ahí. Volvía de la hacienda del tío Johab y me acerqué al ver una gran multitud de gente con el centurión al frente.

Después de mantener esta conversación con su madre, Samuel empezó a acariciar la idea de que Jesús pudiera curarla. Si lo había hecho con el criado de un centurión romano, bien podría hacerlo con la mujer de un sacerdote; solo era una cuestión de fe.

11

Un fariseo pone a prueba a Jesús

No habían transcurrido ni dos días desde la curación del paralítico, cuando Samuel se enteró por su maestro en la sinagoga de que Herodes había apresado a Juan el Bautista por denunciar su unión ilegítima con Herodías, la mujer de su hermano. Los dos estuvieron de acuerdo en que lo más seguro era que el Sanedrín se mantuviera al margen, ya que en su día Juan había sido sacerdote del Templo y se había apartado de él porque, según decía, estaba corrompido. Por eso se había marchado a predicar en el desierto y a ofrecer a la gente la conversión a través del bautismo en el Jordán. Esto había irritado profundamente a las autoridades, que se habían sentido cuestionadas en su labor. Sobre todo, al ver que cada vez más personas se sentían atraídas por su mensaje y por su ritual de purificación, que incluía el perdón de Dios de manera gratuita.

Hasta ahora, a Samuel le había parecido lógica la reacción de los sacerdotes, entre los que se encontraban los de su familia: no se podía vivir de espaldas al Templo. Sin embargo, después de haber escuchado el sermón de Jesús en el monte, empezaba a ver las cosas desde otra perspectiva. ¿Acaso era justo que todos ellos se enriquecieran con los diezmos y las elevadas tasas que los campesinos tenían que pagar al Templo? Él mismo había sido testigo en numerosas ocasiones de los tejemanejes que había en el palacio de su abuelo Anás con ese dinero, y desde luego aquello tenía muy poco que ver con el reino de paz y amor que predicaba Jesús. Su mensaje había hecho que se cuestionara el modo de actuar de su propia familia, así que no era de extrañar que a su padre le pareciera tan peligroso.

Por un instante deseó que su vida volviera a ser la de antes, sin dudas, sin vacilaciones, sin remordimientos de conciencia, sin esa complicada lucha que se libraba cada día en su interior, confrontando sus creencias y enfrentándolo a su propio padre. Se sentía furioso con Jesús por haberlo sacado de su cómoda y placentera existencia, pero a la vez estaba preocupado por él. ¿Y si le sucedía lo mismo que a Juan? Según decían, a Herodes Antipas lo llamaba «la zorra».

Samuel salió de la sinagoga sintiendo que llevaba un gran peso a sus espaldas. Por un lado quería estar a bien con su familia y, por otro, rechazaba su forma de pensar y su modo de vivir. Pero ¿qué podía hacer? En ese momento no podía plantearse abandonar a su madre enferma para ir detrás de Jesús, pues ello sería una grave irresponsabilidad por su parte y, en el estado en que ella se encontraba, le causaría un disgusto terrible. Y aun en el caso de que ella estuviera bien, ¿sería capaz de dejarlo todo y romper con su familia? ¿No era una temeridad seguir a alguien que en ocasiones actuaba al margen de la Ley, aunque él se empeñara en decir que no había venido a abolir las leyes sino a cumplirlas? Samuel se preguntaba qué era lo que le atraía tanto de Jesús, si su mensaje o su persona. Sin duda esa cercanía que tenía con la gente y la serenidad que irradiaban sus ojos hacían más atractivas sus palabras, aunque quizá, después de saber lo que le había ocurrido a Juan, no se sintiera tan confiado. Él mismo estaba inquieto por lo que pudiera pasarle.

Todas estas preocupaciones, unidas a la ausencia de Judit, contribuyeron a que la semana transcurriera con una insoportable lentitud. Sentía con una intensidad extrema el pálpito del corazón asustado de ella contra su pecho, la suavidad de su piel, el olor de sus cabellos... Y las ganas de volver a abrazarla le hacían daño, pero entendía que no quisiera salir de casa después del susto tan grande que se había llevado. ¿Se lo habría contado a su madre?

Por eso, cuando el *sabbath* la vio entrar en la sinagoga, no pudo evitar que su pulso se acelerara y su corazón se agitara como los cascabeles con los que jugaban los niños pequeños en las calles. Su presencia invadía el lugar como las flores el campo con su aroma, y sus ojos color ámbar tenían el efecto de un imán; no podía dejar de contemplarla de reojo. En algún momento le pareció intuir que le sonreía en un gesto de complicidad. Tan pendiente estaba de ella que no vio entrar a Jesús. Solo cuando escuchó la pregunta que le dirigió un maestro de la Ley con cierto tono de burla, se percató de su presencia.

–Maestro, ¿qué debo hacer para alcanzar la vida eterna?

Samuel dio un bote en el banco. Era la misma pregunta que le habría gustado hacerle él y, sin embargo, en boca de aquel hombre sonaba distinta, como si se la hiciera para tenderle una trampa.

Jesús pareció darse cuenta de ello, porque le contestó a su vez con otra pregunta:

–¿Qué está escrito en la Ley? ¿Qué lees en ella?

–*Amarás al Señor, tu Dios, con todo tu corazón, con toda tu alma, con todas tus fuerzas y con toda tu mente, y a tu prójimo como a ti mismo.*

–Has respondido correctamente. Haz eso y vivirás.

Pero él, queriendo justificarse, pues era absurdo que un maestro de la Ley hiciera esa pregunta, insistió:

–¿Y quién es mi prójimo?

Jesús se quedó callado un momento, luego levantó la vista, encontrándose su mirada con la de Samuel, que no le quitaba ojo, y entonces le respondió:

–Una vez, un hombre bajaba de Jerusalén a Jericó y cayó en manos de unos salteadores.

Samuel recordó el episodio de la caravana y notó como si le hubieran tensado la espina dorsal.

–Después de desnudarlo y golpearlo sin piedad, se alejaron, dejándolo medio muerto.

«Afortunadamente, a mi prima Esther no le hizo nada ese bandido», pensó Samuel, intrigado por saber adónde llevaba la historia que estaba contando.

–Un sacerdote pasaba casualmente por ahí de camino hacia el Templo y, al verlo, se desvió para no tener que pasar junto a él, temiendo que su sangre pudiera contaminarlo.

Samuel se quedó de piedra. ¡Jesús se estaba refiriendo a su padre! Ese episodio había sucedido cuando él era muy pequeño y, aunque no había sido testigo del mismo, había escuchado cómo su padre se lo contaba a su hermano mayor a su regreso del viaje. Aquel suceso le había impresionado tan hondamente que en aquel momento decidió que él nunca sería sacerdote. Le pareció horrible no poder auxiliar a un hombre que estaba medio muerto en una cuneta para poder permanecer puro y oficiar así la ceremonia del Templo. ¿Por qué estaría contando Jesús este hecho? Su padre no estaba presente. ¿Le estaría queriendo mandar algún tipo de mensaje? Samuel clavó la mirada en el suelo, sintiendo cómo se le humedecían las palmas de las manos. Por eso no pudo ver la bondadosa mirada que Jesús le dedicó en ese momento.

–A continuación pasó por allí un levita –prosiguió.

Los levitas eran los ayudantes de los sacerdotes en los sacrificios, así que Samuel pudo imaginar su conducta, y no erró en su vaticinio.

–¿Y qué hizo el levita? –preguntó a la audiencia, que permanecía expectante.

La gente contuvo el aliento. Jesús tenía una gran capacidad para captar la atención de los oyentes con sus inflexiones de voz y las pausas que hacía, tiñendo el relato de una gran intriga.

–Exactamente lo mismo que el sacerdote: pasar de largo.

Todos se estaban preguntando ya qué sería lo siguiente.

–Al poco rato, pasó por allí un samaritano sencillo.

Jesús hizo de nuevo una pausa, mirando al auditorio. Samuel empezó a temerse lo peor, ya que los samaritanos eran enemigos declarados de los judíos. La causa de sus rencillas venía de tiempo atrás, cuando los samaritanos habían levantado otro templo a Yahvé en Garizín, provocando así un pequeño cisma.

Jesús prosiguió el relato:

–Al ver a aquel hombre tan malherido, el samaritano sintió mucha lástima de él, de modo que se bajó de su burro, le vendó las heridas después de curárselas con aceite y vino, y lo montó en su cabalgadura hasta llegar a una posada, donde cuidó de él toda la noche. Al día siguiente, sacando dos denarios, se los dio al posadero diciéndole: «Cuida de él y lo que gastes de más te lo pagaré a mi vuelta».

Un leve murmullo se extendió por la sinagoga. Samuel tragó saliva sin atreverse a levantar la cabeza, imaginando las caras que debían de estar poniendo en ese momento todos los judíos, y se alegró mucho de que su padre no estuviese presente, pues seguramente lo habría mandado arrestar en el acto. Solo de imaginarse la vena de su cuello hinchada, el sudor empezó a resbalarle por el cogote en forma de riachuelos. El silencio volvía a ser tan grande que se podía cortar con cuchillo.

Por fin Samuel levantó la cabeza y pudo ver a Jesús mirando fijamente al maestro de la Ley que le había hecho la pregunta. Este se revolvió incómodo en su banco.

–¿Quién de los tres te parece que fue prójimo del que cayó en manos de los salteadores? –le preguntó con voz firme.

–El que tuvo compasión de él –respondió el maestro de la Ley con voz trémula.

–Pues vete y haz tú lo mismo –le aconsejó Jesús.

Samuel pudo ver cómo se le ponían rojas las orejas y abandonaba la sinagoga antes de las oraciones propias del día de fiesta, igual que muchos de los presentes. Él no lo hizo por no llamar la atención de sus familiares, pero se quedó con ganas de ir detrás de Jesús. Necesitaba que le aclarara las dudas que tenía en su cabeza y sosegara su ánimo exacerbado por esa encarnizada lucha que últimamente se libraba en su interior.

12

La cabeza del Bautista

El segundo día de la semana, la noticia de que Herodes le había cortado la cabeza a Juan el Bautista en su fortaleza de Maqueronte corrió de boca en boca, extendiéndose como una exhalación por Cafarnaún. Según contaban los comerciantes que venían de allí, Herodías, fastidiada por los continuos ataques de Juan por su relación ilícita con Herodes, le propuso a su hija que bailara en uno de los banquetes en palacio para él y, como Salomé era una consumada bailarina, sedujo de tal forma al monarca con sus sensuales movimientos, que este accedió a darle lo que quisiera. Entonces ella, a instancias de su madre, le pidió la cabeza del Bautista, que le fue servida en una bandeja de plata.

En las calles y en los patios no se hablaba de otra cosa, era la comidilla del día. También se hablaba de que había llegado a oídos del rey que había otro profeta que arrastraba multitudes, y estaba buscando la ocasión de conocerlo. En cuanto lo oyeron los amigos de Jesús, fueron corriendo a decírselo. Él los hizo subir a la barca para retirarse a Betsaida, la ciudad que estaba al otro lado del lago Tiberíades. Pero la gente, al enterarse, lo siguió. Asustados como estaban por la muerte del Bautista, necesitaban más que nunca un guía espiritual que los rescatara del yugo opresor que era para ellos el imperio romano, ya que no hacía más que esquilmarlos a base de impuestos. Quizá él supiera quién era ese salvador del que solía hablar Juan y si su venida estaba próxima.

Algunos cruzaron el lago en lanchas y otros fueron por tierra bordeándolo. También Samuel se dirigió hacia allí, impulsado por esa sed de verdad que Jesús había despertado en él, y seguramente contagiado por la devoción con que lo seguía aquella muchedumbre.

«Por fuerza tiene que ser un profeta», pensó al ver a semejante gentío; aquello parecía un éxodo. Si bien no pudo evitar que le remordiera la conciencia por no haberle dicho a su madre ni a sus abuelos adónde iba. La verdad es que no había tenido el valor de decírselo, por más que tratara de buscar excusas. Pero esta vez se justificó: iba predispuesto a no dejarse embaucar, a analizar cada una de sus palabras con la misma minuciosidad con que el orfebre labra sus piezas. Y a lo mejor se acababa dando cuenta de que únicamente se había dejado deslumbrar por los milagros y la fuerte personalidad de ese hombre, cuando en realidad no era más que un taumaturgo poseedor del don de la palabra.

Jesús, al ver a semejante multitud, se dio cuenta de lo desvalidos que se sentían y, a pesar de que su intención era pasar lo más desapercibido posible hasta que se calmara un poco el revuelo causado por la muerte de Juan, no se sintió con fuerzas para despacharlos y se puso a hablarles en medio de aquel descampado:

–No temáis, se ha terminado ya el tiempo de preparación en el desierto con Juan. Ya está aquí la salvación: el reino de Dios ya ha llegado.

Muchos se extrañaron de sus palabras. ¿Qué reino era ese? ¿Acaso no seguía Israel dominado por los romanos? ¿No seguían los campesinos oprimidos por la aristocracia? ¿No estaba el mundo lleno de corrupción? ¿De qué salvación y de qué reino hablaba? Pero él continuó con su homilía:

–Con el reino de Dios sucede como con un grano de mostaza.

A Samuel le sorprendió que pusiera ese ejemplo, pues así había definido él la rebeldía que crecía en su interior de un tiempo a esta parte. En cambio, los campesinos estaban desconcertados. ¿Por qué había escogido semejante ejemplo? ¿Cómo podía ser el reino de Dios como la más pequeña de todas las semillas? Pero Jesús, como si adivinara sus pensamientos, prosiguió:

–Un grano de mostaza es la más pequeña de las semillas que se siembran en la tierra, pero, una vez sembrada, crece y se hace mayor que todos los arbustos, y echa ramas tan grandes que los pájaros del cielo anidan a su sombra.

Algunos no entendieron el significado de la parábola porque estaban acostumbrados a oír hablar a los profetas de un Dios grande y poderoso, de un Dios que había enviado las plagas al pueblo egipcio y el maná a los israelitas que cruzaron el desierto, un Dios que había abierto las aguas del mar Rojo. ¿Cómo podía comparar su poder con un grano de mostaza? Jesús, comprendiendo su reticencia, les puso otra comparación.

–El reino de Dios es como un hombre que echa la semilla en la tierra. Mientras duerme o se levanta, de noche y de día, esa semilla va creciendo sin que él sepa cómo. Por sí misma produce la tierra su fruto: primero hierba, luego la espiga, por fin el trigo que lleva la espiga. Y cuando el fruto está maduro, mete enseguida la hoz porque ha llegado el tiempo de la siega.

Eso sí lo entendían bien los campesinos, pues sabían lo importante que era esa fuerza misteriosa que hacía germinar la semilla. ¿Era así entonces el poder de Dios, silencioso y oculto?

–Es como la levadura que tomó una mujer y que escondió en tres medidas de harina, hasta que todo quedó fermentado.

Unos cuantos se rieron, porque tres medidas de harina venían a ser unos cuarenta kilos de pan. Pero es que Jesús no estaba pensando en la comida semanal de cada familia, sino en el banquete abundante y generoso del Señor. Por contra, a Samuel esa imagen le evocó el olor a pan que esparcía el pelo de Judit, y la buscó entre las numerosas cabezas. Para él esa comparación tenía un especial significado porque, cuando estaba con ella, su fuerza era descomunal, se sentía capaz de todo. Y quizá por ello se convenció de que su amor provenía de Dios y, por tanto, no podía ser malo.

También le pareció maravilloso que el amor de Dios fuera como el de ese padre que recibe con los brazos abiertos al hijo que ha despilfarrado su herencia y vuelve a casa arrepentido, o como el de ese pastor que deja a sus noventa y nueve ovejas para ir en busca de la perdida, o como el de ese acreedor que perdona las deudas de sus deudores, por muy elevada que sea la suma. Sí, no había duda, Dios tenía que ser ese Padre bondadoso del que hablaba Jesús, y no el Dios vengativo e injusto que le habían mostrado a él desde pequeño, un Dios que favorecía únicamente a las clases poderosas y dejaba abandonados a los más pobres de la sociedad. No tenía más que mirar a su alrededor para darse cuenta de que aquello no podía ser así. ¿Acaso eran menos hijos los pobres y los tullidos? ¿Y las viudas abandonadas a su suerte? ¿Y las mujeres como Judit y su madre? ¿Qué culpa tenían de haber nacido en una familia menos rica que la suya?

Luego, al escuchar la parábola del sembrador, se avergonzó al comprender que la semilla que Jesús sembraba, en su caso, había caído entre los cardos: él escuchaba el mensaje, pero este no podía madurar porque se veía atrapado por las preocupaciones y las riquezas. ¿De qué le servían, pues, las palabras de Jesús si luego volvía a la misma vida de antes, a ser cómplice de los trapicheos de su familia?

Tan embebido estaba en sus propias reflexiones que, al igual que el resto de la gente, ni se dio cuenta de que la noche empezaba a cerrarse sobre ellos. En cambio, sí lo hicieron sus discípulos, que se acercaron a Jesús y le dijeron:

–Maestro, es ya tarde, despide a esta gente para que puedan ir a las aldeas a comprar.

–No necesitan marcharse –respondió él–. Dadles vosotros de comer.

–¡Pero si no tenemos nada de comer! –respondió Felipe, desconcertado; a veces el Maestro parecía estar en las nubes–. Y aunque tuviéramos dinero, ¿cómo pretendes que compremos comida en este descampado?

–Preguntad entonces si alguien tiene algo de comer.

Los discípulos se pusieron a preguntar a la gente. Samuel se encontraba al lado de un muchacho que le mostró cinco panes de cebada y dos peces.

–Mira –le dijo orgulloso.

–Llévaselos al Maestro –le instó Samuel.

–Toma, llévaselos tú –le pidió él, pues era muy tímido.

Al acercar los panes y los peces, Samuel reconoció el rostro de Judit, que le sonreía orgullosa de la misión que estaba desempeñando, y, una vez que se los entregó a Felipe, se sentó al lado de ella, pensando que quizá ese encuentro no fuera fortuito después de todo. Jesús tomó el pan que le acababa de dar su discípulo y, elevando la mirada al cielo, dijo:

–Padre, te damos gracias por la comida que nos das, por preocuparte de nosotros y escucharnos cuando acudimos a ti.

Samuel sintió que su pecho se henchía de gozo. Nunca se había sentido tan bien como en medio de aquella gente humilde, bebiendo con avidez las palabras de Jesús junto a la persona de la que se había enamorado perdidamente, mientras el sol se ponía sobre las aguas del lago como una gran bola de fuego. Ni en el palacio de su abuelo Anás, bañándose en la piscina con sus primos, ni en las comidas de los sábados en casa de sus abuelos maternos, ni siquiera en sus paseos con Leví se había sentido así de bien.

A continuación, el Maestro comenzó a partir el pan y los peces y a repartirlos entre los discípulos. Estos, a su vez, hacían lo mismo dándoselos a los demás. Pero curiosamente parecía como si, en lugar de partirlos, se multiplicasen, porque hubo tantos panes y peces que comieron todos.

La gente empezó a comentar:

–Sin duda este es el profeta que nos anunciaba Juan, el que vendría a salvarnos.

Y se pusieron a dar gritos emocionados:

–¡Viva Jesús! ¡Jesús es nuestro rey!

Fue tal el revuelo que se armó que Jesús, mezclándose entre la muchedumbre, desapareció discretamente de allí. Seguramente temía que el clamor popular llegara a oídos del rey y pudiera correr la misma suerte que Juan. También Samuel se preocupó por lo que pudiera pensar su madre de su tardanza y se lo comunicó a Judit. Claro que su temor enseguida se vio disipado por la dulzura de sus ojos color ámbar. Ni siquiera la de la miel podía compararse a la de su mirada. ¿Qué misterio encerraban sus ojos para hechizarlo de ese modo? Samuel deseó con toda su alma poder volver a besarla. Aunque, después de lo que había ocurrido en la ensenada con Malaquías y lo que ella le había comentado acerca de las mujeres, no se atrevía a hacerlo. Por nada del mundo querría mancillar su honra ni ponerla en boca de nadie.

Regresaron en silencio una gran parte del camino, cada uno tratando de reprimir el deseo de besar al otro, que era tan fuerte como una estampida de caballos salvajes.

Cuando ya la gente se empezó a desperdigar, amparados por la oscuridad que poblaba de sombras los campos, Judit le dijo:

–¿Sabes? No he podido olvidarme de tu beso. Para mí es como ese tesoro oculto del que habló Jesús.

–Pero él se refería al reino de Dios –respondió Samuel, sintiendo cómo el pulso le golpeaba las sienes.

–¿Y acaso el amor no está en ese reino?

Samuel se preguntó si sus palabras serían una invitación para volver a besarla, pero no estaba seguro y no quería meter la pata. El desgraciado episodio en el río le pesaba demasiado. No podía desprenderse del recuerdo de su cuerpo temblando de miedo entre sus brazos como un pajarillo herido.

–Yo también guardo ese beso como el tesoro más preciado –le respondió él.

Y como si un resorte los hubiera impulsado a la vez, se cobijaron bajo las ramas de una higuera y se abrazaron apasionadamente. Samuel sentía el calor que desprendía el cuerpo de Judit y esta sentía el que desprendía él, como dos lenguas de fuego que se juntan hasta formar una única llama. Luego, los labios ardientes de Samuel se posaron suavemente sobre los de Judit, y le supieron como el néctar más dulce que jamás hubiera probado. Entonces comprendió que ese elixir era un embrujo muy poderoso, porque al instante le entraron unas ganas enormes de yacer con ella, y ese impulso desenfrenado le asustó. ¿Qué sería de Judit si mancillaba su honra dejándola encinta?

–Debemos tener cuidado –le musitó al oído, separándola a continuación con tanta delicadeza como la madre separa al recién nacido de su pecho.

Ella agradeció internamente su gesto, pues, a pesar de su juventud, ya había conocido la rudeza de la fuerza masculina en el traumático episodio de la ensenada.

–Le diré a mi madre que quiero casarme contigo, renunciaré a mi herencia si hace falta –dijo él, consumido por el deseo y el amor por ella.

Ella no le replicó, a pesar de que sabía que aquello no era posible. Pero no quería estropear ese momento mágico. O quizá fuera porque también ella necesitaba creer en sus palabras.

La casa de Judit estaba antes que la suya, de modo que pudo acompañarla hasta allí para asegurarse de que no sufriera ningún percance. Luego, con el corazón palpitante de gozo y el ánimo atribulado, se dirigió hacia la suya.

Su madre salió a recibirlo con lágrimas en los ojos.

–Pero, hijo, ¿cómo has podido hacerme esto? ¿Dónde te habías metido? Creí que te habría ocurrido algo malo.

Samuel se sintió muy culpable. No quería añadir más preocupaciones a su madre además de las que ya tenía por motivos de salud. Se la veía agotada, con esos cercos violáceos que últimamente tenía siempre alrededor de sus ojos.

–Lo siento, madre; no volverá a ocurrir –murmuró afligido.

Su arrepentimiento era genuino: se le caía el alma a los pies al ver a su madre tan débil. Llevaba demasiado tiempo estando impura, por eso no era de extrañar su flojera. Prácticamente desde que se había ido su padre, no había dejado de sangrar, y la pobre tenía una gran preocupación de que él pudiera repudiarla. Samuel la había escuchado comentárselo a su tía y a su abuela.

–Pero, hijo, ¿dónde has estado? –insistió ella–. ¿Otra vez has ido detrás de ese falso profeta?

Oír llamar a Jesús «falso profeta» lo irritó profundamente, y sintió que se agrandaba la distancia que había entre esos dos mundos tan opuestos en los que se debatía últimamente. Cada vez le costaba más reincorporarse al que siempre había pertenecido por nacimiento; le incomodaba la rigidez de sus costumbres, en las que primaba lo formal sobre lo esencial.

Y eso que en Cafarnaún gozaba de una mayor libertad y se respiraba un ambiente más auténtico. Siempre se había sentido más próximo a sus abuelos maternos que a los paternos, y le costaba una enormidad regresar a Jerusalén al final del verano. Pero ahora con mayor motivo, pues le parecía que toda esa grandiosidad que había en torno al Templo nada tenía que ver con ese reino del que hablaba Jesús. Allí lo que primaba era la parafernalia de los sacrificios: la limpieza del ara, las vestiduras de los sacerdotes para oficiar ceremonias, la riqueza de los ornamentos, los rituales de pureza, el modo de matar al animal... Al contrario que en la historia del buen samaritano que Jesús había contado, allí el amor al prójimo quedaba totalmente relegado.

–No es un falso profeta, madre; tendrías que haberlo escuchado hablando del reino de Dios con parábolas que llegan incluso a la gente más sencilla.

–Pero, hijo, mira cómo acabó el Bautista por haberse separado del Templo.

Samuel no pensaba lo mismo. Si lo habían matado había sido únicamente por la venganza de Herodías, por afear la conducta de Herodes día tras día. Y además, por la cobardía del Sanedrín, que se había inhibido ante tamaña injusticia.

–Y dicen que el Nazareno va a acabar igual, que los romanos no quieren desórdenes callejeros.

Samuel estaba de acuerdo con su madre en que Jesús era un estorbo para el poder romano, pero aún lo era más para los dirigentes judíos, ya que su forma de vida y sus palabras ponían en entredicho la autoridad de ellos. Porque él no hablaba de un Dios al que hay que temer, sino de un Padre que hace salir el sol sobre buenos y malos; de un Dios compasivo, que no desprecia a los más débiles; de un Dios que está al lado de los pobres y no preocupado por acumular riquezas. Lo cual chocaba frontalmente con las dos principales preocupaciones de los sacerdotes y los miembros del Sanedrín:

llenar las arcas con el dinero procedente de los diezmos y sacrificios, y que la gente cumpliera con el culto y las reglas de pureza.

No obstante, prefirió callarse. Pues, a pesar de que su madre era mucho más comprensiva que su padre, al fin y al cabo estaba sometida a su autoridad, y no podía tener un pensamiento propio por el simple hecho de ser mujer.

13
La hija de Jairo

Las siguientes semanas transcurrieron casi sin sentir, y Samuel empezó a tomar conciencia de que había comenzado la cuenta atrás de sus vacaciones. Pronto tendría que regresar a Jerusalén, donde le esperaban las clases con Hillel, su maestro habitual, y lo que era peor, su boda con Rebeca, una amenaza que pendía sobre su cabeza como la soga del ahorcado. Nueve meses pasaban volando. Cada vez que lo pensaba, sentía como si una piedra de cantería cayera sobre sus hombros y lo hundiera bajo tierra. Lo único que le ayudaba a ahuyentar ese pensamiento era la presencia de Judit. Verla de lejos en el mercado resultaba suficiente para alegrarle el día. Allí se paseaba entre los numerosos puestos, amparado por el trajín de los mercaderes que voceaban sus mercancías y el ir y venir de la gente cerrando sus tratos. En medio de ese barullo buscaba su mirada cómplice, su sonrisa o el roce de su túnica, lo cual le provocaba unas sensaciones únicas, sublimadas por esa mezcla de olores fuertes y dulzones que se expandían por doquier, a maderas, aceite, olivas, vino, frutas o miel. A veces conseguía incluso rozar su mano mientras comprobaba la vistosidad de las telas y abalorios que los comerciantes traían de Damasco, o acariciando las nobles maderas provenientes del Líbano, o la bonita cerámica, griega y local, entre la que destacaban las vasijas, las jarras y las lámparas de aceite.

En ese crisol de culturas se palpaban el pulso y el colorido de las ciudades, que se engrandecían y se llenaban de vida, alimentando sus sueños y ampliando su pequeño mundo. Los mercaderes traían noticias, costumbres, modas e historias que le permitían viajar a exóticos lugares como esos de los que hablaba la Torah: los bosques de cedros del Líbano, el jardín del Edén entre el Tigris y el Éufrates, o los palacios de Babilonia, aunque también le hacían tomar conciencia de que su mundo personal se le quedaba pequeño. Menos cuando estaba con Judit, porque su presencia lo eclipsaba todo. En cuanto ella aparecía, se esfumaban el vocerío de los mercaderes, los colores, los olores. Todo. Samuel solo tenía ojos para ella, y la perseguía con la mirada desde puestos estratégicamente elegidos y escogiendo muy bien las ocasiones para acercarse.

Sin embargo, esa clandestinidad hacía que sus miradas y roces fueran tan intensos como caricias. Cada vez que ella le sonreía, Samuel sentía una oleada de calor, semejante a la del rayo de sol que traspasaba sus vestiduras, dejándole el cuerpo blando y sin voluntad para dar un paso. Sin embargo, tenía que andar con pies de plomo y procurar no bajar la guardia, ya que, desde su escapada a Betsaida, su madre lo marcaba muy de cerca y parecía conocer cada movimiento suyo. Así pues, para no levantar sospechas, había días en que Samuel la esperaba encaramado al sicómoro donde Judit lo había sorprendido la primera vez, aguardando pacientemente a que saliera de su casa para ir al pozo o al mercado. De ese modo podían charlar un rato al abrigo de las miradas curiosas de la gente.

Pero aquel día no fue Judit quien salió de la casa, sino su madre, y no llevaba ni cántaro al hombro ni cesto en la cabeza. Al verla, Samuel se quedó tan tieso como los pescados en salazón secados al sol en Magdala. Claro que enseguida dejó de preocuparse, diciéndose que quizá fuera a visitar a algún familiar. Así que se sujetó con fuerza la túnica que tenía enrollada entre las piernas para que no lo delatara y contuvo la respiración, aguardando esperanzado a que se alejara de allí, pues de ese modo hasta podrían darse algún beso furtivo dentro de la casa.

Pero ¡cuál no sería su sorpresa cuando vio que Miriam se desviaba del camino para dirigirse directamente hacia el sicómoro en el que él estaba encaramado! Samuel sintió el corazón latiéndole en la garganta como un pez que da las últimas bocanadas. ¿Era posible que lo hubiera descubierto? Y si no, ¿para qué se habría desviado del camino? Deseó con toda su alma que hubiera alguien a sus espaldas con quien ella se fuera a encontrar, lo cual no parecía probable por su manera de aminorar la marcha, como si estuviera a punto de alcanzar su destino. Y cuando se paró justamente bajo el árbol en el que él estaba encaramado, supo que lo había descubierto, que no tenía salida.

–Baja de ahí, Samuel. Quiero hablar contigo.

Al escuchar el tono seco y alterado de su voz, Samuel experimentó la misma sensación que si le hubiera pasado una culebra de río por la espalda, y sintió en sus manos el intenso calor que en ese momento desprendía su cara. Pero, a pesar de saber que no tenía escapatoria, siguió aferrado al árbol como si formara parte de él, una solución que lo colocaba en una posición ridícula. Por eso, cuando Miriam le ordenó bajar por segunda vez, se descolgó sujetándose con las dos manos a la rama sobre la que estaba echado, y permaneció unos segundos en esa posición, tratando de alargar lo más posible el momento de dar la cara. Finalmente se soltó y cayó en cuclillas frente a ella, deseando que se lo tragara la tierra. La madre de Judit tenía la expresión seria y se dirigió a él sin rodeos:

–Mira, Samuel, tú eres un buen chico y yo no tengo nada contra ti, pero no me gustaría que mi historia se repitiera con mi hija.

¿A qué historia se estaba refiriendo? Samuel estaba desconcertado.

–Sé que el enamoramiento te hace decirle cosas que tú y yo sabemos perfectamente que no pueden ser, Samuel. Estás comprometido con una muchacha de Jerusalén y seguramente el verano que viene regresarás aquí ya casado. Así que, si de verdad te importa Judit, aléjate de ella, no le hagas daño. No me gustaría verla sufrir como he sufrido yo, y créeme que sé de lo que estoy hablando.

A Samuel le hubiera gustado preguntarle qué clase de sufrimiento era ese que ella había padecido, pero estaba paralizado por la propia situación, tremendamente embarazosa para él, y por el chantaje emocional que le acababa de hacer Miriam para alejarlo de Judit. ¿Sabría ella lo que su madre había venido a hacer? ¿Estarían las dos de acuerdo? Quizá estuviera espiándolos desde una ventana con el ánimo tan encogido como el suyo. Pero la vergüenza le impedía levantar los ojos de sus sandalias. Aunque tampoco quería marcharse sin ofrecer resistencia. Una vez más se tenía que enfrentar a una verdad que le resultaba muy dolorosa, porque su amor por ella era como el sol que salía cada día al amanecer, y se negaba a morir. Y solo de pensar en no volver a verla, se le partía el corazón en mil pedazos.

–Pero yo la quiero –acertó a decir.

–Eso no cuenta, Samuel. Sabes muy bien que el matrimonio lo arreglan los padres. Así que espero que entiendas lo que te estoy pidiendo.

No, no lo entendía. ¿Cómo se podía pedir al sol que dejara de alumbrar? Quería gritarle lo injusto que le parecía, explicarle el sufrimiento que sentía, llamar a voces a su amada... Pero un dolor líquido, que ahogaba sus palabras, se lo impedía. Así que se limitó a contemplar en silencio cómo Miriam se daba media vuelta y se alejaba, dejándolo en la más absoluta soledad.

Durante un tiempo siguió ahí plantado, incapaz de dar un paso, hasta que el propio dolor lo obligó a ponerse en movimiento. Iría a hablar con Jairo, el jefe de la sinagoga. Él era una persona comprensiva y de talante conciliador que quizá pudiera ofrecerle alguna solución. Porque tenía que haberla, no se resignaba a que su historia de amor se terminara con esa frase de Miriam horadándole el cerebro: «No me gustaría que mi historia se repitiera con mi hija». ¿Acaso su tío estaba enamorado de ella? ¿Sería ese el motivo por el que la visitaba, y no los negocios? Samuel volvió a sentir como si una culebra de río se hubiera colado por su cuello y hubiera reptado por su espalda. Pero inmediatamente descartó ese pensamiento. No, eso no era posible. Su tío era una persona íntegra, dedicada por entero al trabajo y a su familia, temeroso de Dios. ¿Cómo podía haberlo pensado siquiera? Ahora se arrepentía de no haberle preguntado a qué se refería.

Al pasar por delante de la casa de Jairo, camino de la sinagoga, vio a alguna gente arremolinada en la puerta y se acercó.

–¿Qué ocurre? –les preguntó al ver sus semblantes afligidos.

–Que la hija de Jairo está muy enferma, y los médicos no logran sanarla.

Samuel se quedó lívido. Jairo solo tenía esa hija, una niña de doce años a la que adoraba; sería terrible si la perdía. Por un instante se olvidó de su propia aflicción y se le encendió una llama en la cabeza que le iluminó lo que tenía que hacer. Sin perder un segundo, entró en la casa muy decidido y subió hasta la estancia en la que se encontraban. La escena que vio era desgarradora, a Samuel se le cayó el alma a los pies: la madre lloraba desconsolada sobre el camastro de su hija mientras que el pobre Jairo, roto por el dolor, daba vueltas desesperado al ver que su niña se estaba muriendo sin que él pudiera hacer nada. Samuel le pasó el brazo por los hombros y le susurró:

–Jairo, ¿por qué no vamos a buscar a Jesús para que cure a tu hija? Yo mismo he visto cómo ha curado a mucha gente. A todos los que acuden a él los sana.

Él no vaciló lo más mínimo: en las situaciones límite, las personas se agarran a un clavo ardiendo. Y en ese momento, la desesperación de perder a su hija era muy superior a los recelos que pudiera despertar Jesús entre las autoridades judías. Así que se fue con Samuel en su busca. La gente les informó de que estaba en la orilla del lago predicando, y los dos corrieron hacia allí.

Por el camino, Samuel se encontró a su madre, que regresaba del mercado con uno de los criados, arrastrando los pies con cansancio y con sus ya características ojeras violáceas dibujadas bajo los párpados; cada día estaba más consumida. Instintivamente, la agarró del brazo y, sin pensar siquiera que podría contagiarle su impureza, la arrastró con ellos, explicándole por el camino la razón de su apresuramiento.

–Madre, la hija de Jairo se está muriendo; vamos a buscar a Jesús para que la sane y, de paso, que te cure a ti también.

Su madre no opuso resistencia, ya fuera porque había llegado al límite de sus fuerzas, o porque no acababa de dar con un médico que lograra curarle las hemorragias, o simplemente contagiada por la fe de Jairo y la de su propio hijo.

Cuando llegaron a donde Jesús estaba, había tal cantidad de personas aglomeradas en torno a él, que resultaba difícil el acceso. Pero Samuel empezó a separarlas diciendo:

–¡Dejad paso, que su hija se muere! ¡Dejad paso, que su hija se muere!

La gente se apartaba de inmediato abriéndoles paso. Jairo iba primero y detrás Samuel, arrastrando a duras penas a su madre. Cuando llegaron hasta Jesús, Jairo se echó a sus pies suplicándole:

–Por favor, Maestro, ven a mi casa, mi niña se está muriendo.

Jesús dejó de hablar a la multitud y se fue con ellos sin perder un segundo; pero la gente lo estrujaba agolpándose en torno a él y les dificultaba el paso. La madre de Samuel comprendió que lo urgente era que Jesús llegara hasta la hija de Jairo cuanto antes, así que, en su desesperación por ser curada, intentó rozarle el manto por detrás diciéndose a sí misma: «Si logro tocar aunque solo sea su túnica, sanaré».

En cuanto lo hizo, inmediatamente notó que cesaba su hemorragia. Pero Jesús, al darse cuenta de la fuerza que había salido de él, preguntó:

–¿Quién ha tocado mi ropa?

A sus discípulos les chocó su pregunta y Juan le respondió:

–¿Cómo preguntas quién te ha tocado, cuando todo el mundo te está estrujando y apenas te dejan caminar?

Pero él miraba alrededor a ver si lo descubría. Entonces la madre de Samuel, avergonzada por haberlo tocado a sabiendas de que estaba impura, se postró ante él y dijo con voz trémula:

–He sido yo.

Jesús la miró con compasión y le respondió:

–Hija, tu fe te ha salvado; vete en paz y queda curada de tu mal.

Luego prosiguió su camino hacia la casa de Jairo, avanzando con mucha dificultad entre la gente. Tardaron tanto en llegar que, cuando estaban ya cerca, unos amigos de Jesús le salieron al encuentro y le anunciaron:

–Maestro, no te molestes en ir, porque su hija acaba de fallecer.

Jairo creyó morirse ahí mismo, tal fue el desgarro de sus entrañas; pero Jesús lo agarró del brazo y le dijo:

–Tranquilo, ten fe. Llévame donde está tu hija.

En la puerta de la casa se habían ido agolpado a lo largo del día las plañideras. Era costumbre judía contratar a unas mujeres para llorar a los muertos. Su llanto era terrible.

–Aquí no hacéis nada, marchaos a vuestras casas –les dijo Jesús apartándolas.

Ellas le replicaron indignadas:

–La niña ha muerto y la estamos llorando.

Pero Jesús las echó de allí diciéndoles que la niña solo estaba dormida. Algunos de los que estaban se rieron de él, tomándolo por loco.

–Ni siquiera sabe diferenciar a un enfermo de un muerto –decían por lo bajo.

Eso indignó a Samuel, que se encaró con ellos mientras Jesús entraba en la casa precedido de Jairo y acompañado únicamente por Pedro, Santiago y Juan. A los demás les pidió que esperasen fuera.

Jesús vio a la niña tendida en la cama y a su madre, deshecha en lágrimas, junto a ella. Pero esa escena no lo amilanó, sino que, muy seguro de lo que iba a hacer, se sentó a su lado y, cogiéndole la mano, dijo con una voz que llenó toda la habitación:

–Niña, levántate.

Las cinco personas que estaban ahí contuvieron el aliento, llenas de esperanza. Y al instante ella se incorporó de la cama dejándolos mudos, completamente atónitos. A continuación Jesús, tomándola por la cintura, la levantó en el aire y la depositó al lado de su madre, que se abrazó a ella llorando, lo mismo que su padre. Luego, la niña empezó a andar como si nada hubiera sucedido, ante el pasmo de sus padres, que, en cuestión de segundos, pasaban de la risa al llanto a causa de la fuerte emoción. Entonces Jesús les dijo:

–Creo que deberíais darle de comer; parece que tiene hambre.

Los padres se apresuraron a cumplir su indicación, sin dejar de darle las gracias encarecidamente. Él les rogó que no contasen a nadie lo que había sucedido, pues temía que llegara a oídos de Herodes y de Caifás, el sumo sacerdote.

Pero, a pesar del ruego, el milagro se extendió de boca en boca por todo el pueblo. Era difícil mantener en silencio un hecho tan grandioso como ese en un lugar donde la más pequeña noticia enseguida se convertía en acontecimiento.

14

Encuentro con Jesús

Si todavía pudiera quedarle alguna duda a Samuel de que Jesús fuera ese salvador del que hablaban Juan el Bautista y otros profetas en la Torah, había sido disipada con la resurrección de la hija de Jairo y la curación de su madre. Sin embargo, esa claridad con que lo veía no hacía sino remover aún más su ya atormentada conciencia. Continuamente se debatía entre esa verdad, que se le aparecía con la misma transparencia con que las aguas del lago reflejaban las casas situadas en ambas orillas, y el miedo a apartarse de la concepción religiosa de su propia familia. Ese dilema le reconcomía las entrañas y no lo dejaba vivir, porque ello suponía la desobediencia a su padre y el desacato a las autoridades. Lo mismo que le ocurría con Judit. «Soy un cobarde», se decía un instante, deseando volver a ser el mismo de antes. «Estoy solo», se justificaba al siguiente, temiendo quedarse al margen de una sociedad a la que había dejado de entender y ante la duda de cómo tendría que vivir a partir de entonces. El tiempo era largo y lento en esa nueva realidad, y sin embargo se sentía como si hubiera cumplido varios años de golpe. A veces caminaba tan ausente de todo que dejaba de percibir las cosas tangibles, de escuchar el saludo de las gentes con las que se cruzaba.

A tal punto llegó su angustia que decidió aliviar el peso de su conciencia haciendo partícipe a su madre de su lucha interior, pues notaba que las creencias de ella también habían cambiado desde que Jesús la había sanado. Y si bien imaginaba que tendría sus propios recelos, no había considerado que el temor de ella a las consecuencias del milagro obrado pudiera ser aún mayor que el suyo.

–Hijo, esto es algo que debe permanecer como un secreto entre tú y yo. Si tu padre se llegase a enterar, me esperarían el repudio y la vergüenza pública. ¿Adónde podría ir yo? Me voy haciendo mayor y...

–Madre, no te preocupes por eso –la interrumpió–, no diré nada de tu curación. Pero entiende que yo no puedo vivir con estas contradicciones internas, me pesan demasiado. ¿Cómo puedo volver al palacio del abuelo Anás y ser testigo de cómo nuestra familia se enriquece con los diezmos y tasas que debe pagar al Templo la gente sin recursos para poder obtener así el perdón de Dios? ¿Es eso practicar el amor al prójimo? ¿Acaso no es más profunda la conversión que ofrecía Juan con el bautismo? ¿De qué sirve darse golpes en el pecho y ofrecer sacrificios si no se produce un cambio en el corazón de las personas?

–Hijo, yo soy una ignorante, las mujeres no estudiamos en la sinagoga, pero a mí me han enseñado a respetar y obedecer a los padres.

Samuel comprendió que su madre tenía razón. No podía pedirle que se hiciera cargo de sus dudas cuando dependía en todo de su marido, cuando la habían educado para someterse a su voluntad. Y bastante había pasado ya con las hemorragias como para añadirle más desvelos; todavía tenía que recuperar la salud y fortalecer su cuerpo.

–No te preocupes, madre; es el nerviosismo ante la perspectiva del viaje lo que me hace hablar así. Iré contigo a Jerusalén y cuidaré de ti durante todo el camino.

–Dentro de unos meses te casarás y verás las cosas de otro modo, Samuel –le dijo ella, con intención de apaciguar su ánimo.

Pero sus palabras le produjeron el mismo efecto que si le hubieran hurgado en las vísceras con un palo. En estos meses con Judit había conseguido borrar por completo de su cabeza a Rebeca, y ahora la sola mención de su boda lo desquiciaba. Sin embargo, prefirió callarse para no seguir aumentando la congoja de su madre, y la dejó diciéndole que se iba a la sinagoga a despedirse de Jairo. Quizá él pudiera aportar un poco de luz a su atribulada conciencia.

De camino hacia allí, Samuel vio venir a Jesús rodeado por el grupo de los doce que iba con él a todas partes, y su corazón dio un vuelco. ¿No era ese un encuentro premonitorio? Sin meditar lo que hacía, fue hacia él impulsado por una extraña fuerza, se arrodilló a sus pies y le dijo:

–Maestro bueno, ¿qué he de hacer para heredar la vida eterna?

Jesús le respondió:

–¿Por qué me llamas bueno?

Samuel se quedó cortado: no esperaba pregunta alguna por su parte. ¿Pensaría acaso que se la hacía con alguna intencionalidad oculta, como había hecho el fariseo en la sinagoga? Él solo quería que iluminara su vida, que lo rescatara de las tinieblas en las que estaba sumido y le ayudara a resolver ese permanente dilema que tenía en la cabeza.

En vista de su mutismo, Jesús volvió a hablar:

–Ya conoces los mandamientos: no matarás, no cometerás adulterio, no robarás, no perjurarás, no defraudarás, honra a tu padre y a tu madre...

–Maestro, todo eso lo he cumplido desde la niñez –le interrumpió él con la vehemencia propia de un joven.

A Jesús no se le escapó la zozobra que había reflejada en sus ojos ni las ganas que tenía de exprimir y beber cada una de sus palabras, así que le dijo con cariño:

–Una cosa te falta –los ojos de Samuel se agrandaron como los del búho en la noche, expectantes–: anda, vende tu herencia y dásela a los pobres; así tendrás un tesoro en el cielo. Después, vente conmigo.

Samuel sintió que le fallaban las piernas. ¡Jesús estaba invitándolo a que se fuera con él, a formar parte de su grupo! Pero la emoción que le produjo ese hecho se ensombreció casi al instante. ¿Podría ir donde su padre y decirle: «Padre, quiero mi herencia para dársela a los pobres?». Imaginó cómo sería su nueva vida, sin un techo bajo el que dormir y esperando las limosnas de la gente. ¿Sería capaz de hacerlo él, que estaba acostumbrado a vivir en la abundancia? ¿No era un sacrificio demasiado grande el que Jesús le estaba pidiendo? Su padre no aprobaría ese comportamiento, y mucho menos su abuelo Anás, la persona con más poder en Jerusalén. Al pensar en ellos, sintió que las fuerzas lo abandonaban, que no tenía agallas para hacer lo que Jesús le pedía. Así que frunció el ceño, se mordió los labios y, dándose media vuelta, se alejó entristecido. Por eso no pudo oír el comentario que Jesús hizo a sus discípulos:

–¡Qué difícil es que los ricos entren en el reino de Dios! Es más fácil para un camello pasar por el ojo de una aguja que para un rico entrar en el reino de los cielos.

Ellos se quedaron sobrecogidos por sus palabras y se decían unos a otros:

–Entonces, ¿quién puede salvarse?

Jesús se los quedó mirando y les dijo:

–Para los hombres es imposible, pero no para Dios; todo es posible para Dios.

Pedro, al que le gustaba tener las cosas claras, comentó para forzarlo a una respuesta más concreta:

–Mira, nosotros hemos dejado todo y te hemos seguido.

Jesús le dedicó una bondadosa sonrisa, pues conocía bien a Pedro y sabía por dónde venía la pregunta.

–Todo el que deje casa o hermanos o hermanas o madre o padre o hijos o campos por mí y por la buena noticia ha de recibir en esta vida y en la vida eterna cien veces más. Pero también os digo que muchos primeros serán últimos y muchos últimos serán primeros.

Seguramente, si Samuel hubiera escuchado estas palabras de Jesús, se habría quedado aún más desconcertado que los discípulos, pero no más apesadumbrado de lo que estaba. Se sentía cobarde y blando por no haber tomado la decisión de seguirlo. Pero a la vez se justificaba a sí mismo diciéndose que no podía dejar que su madre hiciera sola el viaje hasta Jerusalén, pues, aunque contara con la compañía de su tío Johab y sus primos, era su obligación de hijo. También sabía que su padre lo desheredaría si le fuera con semejante propuesta y toda su familia le torcería la cara. A lo mejor no eran las mejores personas del mundo, pero al fin y al cabo era la familia que le había tocado en suerte. Tenía razón su primo Leví al pronosticar que el encuentro con Jesús no le traería más que problemas. Claro que era un pensamiento absurdo, porque le resultaba del todo imposible borrar las dudas que tenía en la cabeza y volver a contemplar el mundo desde la misma perspectiva de antes.

La despedida de Jairo fue agridulce. Le alegró verlo tan feliz con su mujer y su hija, como si jamás le hubiera pasado nada. Parecía satisfecho con su vida, no como él, que tenía la sensación de no contentar a nadie, de vivir permanentemente dividido, como un puente al que se le escapan las dos orillas sobre las que está asentado. Pero prefirió guardar para sí las dudas que pesaban sobre su corazón: no quería contagiarle su pesimismo. Así que se limitó a despedirse de él hasta el próximo verano. «¡En el que vendrás casado con Rebeca!», le gritó una voz interior, amargándole el momento.

15

La peregrinación

Después de varios días sin tener noticias de Judit, cuando ya pensaba que tendría que marcharse sin despedirse de ella, Samuel no pudo ocultar la emoción que le produjo encontrársela en la caravana que iba a Jerusalén para la fiesta de las Tiendas, también llamada de los Tabernáculos. El nombre le venía de las chozas o tiendas que antiguamente se construían en el campo durante la recolección de la uva, y en ella se celebraba el final de la vendimia. Pero posteriormente la fiesta había cobrado un sentido religioso: el Señor bendecía la cosecha y la gente acudía a la capital en peregrinación, acampando a las afueras de la ciudad en chozas hechas con las ramas de los árboles. De ese modo conmemoraban la marcha de los israelitas por el desierto, permaneciendo allí una semana de celebraciones.

Samuel no podía creer su suerte, pues ya se había hecho a la idea de que tendría que pasar un tiempo hasta que pudiera volver a verla, el que le llevara convencer a su padre para que rompiera los esponsales que lo ligaban a Rebeca. Y es que, a pesar de la oposición de Miriam, seguía alimentando la ilusión de poder casarse con Judit y vivir alejado de la corte de su abuelo Anás, un tipo de vida que, después de las enseñanzas de Jesús, se le antojaba odiosa. Todavía había momentos en los que se arrepentía de no haberlo seguido como le había pedido, pero se consolaba convenciéndose de que era mejor hacer bien las cosas con su familia y no provocarlos abiertamente.

Claro que todas sus inseguridades desaparecían en cuanto veía a Judit. Constantemente sus ojos la buscaban entre las carretas y, a pesar de que no podía acercarse a ella, ya que su madre la vigilaba muy de cerca, se lanzaban miradas cómplices, unas veces desesperadas y otras resignadas, pero siempre llenas de amor.

–No te la has podido quitar de la cabeza, ¿verdad? –le comentó su primo Leví.

Samuel se alarmó pensando que, al igual que él, todo el mundo se habría dado cuenta.

–¿Por qué lo dices?

–Porque no hay más que ver cómo la miras.

Iba a responderle cuando el inesperado gesto de su tío pasándole el brazo por encima del hombro, unido a su propia inquietud, le hizo dar un respingo.

–¡Buenos reflejos! –se rió él–. Pero esperemos que en esta ocasión no haya contratiempos –dijo en clara alusión a la hazaña que había realizado en la anterior caravana para salvar a su prima Esther de manos del asaltador de caminos.

Esta vez ella no viajaba con el resto de la familia porque estaba encinta; tampoco lo hacía su tía, que se había quedado en Caná a cuidarla, ya que tenía algunas molestias propias de su estado. A Samuel le había impresionado profundamente la noticia: no era capaz de imaginar a su prima con una criatura en el vientre cuando hacía nada jugaban juntos en la calle. Solo habían transcurrido tres meses desde su boda y, sin embargo, parecía ya tan lejana... Tanto como la suya con Rebeca, pues eso era lo que le sucedía cuando estaba con Judit, que se olvidaba por completo de su compromiso.

Su tío se puso a bromear con ellos, pero él no estaba excesivamente agudo para seguirle las bromas. Pese a ello, no le pasó desapercibida la mirada cargada de significado que en un momento dado este le lanzó a Miriam, ya que era como las que él mismo le lanzaba a su hija. Y nada más interceptarla, su corazón se aceleró desbocadamente mientras su cabeza volvía a llenarse de dudas al recordar las palabras de la madre de Judit: «No me gustaría que mi historia se repitiera con mi hija». Desde entonces vigilaba atentamente a su tío, pendiente de todos y cada uno de sus movimientos, pues continuamente le acuciaba la necesidad de descubrir el misterio que tanto la hija como la madre se habían afanado en ocultar.

Al llegar la noche, reinaba la calma en el campamento. Los cuerpos cansados, dispuestos en torno a la hoguera, apenas dejaban escapar algún ronquido que se intercalaba con el rebufo de los animales de carga, el chisporroteo del fuego o el sonido de las chicharras. Todos dormían a pierna suelta menos Samuel, que no podía hacerlo sabiendo que Judit hacía lo propio en su estera, a escasos pasos de él. Desde donde estaba podía contemplar su cara bañada por la luz de la luna llena y las estrellas. Así dormida, parecía una criatura enteramente celestial. Samuel pensó que si la vida le diera la oportunidad de estar con ella, no haría otra cosa que mirarla. Pero ese fue solo un pensamiento fugaz, ya que enseguida se apoderaron de él las ganas de besarla. Incluso se le pasó por la cabeza la locura de acercarse a ella para hacerle una caricia. El solo pensamiento le provocó un escalofrío que sacudió todo su cuerpo. Unos meses atrás, hubiera sido incapaz de tamaño atrevimiento, pero el amor le impulsaba a cometer las más grandes imprudencias. Samuel echó una mirada alrededor. Todos parecían profundamente dormidos, agotados por la larga jornada de viaje. También la hoguera daba sus últimas bocanadas antes de reducirse a brasas. No tenía más que levantarse como si fuera a aliviar su vejiga y, al pasar delante de ella, rozar su cara con los dedos. Pero, en el fondo, sabía que era una idea suicida, así que cerró los ojos para evitar la tentación y acabó quedándose dormido. Sin embargo, en el estado febril en que se encontraba, lo hizo a trompicones, soñando que llevaba a cabo su idea y la madre de Judit lo pillaba en plena acción, avergonzándolo delante de todos. Entonces se despertaba empapado en sudor, y le costaba mucho volver a conciliar el sueño. En esa duermevela descubrió una de las veces que Miriam no estaba en su estera, lo cual no le extrañó, pues pensó que alguna de las funciones del cuerpo habría reclamado su ausencia. Pero su corazón volvió a alborotarse ante esta ocasión tan favorable para ir hasta Judit y darle ese beso que le ardía en la boca. ¿Le daría tiempo a llegar, o sería pillado *in fraganti*? Por su propia madre no tenía nada que temer, pues, desde que Jesús le había curado las hemorragias, tenía un sueño muy profundo, como si necesitara recuperar las fuerzas perdidas; pero ¿y si Miriam estaba a punto de regresar?

En este dilema estaba, cuando vio una sombra que salía de entre los arbustos y volvía al campamento. Samuel contuvo el aliento pensando que sería la madre de Judit y alegrándose de no haber cometido la locura de acercarse hasta ella. ¡Pero cuál no sería su asombro cuando vio que era su tío Johab el que regresaba a su estera! Estaba tan pendiente de Judit que ni se había dado cuenta de la ausencia de su tío. De inmediato, su pulso se aceleró de tal manera que temió despertar a su primo Leví, que dormía junto a él. Y por primera vez no tuvo que hacer ningún esfuerzo de imaginación para encajar todas las piezas del puzle, pues su mente se encargó de sacar la conclusión lógica de semejante coincidencia. Instintivamente miró a su alrededor para comprobar que todos los demás estaban dormidos. Y fue entonces cuando vio salir a la madre de Judit del mismo sitio que a su tío y acostarse de nuevo en su estera. ¿Entonces eran ciertas sus suposiciones? ¿Estaba su tío enamorado de la madre de Judit y había aprovechado el viaje para yacer con ella? Ese pensamiento le impidió pegar ojo en lo que quedaba de noche, dándole mil vueltas a otra de las frases que Miriam le había dicho: «No me gustaría verla sufrir como he sufrido yo, y créeme que sé de lo que estoy hablando». ¿Era su sufrimiento el de un amor imposible igual que el suyo? ¿Cuándo habría comenzado la historia? ¿Y qué habría de verdad en las murmuraciones de la gente? ¿Sería cierto lo que le había dicho su primo Leví, que de los cinco hijos que tenía dos no eran de su marido? ¿Acaso eran de su tío? Esta idea le produjo tal bloqueo que el cuerpo se le paralizó como a la mujer de Lot cuando se convirtió en estatua de sal, y su mente quedó anclada en ese único pensamiento. No iba ni hacia adelante ni hacia atrás, estaba encallado, como cuando a una carreta se le suelta una de las ruedas y no puede seguir avanzando. Por eso le sorprendió el movimiento que hizo su primo para cambiar de postura. ¿Cómo podía dormir a pierna suelta y no darse cuenta de lo que estaba sucediendo en sus propias narices? ¿O sí lo sabía? Las dudas se agolpaban en su cabeza como las ovejas tratando de entrar en el redil. ¿Habría sido esa relación la causa de que el padre de Judit se hubiera marchado, o había comenzado precisamente al irse él? ¿Y qué hijos eran los ilegítimos? ¿Sería Judit uno de ellos? ¿No era, en ese caso, medio hermana de su primo? ¿Lo sabría el resto de la familia? Pero si eso era así ¿por qué entonces le había pedido Miriam a su tío que no fuera más por su casa? ¿Y si había sido una mera coincidencia el que los dos hubieran sentido la llamada de la naturaleza a la misma hora y solo era su mente febril la que había fabricado semejante historia?

Y en esas elucubraciones le sorprendió el alba. Durante toda la jornada siguiente, se sintió como el arbusto al que arrancan de su lugar de toda la vida y va dando tumbos a merced del viento sin encontrar arraigo. Ni se atrevía a mirar a su tío, tal era la vergüenza que le daba verse reflejado en él. Se veía a sí mismo casado con Rebeca y buscando a Judit para yacer con ella a escondidas en los veranos, un comportamiento indigno que repugnaba a su corazón. Esa conducta de su tío le parecía absolutamente reprobable. ¿Cómo era posible que una persona a la que todos tenían por un modélico padre de familia estuviera actuando de ese modo? Claro que al momento se arrepentía de juzgarlo de un modo tan severo, cuando ni siquiera tenía la certeza de que los hechos fueran los que él imaginaba en su mente calenturienta. Le carcomían las dudas y la mala conciencia. Y solo pensaba en buscar un descuido de Miriam para poder acercarse a Judit y pedirle que se lo aclarara. Tenía derecho, era su tío; no era lícito que se viera obligado a hacer falsos juicios sobre él. Pero no bien había zanjado la cuestión, cuando ya el tema pendía de nuevo sobre su cabeza al recordar las palabras de ella cuando la había rescatado de las manos de Malaquías: «¡Qué destino tan terrible el de la mujer, expuesta a perder su honra con cualquiera que quiera aprovecharse de su condición! ¡Y luego nos llaman hijas del pecado!». ¿Se habría aprovechado su tío de su condición de hombre y de su reconocimiento social o, al igual que el de él, era un amor mutuo, más fuerte que cualquier tempestad?

Después recordó lo que le había dicho acerca de Jesús ese mismo día: «Por eso lo queremos, porque es el único que nos ha tratado con dignidad; ya ves la cantidad de seguidoras que tiene». ¿Acaso el amor exigía sacrificios más grandes que el propio amor? ¿Sería capaz de olvidar a Judit y ser feliz con Rebeca después de haber conocido el amor verdadero y haber experimentado la felicidad más absoluta?

16

La fiesta de las Tiendas

Durante los siete días que duraba la fiesta de la Tiendas, las gentes se acercaban al Templo llevando en la mano izquierda un ramo de cedro o un fruto parecido al limón, y en la derecha un ramillete compuesto por ramas de palmera, mirto y sauce. Ambos los agitaban en dirección a los cuatro puntos cardinales al cantar el *Hallel,* un conjunto de seis salmos. Después se bebía vino y se danzaba por las calles, pues era la manera de expresar la alegría que sentían. Algunos se excedían con la bebida, de modo que no era raro encontrar gente ebria en esos días, dando tumbos por ahí.

Samuel, aprovechando la algarabía, había conseguido acercarse a Judit y quedar con ella al anochecer, antes de que diera comienzo la exhibición que tenía lugar en el atrio de las mujeres. Allí unos hombres danzaban sujetando en las manos antorchas encendidas, mientras que los levitas cantores, situados en los quince escalones semicirculares que subían hasta la puerta de Nicanor, entonaban cantos acompañados de instrumentos musicales. Era un espectáculo grandioso que Judit no se quería perder por nada, ya que era la primera vez que iba a Jerusalén para la fiesta de las Tiendas.

La ciudad estaba muy hermosa, todos los patios resplandecían con fuegos encendidos, pero Samuel apenas prestaba atención a cuanto sucedía fuera de él, inmerso como iba en sus propias preocupaciones. Necesitaba urgentemente que Judit le aclarara la dichosa historia de su tío, que no dejaba de torturarlo desde la última noche en la caravana. Aunque, en ese momento, su mayor temor era que ella se perdiera entre el numeroso gentío que había en la ciudad, ya que solo había estado tres veces en la capital. Habían quedado en las puertas de Huldá, el acceso meridional del Templo, la más alejada de donde estaban instaladas las tiendas de su caravana, para evitar ser vistos.

Por el camino, a Samuel le parecía ver a Rebeca en todas las mujeres con las que se cruzaba, tal era su temor a encontrarse con ella y que pudiera descubrir en sus ojos que la engañaba con otra muchacha, pues le parecía que ello saltaba a la vista. Por vez primera desde que se había enamorado de Judit, ese remordimiento había asaltado su cabeza adueñándose de su torturada conciencia. ¿Era eso lo que estaba haciendo con Rebeca, engañarla? Nunca hasta ahora se había preocupado de sus sentimientos, puesto que apenas se conocían. Para él era solo una extraña, aunque estuvieran prometidos. De ella no sabía nada más que lo que habían visto sus ojos el día del compromiso, mientras que en los de Judit era capaz de leer sus emociones más íntimas, así como de reconocer el timbre de su voz entre cientos de ellas, y su olor, ese aroma a pan recién hecho que le hacía perder el sentido. Pero además la había visto desnuda, y la había besado, y la había tenido entre sus brazos, y se habían declarado su amor. ¿Acaso todo esto era menos que estar prometido a una perfecta desconocida? ¿No era mucho mayor el compromiso adquirido por él mismo que el de sus padres con los padres de Rebeca?

Sus dudas se desvanecieron en el aire como el humo de las antorchas en cuanto vio a su amada caminando hacia donde él estaba. Parecía un paso de baile, tal era la gracia con la que se movía; daba la impresión de que hasta los edificios se doblegaban ante ella para reverenciarla. Su corazón se agitó como los ramos de la gente durante el *Hallel.* Y una vez que la tuvo cerca, sus ojos iluminaron toda la calle con esa luz color ámbar que desprendían, como si el sol se reflejara en ellos noche y día.

–Creí que no iba a poder venir, he tenido que mentir –le dijo apurada.

Aquello cayó sobre Samuel como un mazazo, porque le recordó que ese era el único modo de vivir su historia de amor: mintiendo a todo el mundo. Samuel odiaba la hipocresía y aborrecía faltar al cumplimiento de la Ley y deshonrar a sus padres. Por eso, aunque tratara de escudarse en todo tipo de excusas, en el fondo sabía que la madre de Judit tenía razón; sobre todo, desde lo ocurrido durante aquella noche en la caravana. Observar ese comportamiento en su tío no le había gustado lo más mínimo, ya que veía en él su propio reflejo, y desde entonces estaba incómodo.

–¿Qué pasa con mi tío Johab, Judit? Necesito saber la verdad, me estoy volviendo loco imaginando cosas que pueden no ser ciertas –su semblante se oscureció–. Y esta vez no quiero excusas.

La frente de ella se arrugó en un gesto de preocupación y se mordió los labios como si tratara de castigarlos de antemano por las palabras que iba a tener que pronunciar.

–Tu tío y mi madre se enamoraron cuando tenían nuestra edad –Samuel contuvo la respiración, todos sus órganos y músculos parecían haber sufrido algún tipo de parálisis–, pero él se vio obligado a casarse con la hermana de tu madre aun sabiendo que mi madre estaba encinta de él.

Esta vez fue como si alguien le hubiera dado un fuerte golpe en la cabeza. Ella hizo una pausa desviando la mirada hacia el suelo, como si eso la avergonzara. A él le hubiera gustado poder decir algo, pero sentía como si le hubieran arrancado de cuajo la lengua.

–¿Te imaginas lo que eso iba a suponer para mi madre?

Samuel sabía perfectamente que la consecuencia de tales actos era la exposición de la mujer a la vergüenza pública. Incluso podía acabar convertida en una prostituta, al negarle la sociedad cualquier otro modo de vida que le permitiera mantener a su hijo.

–Pero tu tío arregló un matrimonio para ella con su capataz –continuó diciendo–, un hombre de su total confianza, y de ese modo evitó las habladurías.

–Tu padre, ¿no? –preguntó él, ansioso de confirmación, pues no le agradaba la idea de que ella pudiera ser hija de su tío.

–Sí, mi padre –le confirmó.

–¿Y por qué os abandonó?

–Yo era muy pequeña cuando lo hizo, apenas lo recuerdo. Pero mi madre dijo que había sido porque sabía que su corazón siempre pertenecería a tu tío y no pudo soportar los celos que ello le causaba. Vivía bajo la continua sospecha de que tu tío se viera a escondidas con mi madre.

–¿Y no era así?

–No, ella me ha jurado que siempre le fue fiel. Solo cuando mi padre se marchó, tu tío empezó a visitarnos. Naturalmente, yo era ajena a lo que ocurría. Él siempre fue muy cariñoso conmigo, por eso yo pensaba que era alguien de la familia. Pero, al crecer, empecé a darme cuenta de que había algo más, y la primera vez que escuché murmurar que yo era «hija del pecado» –Samuel enrojeció hasta las orejas–, le pedí explicaciones a mi madre y me lo contó todo. Ya ves que la gente habla con desconocimiento de causa. ¿Entiendes ahora sus miedos? Ella no quiere que a mí me suceda lo mismo contigo.

–Pero ¿no me dijiste que desde que Jesús estuvo en tu casa, mi tío no había vuelto por allí?

–Sí, así ha sido hasta este viaje. Te has dado cuenta, ¿no? –Samuel asintió con la cabeza–. Pero te diré que es tu tío quien la acosa y ella... pues acaba cediendo. ¿Qué puede hacer una mujer que vive sola, sin la protección de un marido? Si tu tío decidiera denunciarla, podrían incluso lapidarla públicamente.

–Mi tío nunca haría eso.

–Imagina que alguien lo chantajea.

Samuel se quedó impresionado de hasta dónde podían llegar las cosas. Su pensamiento no había ido tan lejos como el razonamiento de Judit.

–Las mujeres no tenemos ninguna credibilidad en un juicio –prosiguió encendida–. Nuestra declaración no vale absolutamente nada, estamos indefensas ante la Ley. Jesús es el único que nos escucha y nos trata con consideración. Él único que se sienta a nuestra mesa; incluso habla con las prostitutas.

Samuel recordó cómo Jesús había curado las hemorragias de su madre y la vergüenza que había experimentado ella por haberlo tocado estando impura; cómo se había echado a sus pies temblorosa, pensando que iba a ser reprendida, pues era lo que le habían enseñado. Sin embargo, él no solo no la reprendió, sino que le dijo: «Hija, tu fe te ha salvado; vete en paz y queda curada de tu enfermedad». Porque él, al contrario que los sacerdotes y levitas, no temía ser contaminado por la impureza de la mujer ni por la de los leprosos, ni siquiera por la de los muertos.

–Sí, y por ello es criticado –murmuró Samuel, apesadumbrado por no haberse atrevido nunca a dar la cara por él ante su padre.

–¿Sabes lo que le respondió una vez a un fariseo que le preguntó si el marido podía repudiar a la mujer?

Samuel denegó con la cabeza.

–Dijo que si el repudio está en la Ley, es por la dureza de corazón del varón y su actitud prepotente; que Dios ha creado al hombre y a la mujer para que sean una sola carne, como personas llamadas a compartir su amor, su intimidad y su vida en total comunión. Y por eso, lo que Dios había unido no debía corresponder al varón separarlo.

–Los que lo escucharon se debieron de quedar de piedra.

–Imagínate.

–¿Y tú no crees que Dios nos ha unido a nosotros por medio del amor?

Samuel se quedó asombrado de que esa pregunta hubiera salido tan impulsivamente de su boca cuando ni siquiera se había parado a meditarla.

–Yo creo que el amor siempre está inspirado por Dios, pero el problema es que este amor choca con las costumbres de nuestros antepasados y no podemos oponernos a ellas. Sabes muy bien que tu padre te desheredará si lo haces.

Samuel volvió a acordarse de lo que Jesús le había dicho: «Una cosa te falta: anda, vende tu herencia y dásela a los pobres, así tendrás un tesoro en el cielo. Después, vente conmigo».

¿Por qué no daba ese paso? ¿Por qué no renunciaba a sus bienes e iba tras él con Judit? Este pensamiento desbocó su corazón como el caballo asustado que sale de estampida. Pero otro posterior lo ensombreció: ¿no sería eso una deshonra para sus padres? Él siempre había sido un buen hijo. Y no solo para ellos: también lo sería para Judit. La gente murmuraba de las mujeres que viajaban con Jesús y dormían en un descampado junto a un grupo de hombres. Ese dilema lo descomponía.

Judit, al ver su semblante entristecido, le dijo:

–Anda, vamos al Templo, que no me quiero perder el espectáculo.

Las ceremonias del Templo tenían siempre un aire de fastuosidad. Al final de la escalinata de la puerta del Agua se encontraban dos sacerdotes que hicieron sonar con tono sostenido sus *sofares* –una especie de trompas– en cuanto Caifás, el tío de Samuel, llegó allí revestido con sus mejores galas. Su condición de sumo sacerdote le habilitaba para llevar hasta el altar el cántaro de oro que había sido llenado de agua en la fuente de Siloé. Samuel observó sus movimientos envarados y la seriedad con que los ejecutaba, a una gran distancia de la gente, avanzando a grandes pasos entre los candelabros de oro. Esa ceremonia, que de pequeño le había parecido grandiosa, ahora le resultaba fría y vacía de contenido a pesar de la pompa que exhibía. Se acordó de la vez en que había estado con Jesús todo el día en el campo, de la paz que había encontrado escuchándole entre aquella gente sencilla y compartiendo luego con ellos los cinco panes y dos peces que Jesús había multiplicado de manera milagrosa. ¡Qué poco tenía que ver este boato con el reino de Dios del que él hablaba!

Caifás subió la rampa del altar sin dignarse siquiera a mirar a la gente que se agolpaba para seguir lo más cerca posible el ceremonial, preocupado en todo momento por conservar la pureza y revestir el acto de gran formalidad. Samuel sabía la importancia que le daban los saduceos a las numerosas reglas recogidas en el *Levítico*, porque a él mismo se las había hecho aprender su padre de memoria, pero ahora no les veía el sentido.

Una vez en el altar, el sumo sacerdote derramó el agua sobre él, pidiendo la fecundidad y el cumplimiento de las profecías acerca de la llegada del Mesías, porque ese día *rebosaría el agua de los manantiales de Jerusalén hasta juntarse con las aguas del mar*. Este ritual era muy importante para los judíos, ya que Palestina era una tierra pobre en agua y la lluvia era un factor decisivo para la economía del país.

Una vez terminada la ceremonia, Judit desapareció entre las multitudes y Samuel no volvió a verla. Su ausencia le hizo beber más vino de la cuenta, lo cual le produjo un vacío aún mayor; de modo que, cuando llegó a su casa, no pudo evitar llorar como un niño encerrado en sus aposentos, que le parecieron más fríos y desangelados que nunca.

17

En casa de un fariseo

Al día siguiente, Samuel buscó a Judit por todas partes, pero no consiguió dar con ella, y ello le hizo sentirse alicaído, sin ánimos para nada. Sin embargo, se llevó una gran sorpresa cuando Jesús se presentó de improviso en el Templo y se puso a enseñar. Le invadió una alegría tan grande que a punto estuvo de saltar por encima de todos y de postrarse a sus pies. Si no lo hizo fue por su padre, a quien la comparecencia del Maestro le agrió el rostro y le reconcomió las entrañas.

Su voz lo llenaba todo, pues hablaba como quien tiene autoridad, no como los escribas, y la gente se quedaba embobada escuchándolo. Algunos, muy sorprendidos, se preguntaban:

–¿Cómo es posible que este hombre sepa tanto sin haber estudiado?

Jesús, que oyó sus comentarios, les replicó:

–La doctrina que yo enseño no es mía, sino de Aquel que me ha enviado. El que está dispuesto a hacer su voluntad podrá comprobar si mi doctrina viene de Dios o es mía, pues el que habla por su cuenta busca su propio honor, mientras que si alguien intenta que el honor sea para aquel que lo envió, ese hombre es sincero. ¿No fue Moisés quien dio la Ley? Y sin embargo, ninguno de vosotros la cumple. ¿Por qué queréis matarme?

Su inesperada pregunta provocó un silencio escalofriante. Samuel nunca había visto así a Jesús. En Cafarnaún no se mostraba tan beligerante. ¿Sería verdad que querían matarlo? Pero ¿quién? Quizá debería permanecer más atento y escuchar todo lo que se hablaba en la casa de su abuelo Anás y de su tío Caifás.

Después de unos segundos de silencio, se oyó un murmullo creciente y una voz se levantó por encima de las demás para responderle:

–Tú estás loco. ¿Quién intenta matarte?

Samuel contuvo la respiración mirando a su padre fijamente; entonces vio que la vena del cuello se le había hinchado y que se levantaba para marcharse, de lo cual se alegró, pues ignoraba que había ido a avisar a la guardia para que lo detuviesen.

–Estáis desconcertados porque he curado en sábado –le replicó Jesús–, pero ¿acaso no circuncidáis vosotros ese día para cumplir la Ley de Moisés? ¿Por qué, entonces, os indignáis? No debéis juzgar únicamente según las apariencias, sino que debéis hacerlo con rectitud.

Algunos se preguntaban si el Mesías que había de venir haría signos mayores que él. Jesús, que los oyó, dijo:

–Si alguien tiene sed, que venga a mí y beba.

Se refería al Espíritu que, según las Escrituras, recibirían los que creyeran en él. Por eso algunos comentaban:

–Seguro que es el Profeta.

–No, este es el Mesías –decían otros.

Pero muchos no estaban de acuerdo y se lo rebatían:

–¿Acaso va a venir el Mesías de Galilea? ¿No afirma la Escritura que tiene que ser de la familia de David y por tanto de Belén, de su mismo pueblo?

En vista de la gran división de opiniones que había, los guardias no se atrevieron a detenerlo y regresaron, acompañados por Samuel, a donde estaba su padre junto con los demás jefes de los sacerdotes y los fariseos. Estos, al ver que venían de vacío, les preguntaron:

–¿Por qué no lo habéis traído?

Ahora se sentían temerosos, inseguros. Nunca habían desobedecido una orden de sus superiores, pero esta vez sintieron que debían hacerlo porque aquel hombre les imponía un gran respeto. No era ningún agitador, como les habían dicho, y la mayoría de la gente que estaba en el Templo lo veneraba.

–Nadie ha hablado jamás como ese hombre –respondieron ellos.

Los fariseos les replicaron, tremendamente airados:

–¿También vosotros os habéis dejado seducir? ¿No os dais cuenta de que ninguno de nuestros jefes ni nosotros mismos hemos creído en él? Lo que ocurre es que esa gente, como no conoce la Ley, se halla bajo una maldición.

A Samuel le asustó la agresividad que destilaban sus palabras; por eso se alegró cuando vio que Nicodemo, uno de los fariseos, salía en su defensa:

–¿Acaso nuestra Ley permite condenar a alguien sin haberlo oído previamente para saber lo que ha hecho?

Pero todos los demás se volvieron contra él:

–Investiga las Escrituras y llegarás a la conclusión de que los profetas jamás han surgido de Galilea.

Luego, cada uno se marchó a su casa. Pero Samuel se quedó muy preocupado, pues se daba cuenta de que las autoridades buscaban a Jesús para encarcelarlo. Esto lo decidió a hablar con su padre en su favor, si bien omitió contarle que había curado las hemorragias de su madre, ya que ella le había hecho prometer que lo mantendría en secreto.

Pero cuando terminó su encendido discurso, su padre lo miró severamente y le dijo con un profundo desprecio:

–Me has decepcionado, Samuel; no esperaba esto de ti, te creía más inteligente.

Y no volvió a hablarle durante los días siguientes. Samuel acusó las duras palabras y el silencio de su padre. Ello, unido al desánimo y la tristeza que le provocaba la ausencia de Judit, le causó una profunda depresión y apatía. Hasta Hillel, su maestro, se dio cuenta de ello y lo interrogó después de las clases. Samuel no se atrevió a confesarle que se había enamorado de una persona distinta a la que habían elegido para él, pero sí le habló de Jesús y del cambio que había experimentado desde su primer encuentro con él. Quería saber lo que opinaba su maestro, si mantenía una posición tan rígida e intransigente como la de su padre o, por el contrario, lo admiraba como él.

–Verás, Samuel, no te oculto que la fuerza de su palabra me recuerda a la de los grandes profetas; sin duda tiene una sabiduría natural que atrae a la gente, a mí mismo me ha maravillado las veces que lo he escuchado en el Templo –se acarició pensativo la barba–. Luego están las curaciones milagrosas, que incluso han hecho que llegara a plantearme si él mismo no sería un profeta que habla por boca de Dios. Pero su conducta respecto a las leyes es intolerable. ¿Cómo se atreve a transgredir el sábado, a eliminar el derecho del varón de repudiar a la mujer, o saltarse la normativa de la pureza ritual?

–Si lo vieras entre la gente humilde, cómo les da apoyo y consuelo...

–Ahí te doy la razón: es conmovedor ver cómo hace propio el sufrimiento de los demás. Sin embargo, es inconcebible que admita en nombre de Dios a los pecadores sin exigirles una penitencia y los sacrificios prescritos por la Ley para todo aquel que actúa fuera de la Alianza. Ningún profeta de Dios ha actuado así.

–¿Y si fuera el Mesías, como dicen algunos?

–El Mesías de las profecías es un libertador que vendrá coronado por la gloria de Dios, luego es evidente que no puede ser él.

–¿Sabes que Jesús, como vosotros, los fariseos, cree en la vida eterna? Yo mismo, desde que lo conozco, me he planteado si habrá otra vida después de esta. Esto es algo que no puedo hablarlo con mi padre: ya sabes que los saduceos no creen en ella.

Samuel vio que a su maestro le alegraba escuchar esto, de modo que la conversación derivó por ahí mientras salían de la sinagoga. Pero quedó interrumpida cuando vieron un gran gentío al final de la calle. Al acercarse, se dieron cuenta de que en medio de ellos estaba Jesús, y se quedaron a escuchar lo que estaba diciendo:

–Nadie enciende una lámpara y la pone en un lugar oculto o debajo de una vasija de barro, sino sobre el candelero, para que los que entren vean la claridad. Tu ojo es la lámpara del cuerpo; cuando tu ojo está sano, todo tu cuerpo está iluminado; pero cuando está enfermo, tu cuerpo está en tinieblas.

Cuando terminó de hablar, un fariseo, amigo de Hillel, se acercó a Jesús para invitarlo a comer en su casa, y lo mismo hizo con este y con Samuel. Al entrar en ella, Jesús se sentó directamente a la mesa sin observar el ritual del lavatorio de pies y manos, como era costumbre entre los judíos. El anfitrión, extrañado, se lo hizo notar, pero Jesús le replicó:

–Vosotros, los fariseos, limpiáis por fuera la copa y el plato mientras que vuestro interior está lleno de rapiña y de maldad. ¡Insensatos! El que hizo lo de fuera, ¿no hizo también lo de dentro?

Samuel se quedó sobrecogido por su respuesta; en Cafarnaún nunca le había escuchado unas palabras tan duras.

–Pues dad limosna de vuestro interior y todo lo tendréis limpio. Pero ¡ay de vosotros, fariseos, que pagáis el diezmo de la menta, de la ruda y de todas las legumbres, y descuidáis la justicia y el amor de Dios!

A Samuel, aunque estaba de acuerdo con el contenido de su discurso, le pareció de poca educación insultar al anfitrión y a los demás invitados, ya que la mayoría eran fariseos, y por un instante volvió a pensar si su padre no tendría razón al tacharlo de loco. Deseaba que pusiera fin de una vez por todas a ese momento tan violento, máxime después de haber escuchado que su padre y las demás autoridades querían llevarlo preso. Solo le faltaba que también los fariseos se pusieran en su contra. Pero Jesús, ajeno a sus deseos, prosiguió encendido:

–¡Ay de vosotros, fariseos, que os gusta ocupar el primer puesto en las sinagogas y que os saluden en la plaza!

«Sí, los fariseos, cada vez más, quieren copar los lugares relevantes y tener un mayor protagonismo en la vida pública. Les gusta mucho aparentar», pensó Samuel. Y precisamente por ese prestigio que habían ido ganando últimamente a los ojos de la gente, su padre estaba de acuerdo con que él fuera un maestro de la Ley, como la mayoría de ellos, y no sacerdote como sus hermanos.

–Maestro, hablando así, también nos ofendes a nosotros –saltó un maestro de la Ley.

Samuel pensó que esta vez se disculparía; pero, en lugar de hacerlo, cargó también contra ellos:

–¡Ay de vosotros, doctores de la Ley, que imponéis a los hombres cargas insoportables y vosotros no las tocáis ni con un dedo! ¡Ay de vosotros, que construís mausoleos a los profetas asesinados por vuestros antepasados!

Samuel observaba atentamente las caras de estupor de los que estaban presentes y, sobre todo, la de Hillel, su maestro, que estaba rojo de vergüenza; pero Jesús, lejos de callarse, seguía metiéndoles el dedo en la llaga y diciéndoles que Dios les pediría cuentas por la sangre derramada de todos los profetas.

–¡Ay de vosotros, maestros de la Ley, que os habéis apoderado de la llave de la ciencia! Pero no habéis entrado, y a los que querían hacerlo se lo habéis impedido.

La tensión y el murmullo fueron creciendo conforme Jesús hablaba. Y una vez que se marchó, todos se alteraron sobremanera, excepto Hillel, que se quedó muy pensativo. Samuel lo acompañó hasta su casa y entonces el rabino dijo:

–Algunas de las acusaciones que ha hecho son ciertas, por eso han caído tan mal.

–Te aseguro, maestro, que en Cafarnaún era de otra manera. Les hablaba a los campesinos del reino de Dios con ejemplos que podían entender fácilmente, de un Dios Padre cercano a la gente, y atendía a todos los enfermos que le llevaban; no sé qué ha podido ocurrirle.

–Supongo que esta ha sido la gota que ha colmado el vaso. Los fariseos y los maestros de la Ley no paran de tenderle trampas con preguntas capciosas para ver si lo sorprenden en algún renuncio. Yo cada vez estoy más convencido de la bondad de este hombre, pero ha venido a revolucionar todo un sistema y no se lo van a perdonar.

Cuando Samuel volvió a quedarse solo, ya no sabía qué pensar, estaba muy confundido. Cuanto más trataba de buscar la verdad, más lejos parecía estar de ella. Se sentía un bicho raro. ¿Por qué no podía ser como su primo Leví, una persona feliz, sin complicaciones? ¿Por qué no se limitaba a aceptar las cosas tal cual eran, sin intentar indagar constantemente en su porqué? Claro que su primo lo tenía mucho más fácil viviendo en el campo, preocupado únicamente por las cosechas y contento con la mujer que le había tocado en suerte; pero si fuera partícipe de las intrigas que había en Jerusalén, seguramente sería de otro modo. ¡Si hasta habían conseguido alterar a Jesús! Samuel recordó la paz que irradiaba en Galilea, con qué tranquilidad les había respondido a los escribas en la sinagoga cuando lo acusaron de curar en sábado, sin alterarse lo más mínimo; y sin embargo aquí, entre todos ellos, habían conseguido sacarlo de sus casillas. ¿Era, entonces, la capital la culpable de su propia desazón? Samuel pensó en sus hermanos, con los que tampoco tenía nada que ver. Ellos estaban encantados con su condición de sacerdotes y les gustaba el poder tanto como a su padre, a sus tíos y a su abuelo. No en vano, los saduceos se consideraban los guardianes de la nación judía, en la que Religión y Estado formaban un todo inseparable. Y como ellos eran los dirigentes del Templo y, a la vez, miembros del Sanedrín, todo quedaba en casa. El pueblo, en su mayoría, honraba a los sacerdotes, ya que eran los que ofrecían los sacrificios y las ofrendas prescritos por la Ley; solo algunos protestaban por los abusos cometidos con los diezmos, pero todos sin excepción se sentían orgullosos del espléndido conjunto de edificios que formaban el Templo; incluso los no judíos lo visitaban y realizaban donaciones, admirados por su magnificencia. Estaba situado en un alto, dominando toda la ciudad, y sus paredes, recubiertas con espesas placas de oro y mármol blanquísimo, refulgían con el sol. Tenía nueve puertas de acceso, ocho de ellas de oro y plata y la novena de bronce de Corinto, que sobrepasaba en valor a las otras. Toda la familia de Samuel había pertenecido a esta privilegiada casta del Templo durante generaciones; por tanto, ni se planteaban que las cosas pudieran ser de otro modo, ya que la justicia les favorecía tal como estaba establecida. Incluso eran capaces de entenderse con los romanos, a pesar de ver cómo acogotaban a los campesinos con los impuestos, porque esa política colaboracionista les era favorable y los mantenía en el poder. Samuel parecía ser el único en cuestionarse si su destino debía ser el mismo que el del resto de su familia. No solo se había decantado por una profesión distinta al sacerdocio, sino que estaba pensando en romper los esponsales que lo ligaban a Rebeca y marcharse de Jerusalén. Pues sabía que, si se quedaba ahí, acabaría acomodándose a una situación que le venía impuesta por tradición familiar y siendo como ellos. Pero ¿acaso era dueño de su destino? ¿Importaba lo que quisiera él?

18
La mujer adúltera

La distancia, al contrario de lo que había pronosticado su primo, no solo no había conseguido hacer que se olvidara de Judit, sino que su recuerdo y las preocupaciones que tenía en la cabeza se agrandaban con ella. ¿Se habría olvidado de él? ¿La habrían comprometido con algún joven de Magdala, donde estaban establecidos sus hermanos como comerciantes? ¿La habría vuelto a acosar Malaquías o cualquier otro muchacho de Cafarnaún? ¿Habría vuelto su tío por su casa? Más de una vez, cuando sentía que el amor le ahogaba el alma, había estado tentado de unirse a cualquiera de las caravanas de comerciantes para ir a verla con la disculpa de hacerles una visita a sus abuelos, a los que tanto quería. Pero la actitud fría y distante que su padre mantenía con él le echaba atrás; seguía sin hablarle, mostrándole un ostensible desprecio en cada uno de sus gestos, y había hecho oídos sordos a su petición de perdón. Su madre, por su parte, trataba de compensarlo, en su ausencia, con expresiones y muestras de cariño. Samuel se daba cuenta de que la postura de su padre también la hacía sufrir a ella, pero estaba sometida a la autoridad del marido, como todas las mujeres judías. ¡Cuánto se acordaba de las palabras de Judit sobre la inferioridad de estas! Cada día daba gracias a Dios por haber nacido hombre, si bien se lamentaba de no poder cambiar esa situación tan injusta para ellas y el trato denigrante que a menudo se les daba. Estaba totalmente en contra de su desigualdad ante la Ley, y esta era otra de las cuestiones en las que se sentía más cerca del Maestro que de los suyos.

Al salir de la sinagoga, donde recibía sus clases cada día, le llegó la noticia de que Jesús estaba enseñando en el Templo, y allá se dirigió con la esperanza de que sus palabras aportaran un poco de paz a su maltrecho ánimo. Únicamente esperaba que su padre no se enterara de que había ido a escucharlo, pues no estaba el horno para bollos.

Cuando estaba llegando, vio a unos fariseos y maestros de la Ley que arrastraban a la fuerza a una mujer. Su cara de terror le hizo pensar que iban a lapidarla, y sintió lástima e impotencia a la vez. Pero cuando vio que entraban con ella en el atrio donde estaba Jesús, se tranquilizó y fue tras ellos. Estaba seguro de que él lograría impedir que llevaran a cabo su propósito. No obstante, le extrañó que la llevaran ante él si ya tenían la decisión tomada; seguramente sería para reafirmar su autoridad y dejarle claro lo importante que era el cumplimiento de las leyes. Precisamente una de las cosas que más les fastidiaba de él era que anduviera con pecadoras. Sin embargo, Samuel sabía que la mayoría de las veces eran injustos en sus juicios, sobre todo después de haber conocido la historia de la madre de Judit.

De un empellón la arrojaron contra Jesús, y la mujer cayó al suelo de bruces. A Samuel le impresionaron sus ojos color azabache, abiertos como platos, y las greñas de su pelo cayéndole por la cara. Seguramente le habrían arrancado el manto que llevaban siempre las mujeres en la calle. Parecía un animal salvaje herido, pero al mismo tiempo su mirada era desafiante. Era una mujer joven y hermosa. Samuel sintió compasión por ella. No sabía lo que había hecho, pero el trato que estaba recibiendo le parecía inhumano. En cambio, ellos parecían estar pasándolo muy bien a su costa; algunos incluso se rieron cuando ella cayó al suelo. Uno de ellos se dirigió a Jesús haciéndole una pregunta artera:

–Maestro, esta mujer ha sido sorprendida cometiendo adulterio. En la Ley de Moisés, se manda que tales mujeres deben morir apedreadas. ¿Tú qué dices?

Samuel detectó un aire burlón en la mirada del que había hablado y se incendió por dentro al comprender que esta era su venganza por haberlos puesto en evidencia durante la comida en casa del fariseo. Estaba claro que no tenían buenas intenciones y trataban de buscar un motivo para acusarlo. Samuel tragó saliva mientras observaba atentamente el rostro de Jesús, que no aparentaba signos de preocupación, sino que se puso a escribir con el dedo en el suelo. Desde donde estaba, Samuel no alcanzaba a ver lo que estaba escribiendo, pero sí pudo ver, en cambio, las señales de impaciencia de los fariseos y escribas, que volvieron a la carga.

–¿Qué? ¿Acaso no tienes respuesta para la pregunta que te hemos hecho?

–A lo mejor el Maestro no oye bien, quizá haya que repetirle la pregunta –dijo otro con sorna.

–La Ley de Moisés dice que una mujer adúltera ha de ser lapidada –repitió el primero que había hablado, elevando considerablemente el tono de voz–. ¿Qué es lo que dices tú?

Entonces Jesús se incorporó y, mirándolos fijamente, les dijo:

–Aquel de vosotros que no tenga pecado, puede tirarle la primera piedra.

A continuación, volvió a sentarse y siguió escribiendo en el suelo. Samuel se sorprendió de su salida, le pareció tremendamente sagaz. ¿Podía atreverse alguno a lanzarle una piedra después de lo que les había dicho? ¿Quién estaba libre de pecado?

Aquellos hombres, cabizbajos por su derrota, se marcharon uno tras otro, comenzando por los más viejos, y dejaron solo a Jesús con la mujer, que continuaba allí delante de él, sin atreverse a moverse. Él se incorporó de nuevo y le preguntó:

–Mujer, ¿dónde están los que te acusaban? ¿Ninguno de ellos se ha atrevido a condenarte?

Ella, todavía temblando, le respondió:

–Ninguno, señor.

–Tampoco yo te condeno. Puedes irte, y no vuelvas a pecar.

Samuel se quedó impresionado de la autoridad y la habilidad con que Jesús había manejado la situación y puesto en retirada a esa jauría humana que buscaba meterlo en problemas. Pero, como los conocía bien, sabía que esta derrota, lejos de apaciguarlos, los incendiaría aún más, y que seguirían buscando el modo de destruirlo. De nuevo habían quedado en ridículo, ya que su conocimiento de las leyes no los capacitaba para estar a la altura de la sabiduría de Jesús, y eso los hería en lo más profundo de su orgullo.

Una vez más, sintió el impulso de acercarse a él para hacerle partícipe de su lucha interior, pero no se atrevió. En el encuentro que habían tenido en Cafarnaún, le había dejado las cosas muy claras, y no podía seguir importunándolo con sus dudas. ¡Ojalá tuviera el arrojo de dejar la casa de su abuelo Anás y a sus padres para seguirlo, como habían hecho los doce discípulos que iban a todas partes con él! Se sentía un cobarde por no ser capaz de dar ese paso, tratando de convencerse a sí mismo con argumentos más blandos que la argamasa recién hecha. Y si lo diera, ¿se atrevería Judit a ir con él por los caminos sin más techo que las estrellas y sin más sustento que el que pudieran comprar con las limosnas que recibiesen de la gente? ¿Sería capaz de vivir así él, que estaba acostumbrado desde pequeño a toda clase de lujos y comodidades? Y lo peor de todo, ¿podría vivir sabiéndose repudiado por toda su familia? Pues no serían solo sus padres quienes le volverían la espalda, sino también sus abuelos y sus tíos y sus primos. Las familias judías eran auténticos clanes.

Desde que había vuelto, las dudas lo torturaban hasta el punto de que muchos días notaba que le flojeaban las piernas, le dolía la cabeza y su estómago rechazaba la comida.

–¿Qué haces por aquí, Samuel? ¡Cuánto tiempo sin verte!

La voz del padre de Rebeca a sus espaldas lo forzó a dar un brinco. Notaba el pulso golpeándole el pecho con saña y las mejillas encendidas.

–Hemos vuelto hace poco de Cafarnaún, donde hemos pasado todo el verano –respondió, sobrecogido aún por la sorpresa.

–¿Y qué tal todo por allí? Ya sé que se casó tu prima Esther con un cananeo y que la boda fue fastuosa –Samuel sintió la boca seca, sin gota de saliva–. Espero que la tuya con Rebeca la supere. Apenas falta ya nada –un escalofrío le recorrió la espina dorsal–. Mi hija y mi mujer están locas con los preparativos y a mí me llena de orgullo que se case con un futuro maestro de la Ley. Me ha dicho Hillel que eres muy inteligente y tienes un gran porvenir –Samuel notó que le fallaban las piernas, como si les costara sujetar su cuerpo, y temió desplomarse–. También me alegra que el que va a ser su marido sea de Jerusalén, pues de ese modo podréis visitarnos a menudo en la hacienda. Ahora precisamente vengo de cerrar un trato para vender una buena partida de aceite; este año ha sido muy buena la cosecha de olivas, y parte del dinero será para los vestidos y las joyas de la ceremonia. Quiero que mi hija esté deslumbrante ese día.

Samuel sintió que el color desaparecía de sus labios, como si la muerte hubiera venido a anunciarse y la vida lo hubiera abandonado de golpe. Menos mal que el padre de Rebeca parecía tener prisa y se despidió antes de que pudiera darse cuenta de su estado. Él trató de alcanzar un poyete, pues sentía que se desplomaba como consecuencia del golpe mortal que le acababan de asestar. Pero, antes de lograr su objetivo, notó un sudor frío por todo el cuerpo a la vez que el suelo desaparecía bajo sus pies y el día era cubierto por las tinieblas.

19

Un mundo oscuro

Un fuerte olor nauseabundo obligó a Samuel a abrir los ojos. Olía a una mezcla de sudor agrio, comida, hierbas amargas y pestilencia. Samuel miró espantado a su alrededor sin entender qué hacía en aquel cuartucho inmundo, apenas iluminado; no recordaba cómo ni por qué había llegado hasta allí. Le dolía tanto la cabeza como si se la hubieran abierto de una pedrada. Aun así, trató de incorporarse para salir de aquel horrible antro, pero sus piernas no le obedecieron. Entonces vio algo que le heló la sangre: una mujer vestida únicamente con una fina túnica interior muy corta, que dejaba adivinar todas y cada una de las partes de su cuerpo, se acercó a él sonriendo. Samuel pensó si no se habría muerto y esta sería la otra vida en la que creían los fariseos.

–No creo que puedas levantarte, te diste un golpe muy fuerte y perdiste mucha sangre –le advirtió.

Instintivamente, Samuel se llevó la mano a la cabeza y palpó la sangre seca, así como un vendaje que tenía en la cabeza.

–¿Cómo he llegado aquí?

–Te caíste en la calle y te golpeaste con el empedrado. Te trajimos entre un amigo y yo, ya que perdiste el conocimiento. ¿Qué tal estás?

En aquel momento, esa era una pregunta difícil de responder, ya que su mente se hallaba bloqueada, y por más esfuerzos que trataba de hacer para acordarse del porqué de la caída y de lo que había hecho los instantes anteriores a ella, no lo lograba. Quizá se debiera a lo mucho que le pesaba y le dolía la cabeza; sin embargo, por dentro parecía estar hueca, las palabras le rebotaban como si sus paredes hicieran eco.

–Me gustaría poder irme a mi casa.

–No creo que sea buena idea: es de noche y ya has visto que ni siquiera has sido capaz de incorporarte.

Samuel pensó en su padre. Si ya estaba enfadado con él, no quería ni imaginar lo que diría si pasaba una noche fuera de casa sin avisar. Claro que tampoco le parecía buena idea mandarle recado de que fuera a recogerlo a ese antro. Lo mismo se pensaba que se había metido en alguna pelea callejera o, aún peor, que había sido por causa de esa mujer. Pero la idea de pasar ahí la noche, en compañía de ella, le aterraba. No entendía por qué estaba vestida de esa guisa delante de un hombre, le parecía un comportamiento poco apropiado. Entonces se dio cuenta de lo poco que sabía fuera de su mundo. ¿Acaso era costumbre entre las mujeres de clase baja llevar ese atuendo dentro de la casa? Samuel no se atrevía a mirarla de frente, pero, por lo poco que había visto de ella, no le pareció una muchacha joven, aunque tampoco mayor. ¿Viviría ella sola? ¿Sería viuda?

Unos gritos en la calle lo sacaron de su ensimismamiento; parecían borrachos. Ella se asomó a la ventana para espantarlos.

–¡Largaos a otra parte!

–Baja, Lidia, ¡queremos tu cuerpo!

A Samuel se le puso la carne de gallina. Por primera vez desde que estaba allí, se le pasó por la cabeza la idea de que fuera una prostituta y le sobrevino una arcada.

–Hoy no puedo atenderos, tengo que cuidar a un enfermo –les respondió ella.

Samuel oyó sus risotadas y sintió que la sangre se le agolpaba en el pecho. Era una situación insólita para él, le parecía estar viviendo una pesadilla. ¿Sería un castigo divino por no dejar de pensar en Judit?

–También nosotros estamos enfermos y queremos que nos cuides. Ja, ja, ja.

Samuel sintió miedo, mucho miedo. ¿Qué sucedería si esos borrachos decidían subir a la casa?

–Como no os larguéis ahora mismo, os lanzo una piedra –les respondió ella, muy enfadada.

Eso pareció surtir efecto, porque sus risas se fundieron con la oscuridad de la noche. La mujer se volvió hacia Samuel y este apenas acertó a retirar la mirada, de modo que pudo ver claramente sus pechos transparentándose con la luz de la lámpara y eso le turbó. De pronto tuvo la sensación de estar pecando en aquel sucio tugurio.

–Siento que te hayan asustado esos necios –le dijo al ver la expresión de su cara.

–¿Vives sola? –se atrevió a preguntarle él.

–Sí, pero he aprendido a defenderme bien de los hombres. Cuando eres una prostituta, no te queda más remedio.

La confirmación de sus sospechas, hecha con esa ligereza, le impresionó. Él nunca había estado en el barrio bajo de la ciudad, pero sí había escuchado alguna vez a los criados contar algunas cosas.

–¿Nunca habías estado por aquí?

Samuel negó con la cabeza, escandalizado.

–No te parezca tan rara mi pregunta. Muchos de tu clase vienen en busca de sexo. De hecho, me recuerdas mucho a alguien que suele venir a menudo.

Esa noticia lo conmocionó. No se imaginaba a ningún saduceo con esa mujer, y mucho menos a nadie de su familia, ya que eran sacerdotes y guardaban las leyes de pureza a rajatabla. Seguramente lo habría tomado por un fariseo.

–¿Me podrías dar agua? –le pidió.

Notaba un fuerte ardor en la boca y la habitación empezaba a darle vueltas. Esa conversación le había revuelto hasta límites insospechados, no se encontraba nada bien. El agua apagó su sed, pero no su malestar, que iba en aumento. Y de pronto sintió otra arcada que venía con mucha más fuerza que la anterior, obligándolo a arrojar una bola de fuego que le subía de las entrañas. La mujer le sujetó la cabeza y le colocó debajo una vasija para recoger la pasta ácida y pútrida que surgió de su garganta. Luego le tocó la frente con su mano fría y fue entonces cuando se dio cuenta de que estaba ardiendo.

En ese estado de semiinconsciencia en que se encontraba, le pareció oír la voz de Ezequiel, el segundo de sus hermanos, pero seguramente serían el delirio y las ganas de estar de nuevo entre los suyos lo que le había dado pie a imaginarlo. Él quería entrar a toda costa, pero Lidia trataba de disuadirlo asegurándole que tenía un enfermo a su cuidado, que hoy no podía atenderlo, que volviera otro día. A Samuel le hubiera gustado decirle que le permitiera entrar, que venía a buscarlo a él, aunque no dejaba de producirle extrañeza que su hermano hubiera podido averiguar dónde estaba; pero no le salían las palabras.

Samuel no supo cuánto tiempo permaneció inconsciente. Alguna vez le pareció oír susurros y movimiento en torno a su esterilla, pero de un modo muy lejano, como si su cuerpo lo hubiera abandonado. Hasta que una mañana se despertó sintiéndose mucho mejor.

–¿Qué tal te encuentras? –le preguntó Lidia arrodillándose junto a él.

A pesar de que el cuartucho se veía diferente a la luz del día, Samuel recordó todo lentamente.

–Mejor –respondió, y a continuación preguntó a su vez–: ¿Cuánto tiempo llevo aquí?

–Tres noches y dos días –le informó ella.

–¡Válgame el cielo! Me tengo que ir, mis padres deben de estar muy preocupados –se apuró él.

–¿Crees que te podrás levantar? Deberías comer algo antes; estás muy débil.

Ella le acercó una torta de pan y unos higos secos.

–Esto te ayudará a recuperar fuerzas. Después te acompañaré a tu casa.

–Muchas gracias. Has sido muy buena conmigo, y mis padres te recompensarán por ello.

–No espero recompensa. Me alegra haber podido ayudarte; yo no tuve la misma suerte.

Samuel se quedó impresionado por sus palabras. No sabía nada de la historia de esa mujer; únicamente, que era prostituta y vivía en ese tugurio inmundo.

–Mi marido me repudió porque una vez se me quemó la comida; era un animal. Y de un día para otro, me vi sola en la calle. Luego, un hombre me engañó diciendo que me iba a ayudar, pero solo quería acostarse conmigo. Prostituirme fue la única opción que me quedó después de eso.

A Samuel le costó asimilar toda aquella información. Se sentía como el pájaro al que obligan a volar cuando apenas acaba de salir de su cascarón. De pronto se dio cuenta de que había estado todos estos años metido en una urna, y no sabía nada de la vida. De golpe comprendió los miedos de la madre de Judit, la injusticia que era ser mujer en un mundo en el que únicamente los hombres tenían poder para decidir. Ellas ni siquiera podían estudiar en la sinagoga, ni sentarse a la mesa en los banquetes, como no fuera en las bodas o la comida de los sábados, ni tomar parte en la vida pública. Eran propiedad del padre y luego del marido, que podía repudiar a su esposa hasta por quemar la comida o por salir a la calle con la cabeza descubierta. ¡Y luego las autoridades y los fariseos le echaban a Jesús en cara que se ocupara de ellas! Ahora entendía que los hubiera acusado de hipócritas en casa del fariseo; sus palabras aún resonaban en sus oídos: «Vosotros, los fariseos, limpiáis por fuera la copa y el plato mientras que vuestro interior está lleno de rapiña y de maldad. ¡Insensatos!». ¡Cómo lo comprendía! A él mismo le hervía la sangre por injusticias como esta.

Cuando se incorporó, sintió como si se le hubiera olvidado andar. Todavía le dolía la cabeza, y tuvieron que hacer varias paradas hasta llegar a la parte alta de la ciudad, donde vivía la aristocracia. Se le hacía extraño caminar por las estrechas calles del barrio bajo llenas de talleres, tiendas y negocios de todo tipo, pero agradecía la luz del sol y el bullicio del trajín cotidiano. Los vendedores ofrecían a gritos las distintas mercancías: túnicas, sandalias, perfumes, tejidos, joyas y recuerdos de la ciudad. A Lidia se le iban los ojos tras ellas; seguramente tendría que acostarse con unos cuantos clientes para poderse comprar algo de todo aquello. Este pensamiento le turbó, pero más le avergonzaba tener que ser ayudado por ella para poder caminar, y en su fuero interno deseaba no cruzarse con ningún conocido, aunque eso fuera poco menos que imposible en cuanto hubieran dejado esa parte de la ciudad. Menos mal que ella se había puesto una túnica de lana tosca y un manto por la cabeza para salir a la calle. Se había quedado muy impresionada al enterarse de que era nieto de Anás y sobrino de Caifás, y tendría que acompañarlo hasta su palacio, donde nunca había estado.

Cuando faltaban unos cincuenta pasos para llegar, Samuel vio venir a su hermano Ezequiel hacia ellos y su corazón dio un vuelco de alegría, pues estaba al límite de sus fuerzas. De pronto sintió ganas de llorar y de echarse en sus brazos; en cambio, su hermano no parecía tan contento de verlo a él apoyado en esa mujer, seguramente se habría pensado lo que no era.

–¿Tú? –dijo Lidia como si lo conociera.

Pero su hermano le lanzó una furibunda mirada de advertencia, como si quisiera evitar ser reconocido, o al menos esa fue la sensación que le dio a él. Entonces recordó que cuando se hallaba medio inconsciente le había parecido oír su voz y de algún modo ligó esos dos hechos, aunque al instante lo descartó. Era absurdo pensar que su hermano pudiera conocer a esa mujer y, mucho menos, que hubiera ido de noche a su casa.

Lidia empezó a narrar lo ocurrido, pero su hermano no la dejó hablar y se dirigió directamente a Samuel, que no hizo sino confirmar lo que ya Lidia había dicho y además añadió:

–Gracias a ella estoy vivo. Deberíamos pagarle bien por haberme cuidado.

–Espera aquí –le ordenó en tono seco Ezequiel, haciéndose inmediatamente cargo de él.

Cuando apenas se habían separado dos pasos de ella, le informó:

–Nuestro padre está furioso, pensó que te habrías fugado, y nuestra madre no ha dejado de llorar.

Con esa noticia, Samuel sintió que las piernas le flaqueaban y que no podría hacer un último esfuerzo para llegar, pues se encontraba al límite de sus fuerzas. Menos mal que su hermano lo agarró antes de que volviera a desvanecerse y se lo cargó a la espalda, recorriendo así los pasos que faltaban.

20

Una resurrección sonada

Cuando Samuel se despertó, estaba echado en su camastro, su madre arrodillada junto a él y su padre de pie, mirándolo fijamente con semblante serio.

–Lo primero es llevar a cabo un ritual de purificación, ya que ha estado en contacto con una prostituta –comentó.

–Padre, ella me salvó la vida y fue buena conmigo.

–Mejor se hubiera abstenido de tocarte –sentenció él, impasible.

Sus palabras le golpearon la cabeza más que los propios adoquines sobre los que se había caído al desvanecerse. No podía creer que su padre hubiera dicho semejante barbaridad.

–Me curó durante dos días y tres noches: le debo la vida. ¿Acaso hubieras preferido que me dejara morir?

–Si hubiera pasado de largo, otro te habría socorrido.

–¿Y si nadie hubiera pasado? ¿Y si lo hubiera hecho un sacerdote o un levita que tuvieran que ofrendar alguna ceremonia en el Templo? ¿Qué habrías hecho tú en ese caso, padre?

A Samuel le sorprendió su propia osadía. Normalmente no se atrevía a enfrentarse a su padre, pero lo que había vivido sin duda lo había transformado, lo había dotado de una rebeldía interior incontenible. Sin embargo, él no le respondió, sino que murmuró:

–Una vez purificado, iré al Templo a ofrecer un sacrificio expiatorio en tu nombre y un holocausto.

Luego, se dio media vuelta y salió de su cuarto.

–Hijo, ¿cómo le has hablado así a tu padre? –le recriminó su madre–. Supongo que te habrá afectado el golpe.

–No, madre, son la injusticia y su frialdad las que me hacen hablar así. He estado debatiéndome entre la vida y la muerte, deseando estar en casa con mi familia, y a él lo único que le preocupa es que yo esté impuro. Tiene razón Jesús: ¿de qué sirven las leyes si se olvida el mandamiento más importante, que es el del amor? Esa mujer actuó como una madre, salvándome la vida y cuidándome día y noche, y él la condena como si hubiera hecho algo malo y solo piensa en ir al Templo a matar vacas.

–¡Samuel, no blasfemes! Tu padre tiene el deber de guardar la pureza, y ya sabes lo importantes que son los sacrificios para mantener la relación con el Señor. Es el único modo que tenemos de mantener viva la Alianza que Moisés hizo con Él.

–¿Más importantes que las personas, madre? ¿Acaso no fue el Señor quien nos creó? Yo sé que tú no piensas igual que él, aunque estés sometida a su autoridad.

Su madre le acarició la cabeza.

–Pero, hijo, ¿qué te ha pasado? Este golpe te ha cambiado, antes no eras así.

–No podría ser el mismo después de lo que he visto y oído. Creo que los sacerdotes se olvidan de algo muy importante, que es la compasión por las personas. Están en un lugar tan alto que pierden la perspectiva de lo que ocurre a su alrededor. Y ahora, si no te importa, quiero dormir, me siento muy cansado.

–Estás en manos de los mejores médicos, hijo; ellos te curarán.

–¿Ya has olvidado quién te ha curado a ti las hemorragias?

Su madre se llevó el dedo índice a los labios y le dijo casi en susurros:

–Dicen que Jesús ha resucitado en Betania a un hombre que llevaba cuatro días en el sepulcro, un tal Lázaro. Ni te imaginas cómo están tu padre y tu abuelo con el tema. Desde ayer no se habla de otra cosa, han convocado una reunión del Sanedrín. La gente ha empezado a decir que Jesús es el Mesías que había de venir y temen que los romanos intervengan en este asunto y destruyan nuestro Templo y nuestra nación. Lo buscan para matarlo. Por lo visto, Caifás ha dicho que era preferible que muriera un solo hombre por el pueblo a que toda la nación fuera destruida. Yo solo espero que no se le ocurra aparecer por aquí.

–Deberíamos advertírselo a alguno de sus discípulos.

–No te preocupes, ya les he mandado recado por Sara, la criada; ella es de total confianza.

Los siguientes días, Samuel los pasó postrado en el lecho, sin fuerzas para nada. A ratos dormitaba y a ratos se sumía en pensamientos oscuros y difíciles. En sus sueños siempre aparecía Judit como un espejismo inalcanzable porque, cuando iba a abrazarla, se encontraba con la cara de Lidia. Entonces se despertaba sobresaltado, el pecho empapado en sudor, y ya no se podía volver a dormir hasta que la luz blanca o rosada del alba entraba por la ventana. A veces aparecía en el sueño su hermano Ezequiel, lo cual no era de extrañar, ya que él mismo se había delatado por el interés tan grande que había mostrado en todo este asunto y la minuciosidad con que lo había interrogado sobre su estancia en casa de Lidia. Con sus preguntas pretendía sonsacarle si le había hablado de él.

Samuel recordó entonces lo que ella le había dicho acerca de su parecido con alguien que solía ir a menudo por ahí, pero no quiso confesárselo, aunque sí le dio que pensar. Su hermano y él se parecían mucho físicamente, pues los dos habían salido a su madre: altos y espigados, de piel morena, el pelo liso del color del ébano, la frente ancha, la nariz más pequeña que el resto de sus hermanos, los ojos color avellana y los labios gruesos. Pero esta no era la única evidencia; también estaba el gesto de reconocimiento de Lidia nada más verlo, acompañado de ese «¿tú?» tan significativo, y la expresión de fastidio de él, y su interés por hacerla callar y por alejarse de ella cuanto antes, y el nerviosismo que mostraba desde entonces. Cuando Samuel le había preguntado si le habían pagado bien, él le había respondido que habían sido muy generosos, que no tenía de qué preocuparse, que se olvidara de aquella mujer, y ahí se había acabado la conversación, pero no así su recuerdo. Esas palabras de ella, junto a la evocación de su estancia en aquella habitación, no iban a dejarlo tranquilo en mucho tiempo.

Le costaba creer que su hermano, que era el más estricto de todos con los rituales de pureza y el que más se exaltaba al hablar de las impurezas y el pecado, visitara por las noches a una prostituta. Sin embargo, eran demasiados los indicios que le habían hecho ir atando cabos. Recordaba las veces que le había escuchado decirle a su padre que iba a cubrir el turno semanal en el Templo de otro sacerdote, pues todos ellos tenían una semana de guardia en la que dormían allí, y se preguntaba si sería esa su coartada para poder yacer con Lidia, aunque le resultaba difícil imaginar a su hermano en aquel cuartucho, dado lo rígido y estirado que era. Pero, desgraciadamente, todas las pruebas lo delataban.

Samuel trataba inútilmente de apartar esos horribles pensamientos que se empeñaban en meterse dentro de su cabeza con el mismo tesón que los pájaros en sus nidos, sumiéndolo en la más profunda soledad. En esos momentos deseaba no haber traspasado el umbral de esa puerta que se cerraba tras él, separándolo de su cómoda y confortable vida de antes y arrojándolo a una absoluta incertidumbre, pues cada vez era más consciente de la línea divisoria que había entre su familia y sus propios sentimientos. A veces la línea se hacía tan ancha que parecía infranqueable, y un ejército de sombras acababa por devorarlo. Ya nada en la corte de su abuelo tenía sentido para él; hasta los sacrificios del Templo le parecían un modo de hacerle trampas a Dios: uno podía pecar, pero si a continuación ofrecía el sacrificio pertinente, la alianza con Él quedaba automáticamente restablecida. ¿Acaso ese acto volvía mejor a la persona que había cometido el pecado? ¿No era más un modo de mantener la economía del Templo y de que los sacerdotes amasaran grandes fortunas? Precisamente esa era la razón por la que habían apartado al Bautista como si fuera un leproso y se mostraban escandalizados con su conducta, porque cuestionaba su función en un Templo corrompido por el poder, ofreciendo a cambio un bautismo accesible a todo el mundo. Juan no pedía dinero para quedar purificado por las aguas del Jordán, pero sí exigía, en cambio, una transformación radical de la persona: el compromiso de una conversión que incluía el perdón de Dios.

Claro que todas estas reflexiones suponían para él una lucha interior que lo dejaba devastado, agotado, exánime, sin fuerzas para nada; tanta clarividencia llegaba incluso a hacerle daño. Lo único que lo animaba era la imagen de Judit; todo lo demás le parecía borroso y carente de significado. Cuando pensaba en ella, los objetos de la habitación cobraban vida y color, y la ensenada del río Jordán se extendía a sus pies como el más maravilloso de los oasis. Luego, ese espejismo acababa transformándose en nostalgia, y él, en un árbol estéril al que se le estaban secando las ramas por falta de lluvia.

Y así se iban sucediendo los días, como un frío invierno lleno de vendavales.

21

¡Cuánta hipocresía!

Era el mes del Nisán y la primavera comenzaba a despuntar silenciosamente con los primeros brotes de las higueras y los almendros en flor. La herida que Samuel tenía en la cabeza había ido cicatrizando lentamente, pero no así las de su alma, que parecían haber rebrotado con el buen tiempo. Y es que el intenso perfume de las flores actuaba como un potente remedio, ayudándolo a recordar cada vez con más claridad lo sucedido momentos antes de desvanecerse y golpearse la nuca: el embarazoso encuentro con su futuro suegro. Desde entonces, sus palabras no dejaban de martillearle la mente: «Mi hija y mi mujer están locas con los preparativos, y a mí me llena de orgullo que se case con un futuro maestro de la Ley». Pero si algo tenía claro Samuel era que no podía casarse con Rebeca cuando su corazón pertenecía a Judit. Todo lo que había vivido y meditado últimamente no había hecho sino reforzar ese sentimiento. Imaginaba su matrimonio como el de su hermano Ezequiel, una farsa. ¿Conocería su mujer esa doble vida que llevaba? ¿Y sabría su padre que el hermano mayor de Judit era hijo de su tío Johab? ¿Cuántos trapos sucios más se esconderían dentro de su propia familia? Cada día que pasaba, se sentía más bicho raro en el palacio de su abuelo. Él era el único nieto que vivía allí, por ser su padre el hijo mayor, pues tanto sus tíos como sus hermanos, casados ya todos, se alojaban en otras casas adyacentes.

Durante su enfermedad, sus primos acudían a visitarlo a diario para contarle las novedades ocurridas y tratar de animarlo con su cháchara, pero a Samuel a menudo sus conversaciones le resultaban odiosas, puesto que no hacían más que ufanarse de sus privilegios y disputarse en vida la herencia de su abuelo sin ningún recato. No era como cuando de pequeños solían corretear por las numerosas estancias, escrutando hasta el último detalle de los mosaicos y los frescos que las decoraban y que llamaban poderosamente su atención. Tanto las escenas que representaban como la gran variedad de dibujos geométricos que adornaban las grecas les servían de inspiración para sus juegos. También solían jugar a esconderse por los distintos patios ajardinados, aunque sin duda lo que más les gustaba era bañarse en la piscina escalonada, la mayor de las tres que había en la casa para las purificaciones.

Pero ahora todo aquello le parecía una cárcel de oro y no hacía más que pensar en cómo poder escapar de ella, y se devanaba los sesos buscando argumentos sólidos para anular los esponsales que lo ligaban a Rebeca de por vida. Hablaría con su padre para decirle que, en el estado en el que se encontraba, no se sentía capaz de celebrar la boda, pero eso no haría sino posponerla. ¿Y si le contaba que amaba a Judit y no quería que le ocurriera lo mismo que a su tío? No, eso sería delatarlo. Seguramente su padre no estaba al corriente de su romance furtivo durante la fiesta de las Tiendas. ¡Cuánta hipocresía había descubierto últimamente dentro de su propia familia! ¡Cuántos brillos y oropeles que no hacían sino esconder miseria moral y porquería! Por eso comprendía cada vez mejor las acusaciones de Jesús a los fariseos, que sin duda eran extensibles a los saduceos.

Samuel se paseaba por uno de los magníficos patios ajardinados pensando en todo aquello, sintiéndose prisionero de una vida que no le gustaba y añorando terriblemente la vida sana del campo. ¡Claro, eso era! ¿Cómo no se le había ocurrido antes? Le diría a su padre que necesitaba vivir en Cafarnaún para recuperar la salud y, dado que sus abuelos maternos solo tenían hijas, se instalaría definitivamente con ellos para ayudarles a llevar la hacienda; pronto serían mayores y no estarían en condiciones de hacerlo. Podría irse justo después de la fiesta de la Pascua, en unos diez días a lo sumo.

Esa espléndida idea lo llenó de vida. Solo de pensar que dentro de poco volvería a ver a Judit, le hizo recuperar de golpe las fuerzas, y se sintió preso de una actividad desbordante. Enseguida se dispuso a escribir una carta a su abuelo contándole sus planes, y otra a su primo Leví para que le hiciera llegar a Judit el anillo que pensaba comprarle en el mercado. También le compraría algo a Lidia, pues, a pesar de que su hermano le había advertido que se olvidara de ella, quería darle las gracias personalmente llevándole un regalo, quizá un frasco de perfume o algún abalorio.

Todo era perfecto en sus planes excepto por un doble escollo que debía superar: decírselo a su padre y al de Rebeca. Sobre todo, a este último. ¡Se le veía tan feliz ante la perspectiva de la boda de su hija con él! Se sentiría humillado, sería un escándalo, todo el mundo hablaría de ello, pero luego pasaría la riada y las aguas volverían a su cauce habitual. Además, al estar tan lejos, evitaría la vergüenza de tener que cruzárselo. En cuanto a su padre, hablaría con él en cuanto regresara del Templo. O mejor aún, iría a verlo; últimamente pasaba más tiempo allí que en casa a causa de los preparativos para la Pascua. Porque esa fiesta, junto con la de las Tiendas, era la que más gente atraía a la capital. Llegaban a juntarse más de cien mil peregrinos venidos no solo de todo el país, sino también de Egipto, Fenicia, Siria, Macedonia, Tesalia y Corinto. Incluso desde las costas del mar Negro y desde Roma, la capital del Imperio. Acampaban en las colinas de alrededor de la ciudad, en el monte de los Olivos y en los espacios libres junto a las murallas, de modo que en esos días los sacerdotes no daban abasto con las ceremonias de purificación y los rituales de inmolación de los corderos. Por ello Pilato, el gobernador romano, temeroso de una posible insurrección del pueblo judío, reforzaba la guarnición de la torre Antonia. No sin razón era la fiesta judía más importante, pues celebraban el éxodo de los israelitas liberados por Dios de la esclavitud en Egipto. También Samuel acariciaba la idea de su propia liberación, derivada de la ruptura de su compromiso. Sería maravilloso poder festejarla durante la Pascua si su padre le diera su consentimiento para sus planes de futuro.

Pero sus pensamientos quedaron interrumpidos por el fuerte clamor que subía por la calle principal que conducía hacia el Templo. Samuel corrió hacia allí para ver qué ocurría.

–¡*Hosanna* al Hijo de David! Bendito el que viene en nombre del Señor. ¡*Hosanna* en las alturas! –gritaba la muchedumbre.

Muchos preguntaban quién era ese al que aclamaban, pero Samuel enseguida supo que se trataba de Jesús y corrió a su encuentro. Iba montado en un borrico y miles de personas se agolpaban para verlo, agitando las ramas que cortaban de los árboles o tendiéndole sus mantos en el suelo para que pasara. Samuel se debatía entre la alegría de ver cómo era recibido por la gente y el miedo de que las autoridades lo apresaran. Por eso intentaba abrirse paso para llegar hasta sus discípulos y advertirles del peligro que corría, lo cual no era fácil, ya que la gente se apretujaba para verlo, cerrándole el paso.

–¿Quién es este? –le preguntó uno que estaba a su lado.

–Es Jesús, el profeta de Galilea, el que tenía que venir a liberarnos –le respondió él, sintiendo una alegría inmensa que le estallaba dentro del pecho.

Por fin, después de sufrir unos cuantos empujones, logró llegar hasta uno de los discípulos, llamado Judas Iscariote, y le contó el riesgo que corría su maestro en Jerusalén. Él se lo agradeció y continuó su camino hacia el Templo.

Samuel, sabiendo que iban hacia allí, cogió una serie de atajos para llegar antes. Quería distraer a su padre para que no viera cómo la gente lo aclamaba por toda la ciudad proclamando que era el Mesías, el enviado de Dios.

En los atrios del Templo se concentraban los cambistas y mercaderes que vendían las palomas y demás animales para ofrecer como sacrificios. Aquello era un auténtico mercado, cada año había más puestos y resultaba complicado avanzar entre toda aquella gente. Samuel llegó empapado en sudor por la carrera, pues todavía estaba débil después de tantos meses de reposo. Y apenas había cruzado la mitad del atrio, cuando escuchó un terrible estruendo y se volvió a ver qué ocurría. Entonces vio a Jesús con uno de los látigos que usaban los mercaderes para enderezar al ganado, y varios puestos caídos. ¿Qué habría sucedido? Se veía que estaba terriblemente enfadado. Su voz poderosa se alzó por encima de los gritos de protesta:

–Está escrito: *Mi casa es casa de oración*, pero vosotros la habéis convertido en una cueva de ladrones. ¡Fuera de aquí, esto no es un mercado, sino la casa del Señor!

Luego, cantidad de ciegos y cojos se le acercaron y él los fue curando a todos, mientras los niños iban tras él sin dejar de aclamarlo:

–¡*Hosanna* al Hijo de David! ¡*Hosanna* al Hijo de David!

Los sacerdotes y los maestros de la Ley estaban indignados. Samuel distinguió entre ellos a su padre, que se acercó a Jesús, la vena del cuello a punto de reventarle, y le espetó con rabia:

–¿No oyes lo que están diciendo?

–Claro que los oigo. ¿Es que nunca habéis leído aquel pasaje de las Escrituras que dice: *De la boca de los niños de pecho has sacado una alabanza*?

Luego se dio media vuelta y se marchó a paso ligero, dejándolos a todos más furiosos de lo que ya estaban. Samuel se dispuso a hacer lo mismo que Jesús, ya que comprendió que aquel no era el mejor momento para plantearle nada a su padre, pero él lo había reconocido entre la multitud y lo llamó.

–¿Tú has visto el descaro de ese loco y el revuelo que ha organizado? –le dijo, más enfadado que nunca. Le temblaba toda la cabeza. Samuel pensó que le reventaría la vena de un momento a otro–. Pero ¿quién se ha creído que es para venir al Templo y volcar las mesas de los mercaderes? –bramó furioso.

De sus ojos salían chispas y la saliva se le escapaba de la boca a causa de la ira que acompañaba a sus palabras. Samuel se quedó mudo, sin saber qué responder. Era la primera vez que su padre le hablaba en meses y no quería estropearlo enfrentándose a él, pero por dentro se sintió rastrero al no defender a Jesús y no confesarle que él, como el resto de la gente que lo aclamaba, pensaba que era el enviado de Dios y estaba de acuerdo en que habían convertido la casa del Señor en un auténtico mercado.

–Lo que no sabe es que sus días están contados –murmuró entre dientes; luego, pasándole la mano por los hombros, le dijo–: Me alegro de que estés ya mejor, hijo, y hayas venido al Templo. Ofreceremos un sacrificio de expiación a Dios en tu nombre, y otro de acción de gracias.

A Samuel le alegró volver a recuperar la confianza y el afecto de su padre, si bien se sintió un cobarde. Aunque se justificó a sí mismo diciéndose que era un escalón necesario para el paso decisivo que tenía que dar.

22

La conspiración

Samuel regresaba a casa, satisfecho de que a Lidia le hubiera gustado tanto el frasco de perfume que le había comprado, y se sentía liberado de sus preocupaciones en gran medida, gracias a la charla que había mantenido con ella sobre su matrimonio con Rebeca. Lidia le había aconsejado que no renunciara a su felicidad aunque tuviera que renunciar a sus riquezas, pues, en su opinión, no había dinero en el mundo que pudiera comprar la libertad de una persona. «Ya ves, te lo digo yo, que tengo que prostituirme para poder vivir, pero lo prefiero a tener que aguantar los reproches, exigencias y malos tratos a los que me sometía continuamente mi marido. Eso era una auténtica penuria, vivía amargada. Aunque no me di cuenta hasta que él me repudió». Las palabras de Lidia le dieron mucho que pensar, pero lo que sin duda le hizo más mella fue que le confesara lo desgraciado que era su hermano; eso lo había conmocionado profundamente. Hasta entonces, nunca había pensado que Ezequiel fuera desdichado; más bien al contrario, parecía el más satisfecho de su condición aristocrática y el más convencido del papel que jugaban los sacerdotes. Su actitud evidenciaba que le gustaba esa política de intrigas que se cocía en la corte propiciada por su abuelo Anás, quien había utilizado todo tipo de maquinaciones y presiones para situar a los miembros de su familia en los cargos más influyentes y rentables del Templo, empezando por sus cinco hijos, continuando con sus nietos y siguiendo con su yerno Caifás, al que había logrado que el procurador Valerio Grato nombrara sumo sacerdote. Todos ellos pertenecían, pues, a la crema de la aristocracia sacerdotal, algo en lo que él nunca había estado interesado, y mucho menos ahora. Si su hermano no era capaz de ser feliz con una vida que le iba como anillo al dedo, ¿qué no le ocurriría a él, a quien todas esas intrigas de poder nunca le habían gustado? Si precisamente se había decantado por ser un maestro de la Ley era porque estos gozaban de una mayor independencia y estaban más cerca de la gente.

Meditando todo esto, vio venir por una calle perpendicular a la suya a un destacamento romano que llevaba preso a un hombre. Por un instante le recordó al asaltador de la caravana de la boda de su prima, puesto que tenía el pelo igual de sucio y renegrido, pero su mirada era infinitamente más salvaje y los rasgos de su cara más pronunciados. Tenía una poderosa mandíbula, los ojos saltones, la nariz aguileña y una cicatriz en la mejilla izquierda. Samuel le preguntó a un vecino quién era ese hombre y por qué lo llevaban preso.

–Es Barrabás, un bandido perteneciente al grupo de los zelotas.

Samuel sabía que los zelotas eran un grupo de resistencia nacionalista que no aceptaba el poder romano, y que únicamente reconocían la soberanía divina. Y al contrario que a los saduceos, les parecía una vergüenza tener que pagarles tributo; por eso contaban con la simpatía de muchos campesinos.

–Se lo llevan preso porque ha cometido un homicidio en una revuelta –les informó otro hombre que los había escuchado y estaba ansioso por participar en la conversación.

Pero Samuel tenía prisa por regresar a su casa, ya que quería mantenerse informado en todo momento sobre las decisiones que las autoridades pudieran tomar en contra de Jesús para poder prevenirle, así que se despidió de ellos y subió jadeando las cuestas que conducían a la parte alta de la ciudad, donde residía.

Era la hora décima del final del solsticio de invierno y el sol se reflejaba en toda su intensidad en las paredes del Templo, resaltando la blancura del mármol y cegándolo por momentos a causa del brillo del oro. Samuel no dejaba de maravillarse de su magnificencia: era difícil permanecer indiferente a tanta belleza, incluso teniendo prisa como tenía. Pero, unos pasos antes de llegar al palacio de su abuelo, tuvo que detenerse unos segundos a coger aire. Todavía no había recuperado la fortaleza de sus músculos desde que había estado tan grave a causa de la herida en la cabeza.

Cuando por fin traspasó el portalón, enseguida se enteró por uno de los criados de que una parte importante del Sanedrín estaba reunida oficiosamente en la sala principal que daba a uno de los patios. Samuel pensó que desde allí podría escuchar todo lo que decían sin problema, sobre todo si hablaban tan alto como lo estaban haciendo en ese momento; por el tono y el volumen de sus voces, que se oían incluso desde la entrada, se veía que estaban muy alterados.

Samuel, estratégicamente apoyado en una de las columnas, pudo distinguir perfectamente la voz de su padre diciendo:

–¿Qué más pruebas necesitamos para convencer a Pilato de que lo condene? Una de las historias que cuenta a la gente es claramente una crítica a las autoridades religiosas del Templo. Habla de unos viñadores homicidas que no han sabido cuidar de la viña que les fue entregada y matan, uno tras otro, a los enviados del dueño de la misma, sintiéndose los propietarios en lugar de los administradores, de modo que llega el momento en que el propio dueño se la entrega a otros. La moraleja que se saca de ella es que la aristocracia sacerdotal perderá el poder que le ha sido otorgado por el Señor para servir al pueblo de Israel, por no haber sabido llevar a cabo su misión.

–También yo le he escuchado decir que los primeros serán los últimos y los últimos los primeros –saltó un maestro de la Ley.

–¡Eso es intolerable! –exclamó su tío Jonatán–. No podemos consentir que ese mensaje revolucionario cale en la gente.

Samuel se estremeció al darse cuenta de la gravedad del asunto.

–Y su actuación en el Templo, tirando las mesas de los cambistas y echando a los mercaderes, ha sido el colmo de la desfachatez –recalcó su tío Caifás–. Ya no le bastan las palabras, sino que ha pasado a la acción. Atacar el Templo es atacar el corazón de nuestra religión. ¿Qué será lo siguiente? ¿Quemarlo?

–Sin lugar a dudas, su acción, interrumpiendo las actividades normales del Templo, apunta a que su próxima meta sea lograr la desaparición de las instituciones –intervino su tío Teófilo–. Si os dais cuenta, es un gesto absolutamente radical llevado a cabo en un momento clave, la fiesta de Pascua. Por ello no podemos consentir que diga que hemos convertido la casa del Señor en una cueva de ladrones.

–Sin duda alguna ha aprovechado el momento en que hay más gente en Jerusalén –volvió a intervenir su padre–. No es algo que haya hecho al azar.

–¡Si hubierais visto su entrada en la ciudad como pude verla yo! –se inflamó su hermano Ananías, el mayor–. La gente lo saludaba agitando ramos y tirándoselos a su paso, lo mismo que sus mantos. Y él, montado en un asno, recibía sus aclamaciones; lo llamaban hijo de David y proclamaban que venía en nombre del Señor. Fue un espectáculo bochornoso. Parecía una burla a los romanos cuando entran victoriosos en la ciudad conquistada; no entiendo cómo no lo detuvieron.

–Eso es lo que tenemos que hacer –dijo su abuelo–: convencerlos para que lo metan preso. El propio Herodes Antipa está preocupado por ese reino del que habla.

–Ese cerdo impío, siempre obsesionado con que le vayan a quitar el poder –comentó con desprecio uno de los ancianos.

–Pero no debemos olvidarnos de que precisamente le debemos a su padre la grandiosidad del Templo y la cantidad de peregrinos que vienen a la ciudad. Acuérdate de que fue él quien construyó el atrio de los gentiles, lo cual hizo aumentar considerablemente los ingresos del Templo.

Samuel se sintió asqueado al comprender que el dinero era lo único que les importaba.

–En todo caso, es una baza más que puede servir ahora a nuestros intereses –concluyó su abuelo–. Tengo entendido que Jesús lo llama «zorra» y se burla del emblema acuñado en sus monedas. Todo esto ha tenido que llegar a oídos de Pilato. Si a ello añadimos la pretensión de Jesús de construir un nuevo imperio, más la burla hecha al propio imperio romano, satirizando la entrada triunfal de sus generales a caballo al tomar posesión de las ciudades conquistadas, y el desorden público provocado en plena Pascua, tenemos razones más que suficientes para hacer que lo condenen.

La presencia de Samuel en el patio se vio alterada por la llegada de un hombre. Un criado lo conducía hacia la sala donde estaban reunidos. Samuel, al principio, pensó que sería un miembro más del Sanedrín, pero por sus ropas enseguida se dio cuenta de que era alguien del pueblo. Luego, cuando lo tuvo más cerca, pudo ver que se trataba de Judas Iscariote. Eso lo alegró sobremanera: seguramente vendría a hacer una defensa de su maestro o una petición de perdón, preocupado como debía de estar por la cantidad de gestos ofensivos para las autoridades que últimamente Jesús se había permitido hacer.

Por eso se quedó petrificado al escuchar sus palabras. ¡Venía a entregar a su maestro a cambio de treinta monedas de plata! Samuel se horrorizó de hasta qué punto podía llegar la codicia humana. Su traición le llevó de nuevo a las palabras de Jesús: «Una cosa te falta: anda, vende tu herencia y dásela a los pobres. Así tendrás un tesoro en el cielo. Después, vente conmigo». ¿Cómo se podía traicionar de esa forma a un amigo? ¿Qué razones podía tener para hacerlo?

Aquellas palabras le produjeron tal impacto y desconcierto que su mente quedó bloqueada hasta el punto de impedirle escuchar dónde y cuándo se habría de hacer la entrega.

23

LA ENTREGA

Los siguientes días, Samuel fue todo oídos para poder enterarse de dónde pensaba Judas entregar a su amigo Jesús. También buscó incansablemente a este o a alguno de su grupo, pero parecían haber desaparecido de Jerusalén. Algunos decían que estaban en Betania, en casa de ese tal Lázaro al que Jesús había resucitado. Era una aldea que distaba seis millas de la capital, pero Samuel decidió no arriesgarse a ir, ya que nadie le aseguraba con total fiabilidad que pudiera encontrarlo allí. Prefería permanecer cerca de las autoridades para poder avisarlo si se enteraba del lugar exacto de su detención. Desde el tejado del palacio de su abuelo, podía vigilar cualquier movimiento que se produjera en la guardia de seguridad del Templo o en el palacio de su tío Caifás y, de paso, observar desde su privilegiada atalaya a toda la gente que subía a inmolar sus corderos la víspera de la gran fiesta pascual. Quizá entre ellos descubriera a alguno de los discípulos de Jesús. Los sacerdotes no daban abasto oficiando las ceremonias en los distintos altares y, a pesar de la gran extensión de los atrios, se veían obligados a hacerlo en tres turnos.

Por fin, esa misma noche del día trece del mes de Nisán, gracias a la luna llena, Samuel pudo ver cómo un hombre, provisto de una antorcha, se acercaba sigilosamente a la casa de su tío y hacía una especie de señal. Casi inmediatamente, un destacamento de la guardia de seguridad salió de allí y comenzó a bajar la calle.

En un primer instante, los nervios paralizaron a Samuel, que sintió una punzada en el estómago y la boca seca; pero luego, cubriendo su cuerpo únicamente con una sábana para no ser reconocido, bajó lo más rápido que fue capaz deslizándose clandestinamente hasta la calle, que se encontraba desierta. El miedo a ser descubierto le hacía caminar con un gran cuidado de no hacer ruido, pegándose a las paredes de las casas como un ladrón furtivo que huye de la justicia. Era tan sonoro el silencio que, cada vez que se detenía, oía su propio pulso como si fuera el eco de los cascos de un caballo. Las calles olían todavía a la sangre de los corderos degollados en holocausto, pues ese día se habían matado unos dieciocho mil animales.

En un momento dado, los guardias de seguridad del Templo se detuvieron y miraron hacia atrás; seguramente, alguno habría visto su sombra de refilón. Pero, por suerte, tuvo el tiempo justo de esconderse tras el muro de una casa. Los latidos del corazón le estallaban en el pecho, haciendo tanto ruido como las sandalias de los soldados por el empedrado. Samuel esperó unos instantes a que reanudaran la marcha. Por la dirección de sus pasos, se dio cuenta de que se dirigían al monte de los Olivos, también llamado huerto de Getsemaní, y decidió ir hacia allí por un camino alternativo que era un poco más largo, pero con la ventaja de que podía hacerlo corriendo. Siempre había sido un buen corredor; gracias a sus largas piernas, en Cafarnaún solía ganar todas las carreras durante los veranos.

La evocación de su tan querido pueblo le llevó hasta Judit. Entonces comprendió que ella era su aliento, su impulso vital, la meta donde confluían todos sus anhelos, y solo pensaba en llegar allí para abrazarla. Corría entre los olivos, alimentando el sueño de que iba hacia la ensenada del Jordán, y sintiendo que la libertad le estallaba en el pecho: esa que, según Lidia, no se puede ni comprar ni vender por todo el oro del mundo.

Llegó jadeando, el corazón a punto de salírsele por la boca, de modo que se vio forzado a detenerse un instante a coger aire. Y fue en ese momento cuando escuchó la voz de Jesús diciéndoles a sus amigos:

–¿Todavía estáis durmiendo y descansando? Ha llegado la hora y el Hijo del Hombre va a ser entregado a manos de los pecadores. Levantaos, vamos, ya está aquí el que me va a entregar.

Samuel sintió un escalofrío al darse cuenta de que sabía que Judas, uno de los suyos, le había traicionado; pero ya no hubo tiempo para advertirle de que los soldados habían ido a prenderlo. Ahí estaban ya, capitaneados por el traidor que, adelantándose, se acercó hasta Jesús y le dio un beso en la mejilla sin ningún reparo de conciencia.

–¡Hola, Maestro!

Samuel sintió una gran repugnancia por lo que acababa de ver. ¡Cómo se podía tener tanto cinismo! ¿Qué haría Jesús: lo increparía como había hecho con los fariseos, o se pondría furioso como con los mercaderes y cambistas del Templo? Desde luego, no era para menos. Sin embargo, Jesús no parecía alterado. Samuel pensó que su aparente calma era la que precedía a las tormentas, y por eso se quedó anonadado cuando este respondió sin mostrar un ápice de resistencia:

–Amigo, haz lo que has venido a hacer.

Inmediatamente, los guardias se adelantaron y lo prendieron. Samuel estuvo tentado de detenerlos, alegando su condición de nieto de Anás, pero se asustó al ver que uno de los que estaban con Jesús sacaba su espada y, de un tajo, le cortaba la oreja a Malco, un criado de su tío al que Samuel conocía bien. Jesús lo reprendió diciéndole:

–Guarda tu espada, que todos los que empuñan la espada perecerán a espada. ¿O crees que no puedo acudir a mi Padre para que ponga a mi disposición enseguida más de doce legiones de ángeles? Pero ¿cómo se cumplirían las Escrituras, según las cuales tiene que suceder así?

Luego le tocó la oreja a Malco, que al instante quedó curado. Y, dirigiéndose a los guardias, les dijo:

–Habéis salido a prenderme con espadas y palos como si fuera un bandido. A diario he estado enseñando en el Templo y no me apresasteis. Pero todo esto ha ocurrido para que se cumpla lo que escribieron los profetas.

Y nada más acabar de decirlo, todos los discípulos lo abandonaron y huyeron despavoridos. Samuel, en cambio, fue tras él, tratando de pasar inadvertido, pero uno de los guardias intentó agarrarlo por la sábana en la que estaba envuelto, quedándose con ella, mientras Samuel huía desnudo.

Llegó a su casa tiritando a pesar del sudor de la carrera. No se encontraba nada bien, pero, aun así, se puso una túnica de lana y bajó la calle hasta el palacio de su tío Caifás, adonde con toda certeza llevarían a Jesús a interrogarlo.

En el patio de entrada, los guardias y algunos criados estaban calentándose junto al fuego. A Samuel le pareció ver a Pedro entre ellos, y se quedó unos instantes mirándolo fijamente. Desde luego, si no era, se le parecía muchísimo. Iba a acercársele, cuando una criada se le adelantó y le dijo:

–Tú solías andar con Jesús el Galileo.

Por el terror reflejado en sus ojos, Samuel supo que era él y se hizo cargo de su miedo, ya que también él lo había sentido en muchas ocasiones.

–No sé de qué me hablas, mujer –le respondió.

Samuel se sintió tentado de intervenir para tranquilizarlo, pero decidió respetar su deseo de permanecer de incógnito, cerca de su maestro, para ver cómo se desarrollaban los acontecimientos. En ese momento, el canto de un gallo rompió el angustioso silencio de la noche, sobresaltándolo. Entonces otra de las criadas se sumó a la acusación de la primera diciendo:

–Es verdad que andaba con Jesús de Nazaret. Es uno de los que lo acompañaban siempre a todas partes.

–¡Pero qué dices! Mujer, tú no tienes ni idea. Yo no conozco a ese hombre del que me habláis –se indignó él.

Sin embargo, otro de los presentes insistió:

–Sí que es uno de ellos; no hay duda, yo también lo he visto con él.

Esta vez, Pedro se enfureció y comenzó a jurar y soltar imprecaciones. En ese instante, el gallo cantó por segunda vez, y Pedro se echó a llorar. Samuel, muy impresionado por la escena, se acercó a él para consolarlo.

–Tranquilo, que no te va a pasar nada. Yo te ayudaré, aprecio a tu maestro. Soy el nieto de Anás, nos vimos en Cafarnaún durante el verano, ¿me recuerdas?

Pero él estaba totalmente trastornado, como si hubiera cometido un delito, y no paraba de repetir:

–Jesús me advirtió de que antes de que el gallo cantara dos veces, yo lo negaría a él tres.

Sus palabras no hicieron sino confirmarle a Samuel que Jesús era un profeta enviado por Dios: por eso podía ver más allá que los demás. Y trató de animarlo comprendiendo su desconsuelo.

–No te preocupes, todos actuamos cobardemente alguna vez. Hay momentos muy difíciles en los que uno no sabe cómo va a reaccionar –lo decía por su propia experiencia–. Y ahora te dejo, voy a ver qué está ocurriendo ahí dentro; seguro que lo estarán interrogando los miembros del Sanedrín.

Pedro se despidió de él, todavía con lágrimas en los ojos, y se marchó de allí avergonzado.

Samuel se hizo cargo de su vergüenza. La cobardía era un sentimiento terrible para un hombre. Él mismo había sido un cobarde y continuaba siéndolo, pues tampoco se atrevía a dar la cara por Jesús ni había tenido los arrestos suficientes para plantearle a su padre que no quería casarse con Rebeca porque amaba a Judit.

Efectivamente, en la sala, tal y como él había imaginado, estaban reunidos todos los jefes de los sacerdotes, los ancianos y algunos maestros de la Ley. Samuel, oculto tras una de las columnas, escuchó cómo vertían sobre él muchas de las acusaciones que les había escuchado en casa de su abuelo, y alguna nueva.

–Nosotros le hemos oído decir que en tres días derribaría el Templo hecho por hombres y en otros tres construiría uno nuevo no edificado por ellos.

Su abuelo Anás, que estaba sentado entre su padre y su tío Caifás, le preguntó si eran verdad todas esas acusaciones que se le hacían. Entonces Jesús le respondió:

–Yo he hablado siempre en público. He enseñado en las sinagogas y en el Templo, donde se reúnen todos los judíos. No he enseñado nada clandestinamente. ¿Por qué me preguntas a mí? Pregunta a mis oyentes, ellos podrán informarte.

Al oír esto, uno de los guardias que lo custodiaban le dio una bofetada diciéndole:

–¿Cómo te atreves a contestar así a un sumo sacerdote?

Samuel no se atrevió a salir en su defensa y, al igual que le ocurrió a Pedro, sus ojos se llenaron de lágrimas de impotencia y de rabia por ser tan cobarde. Pero Jesús, con una gran calma, le respondió:

–Si he hablado mal, demuéstrame por qué; pero si he hablado bien, ¿por qué me pegas?

En vista de que no sacaban nada en limpio, Caifás, que estaba ya harto y quería condenarlo de una vez, le preguntó:

–¿Eres tú el Mesías, el Hijo del Bendito?

–Tú lo has dicho, no yo, pero os aseguro que veréis al Hijo del Hombre sentado a la diestra del Todopoderoso.

Samuel vio entonces levantarse a su tío y rasgarse las vestiduras diciendo:

–Ha blasfemado. ¿Qué necesidad tenemos ya de testigos? Se lo llevaremos a Pilato para que lo condene.

Todos estuvieron de acuerdo. Algunos comenzaron a escupirle y abofetearlo tapándole la cara.

–¡Adivina quién ha sido! –le decían burlándose de él–. ¿Acaso no eres un profeta?

Samuel se sintió furioso con su tío; nunca le había caído demasiado bien, le parecía fatuo, rastrero y prepotente, pero ahora sentía ganas de enfrentarse a él, de arrancarle las vestiduras de cuajo. ¿Cómo podía manipular así las palabras de Jesús? Claro que daba igual lo que dijera, porque ellos ya lo habían condenado de antemano. Se había hecho demasiado peligroso al ponerlos en evidencia ante la gente, desacreditando el modo en que dirigían el Templo y los rituales que los convertían en intermediarios necesarios entre el Señor y su pueblo. Una religión que nada tenía que ver con el reino de amor, paz y perdón que proclamaba Jesús, en el que no tenían cabida los sacrificios de animales ni los trapicheos del Sanedrín. Por ello no era de extrañar que temieran que todo aquello se les viniera abajo, y, desde luego, harían lo que fuera para convencer a Pilato, el gobernador romano, para que lo condenara. Su tío Caifás siempre había tenido muy buena relación con él, e incluso se había puesto de su parte durante las revueltas del pueblo a raíz de que el gobernador introdujese los estandartes imperiales en la ciudad santa y de que construyese un acueducto con dinero del Templo. Así que no le resultaría difícil lograr que lo condenaran: no tenía más que demostrarle que Jesús era un elemento perturbador para el Imperio, capaz de movilizar a las masas y alterar el orden durante la Pascua, precisamente cuando la ciudad bullía de gentes venidas de todas partes.

24

LA CRUCIFIXIÓN

Samuel no pudo dormir en toda la noche, pensando en el terrible destino que le esperaba a Jesús. Sentía una gran impotencia y se hacía todo tipo de preguntas. ¿Por qué él, que había hecho tantos milagros curando las enfermedades más terribles, no hacía algo para salvarse? En el monte de los Olivos había dicho que de otro modo no se cumplirían las Escrituras. Entonces, ¿era este el destino que el Señor le tenía preparado, sumirse en el *sheol*, en el mundo de los muertos donde solo hay sombras y tinieblas? Hillel estaba convencido de que había otra vida más allá de esta, pero en estos momentos él no sabía qué pensar. ¿Por qué habían huido sus discípulos, que tanto habían confiado en él? ¿Había sido únicamente el miedo, o habían dejado de creer en su maestro?

Muy de mañana, cuando aún no se había despertado la luz del alba y todavía brillaban algunas estrellas en el cielo, Samuel sintió salir a su abuelo y a su padre de casa. Por un instante se le pasó por la cabeza pedirles que le permitieran ir con ellos, pero el miedo lo paralizaba. ¿Acaso se iba a atrever a implorarles que dejaran libre a Jesús, cuando sabía que de nada serviría? ¿Acaso no había sido suficiente asistir como un convidado de piedra a la burla y las humillaciones a las que lo habían sometido? Todavía sentía el horror en su propia carne y se sentía invadido por una extraña fiebre, como si todo aquello se lo hubieran hecho a él. No podía quitarse de la cabeza la mansedumbre de la mirada de Jesús y la soledad que reflejaban sus ojos, tan grande y tan profunda como la del mar.

Samuel buscó consuelo en su madre. La encontró en su habitación, mirando por la ventana.

–Madre, ¿qué podemos hacer para que no lo condenen?

Su madre lo abrazó, sintiéndose tan impotente como él.

–Quizá deberíamos contarles que fue Jesús quien te curó las hemorragias –sugirió poco esperanzado, pues sabía tan bien como ella que, cuando alguien no quiere creer algo, es imposible hacerle cambiar de parecer.

–Hijo, sabes que eso no serviría de nada. ¿No has oído todo lo que dicen de él?

–¡Pero si no ha hecho más que el bien a todo el mundo!

–Lo único que podemos hacer es rezar y esperar a que ocurra un milagro.

Rezaron juntos la oración que Jesús les había enseñado en la montaña y, a continuación, Samuel se fue al palacio de Pilato; estaba demasiado intranquilo para permanecer recluido esperando que le llegaran noticias.

En la calle comenzaba de nuevo la actividad con los preparativos para la fiesta que tendría lugar al ponerse el sol. Los más rezagados acudían en tropel al Templo a inmolar sus corderos según el ritual establecido. Samuel se dio cuenta del dinero que dejarían de ganar si toda aquella organización fuera desmontada, y comprendió que nada podría salvar a Jesús de una condena segura. Aunque todavía le quedaba la esperanza de que el pueblo quisiera otorgarle la libertad, ya que en la Pascua era costumbre que soltaran al preso que pidiera la gente. Y ello reavivó su ánimo abatido.

Sin embargo, cuando llegó a la casa de Pilato y oyó el sonido ventoso y cortante del *flagrum*, un látigo de mango corto del que salían varias tiras de cuero que terminaban en bolas de plomo, huesos de carnero o trocitos de metal punzante, supo que lo estaban flagelando y sintió que la sangre se le helaba en las venas. ¡Eso significaba que lo habían condenado a muerte! Al momento le vino una arcada como la que había tenido en casa de Lidia, y tuvo que inclinarse para devolver los alimentos ingeridos la tarde anterior, aunque la sensación que experimentó fue la de estar arrojando sus propias entrañas. Ello le dejó un sabor en la boca tan agrio y amargo como la hiel, y tuvo que sentarse apoyado contra el muro para no desmayarse. Pero ya no oyó el resto de los latigazos, como si sus orejas se hubieran quedado taponadas ante tanto horror. En cambio, sí escuchó comentar a algunos que estaban por ahí que el preso al que le había sido concedida la libertad era Barrabás. Samuel se indignó. ¿Cómo era posible que el pueblo hubiera preferido poner en libertad a un delincuente antes que a Jesús, que solo había hecho cosas buenas? No le cabía en la cabeza, seguramente habrían sido manipulados o les habrían ocultado que él era uno de los presos; si no, era inexplicable. De todas formas, las autoridades habían elegido muy bien el día de su ejecución, cuando todos los judíos estaban ocupados en preparar la gran fiesta, asando los corderos y cocinando las hierbas amargas y el pan ácimo.

Cuando Samuel vio salir a Jesús en compañía de otros dos presos, custodiados los tres por un pelotón de soldados, se le cayó el alma a los pies. Le habían puesto una corona de espinas en la cabeza y sobre los hombros sostenía el *patibulum*, el travesaño horizontal de la cruz que llevaban los condenados a crucifixión. Estaba tan débil después de la terrible flagelación a la que lo habían sometido, que apenas podía sostenerse en pie, y en su cuerpo se veían las marcas de los latigazos aún sangrando. Colgada al cuello llevaba una tablilla donde los romanos escribían la condena para que sirviera de escarmiento a todo el mundo. En la suya habían escrito: «Rey de los judíos». Samuel se quedó estupefacto. ¿De modo que ese era su crimen? ¡Pero si él nunca se había proclamado rey, únicamente hablaba del reino de Dios y de que él era su enviado! ¿Qué clase de farsa era esa? A pesar de que también a él le fallaban las fuerzas, una rabia galopante le incendió la sangre. Tenía unas ganas tremendas de ir a insultar a todos los miembros del Sanedrín, empezando por los de su propia familia, de llamarlos hipócritas y cobardes, puesto que ninguno estaba ahí para ver lo que habían hecho; habían preferido mirar hacia otro lado para no sentirse culpables de la muerte de un inocente. ¡Qué vileza tan grande!

La lúgubre comitiva comenzó a subir lentamente la calle, camino del Calvario, donde tenían lugar todas las crucifixiones. Allí estaban colocados permanentemente los palos verticales en donde clavarían los travesaños que llevaban sobre sus hombros los condenados. Samuel buscó inútilmente a los amigos de Jesús. ¿Cómo habían podido dejarlo solo en un momento como este? ¿Era el dolor lo que les impedía estar a su lado, o simplemente el miedo de que su destino pudiera ser el mismo que el de su maestro? Las únicas que lo seguían a una prudente distancia eran las mujeres que habitualmente iban con él. Samuel reconoció a la madre de Jesús, a María de Magdala; a María, la madre de Santiago el menor, y a Salomé, madre de Santiago y Juan. Era la imagen más triste que jamás había contemplado. Ese hombre que había llevado la alegría y la esperanza de salvación a los más humildes por todos los pueblos, que había estado al lado de los pobres y apartados de la sociedad, que había curado a leprosos, ciegos y paralíticos e incluso había resucitado a algunos que estaban ya en el *sheol*, ahora iba camino de la crucifixión sin haber hecho nada por lo que mereciera ser condenado a una muerte tan espantosa. A Samuel le hubiera gustado acercarse a él para decirle que estaba dispuesto a seguirlo, tal y como le había pedido en el encuentro que tuvieron, pero que, por favor, hiciera algo para salvarse a sí mismo. Claro que todo esto no era más que un simple pensamiento, pues el miedo a la brutalidad de los soldados lo incapacitaba para cualquier acción. A pesar de ello, apretó el paso para adelantarse al cortejo y poder enviarle a Jesús una mirada de apoyo. Quizá pudiera leer dentro de su alma y así, al menos, no sentirse tan solo.

En un momento dado, sus miradas se cruzaron y Samuel pudo ver el sufrimiento reflejado en sus ojos, aunque también le pareció que lo reconocía y se compadecía de su pena. Pero, justo después de hacerlo, se derrumbó al flojearle las rodillas. Los soldados soltaron todo tipo de imprecaciones e insultos, pero, comprendiendo que no llegaría vivo hasta el monte Gólgota, ordenaron a un tal Simón de Cirene que le llevara el *patibulum*.

A pesar de que la distancia desde el palacio del gobernador romano hasta el Calvario no era mayor de ochocientos o novecientos pasos, a Samuel le pareció el viaje más interminable de su vida. Según iban andando, el grupo de curiosos que lo seguía iba aumentando: a la gente le gustaba este tipo de espectáculos que alimentaban el morbo. En cambio, Samuel estuvo tentado de marcharse en más de una ocasión: se sentía muy enfermo, con terribles escalofríos que recorrían su cuerpo como corrientes de mar. Pero la mirada de tristeza y de soledad de Jesús le impelía a continuar junto a él. El grupo de mujeres no cesaba de llorar, y también a él le resbalaron las lágrimas en más de una ocasión. Si lo hubiera visto su padre, se habría puesto furioso, pues mostrar los sentimientos de tristeza en público era algo propio de la condición femenina. Pero lo que pudiera decir su padre ya le daba lo mismo, pues entre ellos había crecido un muro insalvable. En cambio, la persona que iba camino de la crucifixión había sido para él un auténtico maestro, que en muy poco tiempo le había enseñado muchas más cosas que el propio Hillel. A Samuel le hubiera gustado poder decírselo. En realidad, todavía conservaba la esperanza de que, en el último momento, realizara el milagro de salvarse. ¿Acaso Dios lo había despojado de sus poderes sobrenaturales? Ese pensamiento lo aterró, porque entonces no habría esperanza para nadie y tendría que darles la razón a los saduceos, grupo al que él pertenecía por nacimiento, aunque no de corazón, que no creían en la resurrección.

Sin embargo, lo que había vivido hasta ahora no era nada comparado con lo que le esperaba desde que cruzaron la puerta Efraín. Al otro lado de la muralla, el Gólgota se apareció ante él con toda su crudeza; por algo lo llamaban *el Calvario*, «lugar de la Calavera», ya que ahí tenían lugar todas las ejecuciones. Era un montículo rocoso de unos cincuenta pies de altura que en tiempos había sido una cantera de donde se extraía el material de las construcciones. En la cima sobresalían unos cuantos palos verticales firmemente clavados en la roca.

Samuel sintió que de nuevo le hervía la sangre. Pensar que las autoridades se habían puesto de acuerdo con los romanos para llevar a cabo su ejecución le parecía una acción repulsiva y propia de cobardes, pero estaba claro su propósito: servir de escarmiento para todo aquel cuya concepción religiosa se apartara de la del poder público. El imperio romano no dejaba nada al azar, y sin duda había elegido ese lugar estratégicamente, ya que junto al Gólgota pasaba un camino muy transitado que llevaba a la puerta Efraín, una de las entradas principales de la ciudad, de modo que las ejecuciones constituían un castigo ejemplarizante.

Samuel se tapó los ojos para no ver cómo lo clavaban en la cruz, pero el ruido ensordecedor de los martillazos penetró en sus oídos, partiéndole el corazón en miles de pedazos. De nuevo tuvo que sentarse, pues notaba que el suelo le faltaba bajo los pies y estaba a punto de perder el conocimiento.

Sin embargo, las burlas de algunos de los que estaban allí le hicieron hervir de nuevo la sangre:

–¡Si eres Hijo de Dios, baja de la cruz! –gritaban unos.

–A otros salvó y a sí mismo no puede salvarse –se burlaban otros.

Samuel decidió marcharse de allí. Su entrada en el mundo adulto estaba siendo devastadora. Todavía hacía poco estaba jugando y correteando despreocupadamente por ahí, y ahora... Aquella atrocidad era demasiado para su frágil sensibilidad. Pero, a pesar de su deseo de abandonar aquel lugar, apenas podía sostenerse en pie. Su mente, rota de dolor, se negaba a dar órdenes al cuerpo. ¿Cómo podía uno permanecer impasible ante semejante crueldad?

Según iba bajando del monte, le parecía estar viviendo una pesadilla. A través de sus ojos vidriosos por las lágrimas, vio a Juan, uno de los discípulos de Jesús, abrazado a María, la madre de este, que lloraba inconsolable. Sus ojos estaban perdidos en el horizonte, rotos por el dolor. Pero apenas había andado unos pasos cuando escuchó a sus espaldas un grito desgarrador.

Su cuerpo se quedó paralizado, convertido en una roca más de la cantera, esperando todavía algún milagro por parte de Dios. Fueron unos instantes en los que el silencio se hizo aterrador, pero enseguida fue roto por un estruendoso estertor y el llanto clamoroso de las mujeres. Entonces se volvió y lo vio con la cabeza caída sobre el pecho. Había muerto. Mientras tanto, los soldados se repartían las vestiduras como aves de rapiña al pie de la cruz, sin el menor respeto por alguien que acababa de exhalar su último aliento. Esa escena le produjo una profunda repugnancia y pensó que los animales tenían mejores sentimientos que las personas. Pero enseguida el cielo se cubrió de tinieblas, como si hubiera venido la noche repentinamente, y un fuerte temblor de tierra hizo que la gente, asustada, corriera monte abajo. Algunos gritaban:

–¡Verdaderamente, este era el Hijo de Dios!.

Recorrer el camino de vuelta se le hizo el acto más penoso de su vida, con el dolor ahogándole el pecho y el alma vencida por la tristeza. Le parecía inhumano que, después de lo que había sucedido, la gente prosiguiera con sus quehaceres habituales como si tal cosa. El ambiente festivo de la Pascua contrastaba atrozmente con el horror que él acababa de presenciar. ¿Qué clase de nación era esta que permitía convivir un duelo con la fiesta nacional más importante? ¿Y dónde estaba toda esa gente que había seguido a Jesús y había acudido a él en busca de ayuda? ¿Cómo eran capaces de preparar el banquete pascual como si nada hubiera sucedido? ¿O es que no se habían enterado? Las noticias en Jerusalén circulaban raudas, y más en un día como el de hoy, con tanta gente.

Cuando llegó al palacio de su abuelo, se desplomó en el mismo patio de entrada. Por suerte, los criados acudieron a socorrerlo antes de que cayera sobre el enlosado.

25

Moribundo

Los siguientes días, Samuel se debatió entre la vida y la muerte. Tenía unas fiebres altísimas que le provocaban convulsiones y, cuando le bajaban, su cuerpo se cubría de sudor frío. Su padre, empeñado en que estaba endemoniado por haberse dejado embaucar por ese «falso profeta», no paraba de realizar exorcismos y rituales de purificación sin resultado alguno. Samuel apenas se enteraba de nada, confundiendo las noches y los días y sintiéndose incapaz de ingerir bocado. Tampoco los médicos eran capaces de curarlo, y alguno lo daba ya por perdido y aconsejaba a sus padres que fueran preparando las exequias, porque aquello era cuestión de días. A pesar de que se encontraba medio inconsciente, Samuel pudo escucharlo y tuvo miedo. Desde entonces no hacía más que decirle a su madre:

–Madre, yo quiero morirme en Cafarnaún.

Ella, que no se separaba de su lado, cuidándolo día y noche sin descanso, intentaba tranquilizarlo:

–Pero, hijo, si no te vas a morir; te curarás lo mismo que la otra vez. Siempre has sido muy fuerte.

–Prométeme que, cuando me cure, me dejaréis ir a vivir allí con los abuelos.

–Claro que sí, hijo, te lo prometo.

Esa promesa, hecha con tanta rapidez, fue para él la confirmación de que efectivamente se estaba muriendo, puesto que su madre ni siquiera había tenido que recurrir a la autoridad de su padre, como hacía siempre para cualquier cuestión, sino que estaba dispuesta a asumir por sí misma su última voluntad. También la actitud complaciente, casi servil, de sus hermanos le hacía imaginar los peores augurios. Sobre todo la de Ezequiel, que le leía cada día los pasajes del *Éxodo* que más le gustaban sin mostrar ni un ápice de impaciencia, algo raro en él. Quizá también fuera su modo de agradecerle que no lo hubiera delatado. En todo caso, estaba seguro de que si él no se estuviera muriendo, no actuaría de ese modo. Podía adivinar en la mirada de todos ellos que había llegado su final.

Durante sus delirios se veía a sí mismo atravesando el desierto con Moisés, muerto de sed, implorando al cielo que cayera el maná y caminando una duna tras otra sin más horizonte que arena y más arena. Al final de la travesía, imaginaba la ensenada del Jordán, con Judit esperándolo, el cuerpo cubierto de gotas relucientes, como un oasis inalcanzable.

Un día, en pleno estado febril, le pareció oír decir a su padre que había liberado a los padres de Rebeca del contrato de esponsales, y se alegró enormemente, aunque ello fuera un síntoma más de que su muerte estaba próxima. Pero luego cayó en otra de sus convulsiones y ya no supo si había sido algo real o fruto del delirio.

Por la noche se encontraba agotado, sin fuerzas para seguir luchando. Tenía muchísima sed, pero apenas podían mojarle los labios, ya que, si bebía, echaba espumarajos por la boca. Entonces su padre volvía a los exorcismos. Sus labios estaban tan llagados que apenas podía articular palabra, le costaba un esfuerzo ímprobo respirar, tenía que coger aire cada dos palabras para que le salieran.

–Madre... reza por mí... la oración... que... nos enseñó Jesús. Me estoy... muriendo.

Su madre no pudo contener el llanto.

–Si Jesús estuviera vivo te habría curado, igual que hizo conmigo –le susurró poniendo sobre su frente una mano tan fresca como el agua del Jordán, y a continuación se puso a rezar el Padrenuestro.

Esa noche no se movió de su lado, temerosa de que se produjera el fatal desenlace. Sin embargo, por la mañana Samuel amaneció sin fiebre, la frente fresca, y pidió de comer.

–¡Hijo, esto es un milagro! –exclamó ella con júbilo–. Seguro que Jesús nos ha escuchado.

Su rostro pálido y desencajado y unas profundas ojeras violáceas debajo de sus ojos denotaban el cansancio de varias noches en vela, pero su amplia sonrisa parecía querer borrar de su cara cualquier vestigio de la tristeza vivida esos días.

–Pero, madre, ¿no decías que después de la vida no había nada?

–Dicen que Dios lo ha resucitado del *sheol*, Samuel. Según me han informado, lo han visto muchos de sus discípulos. Al parecer, María de Magdala descubrió su sepulcro vacío, aunque tu padre dice que sus amigos robaron el cadáver.

–¿Ves, madre, como era el Mesías?

Samuel se agitó mucho con semejante noticia, y su madre temió que no hubiera sido buena idea habérsela contado en su estado. Pero ocurrió precisamente lo contrario: le dio fuerzas para querer recuperarse y no hacía más que preguntar si los discípulos habían regresado de Galilea, adonde, al parecer, habían ido a predicar la buena nueva de la resurrección del Mesías. Aunque, naturalmente, todas esas conversaciones tenían lugar en ausencia de su padre. En cambio, guardaba para sí, dentro de su corazón, los sentimientos hacia Judit como un tesoro oculto.

Sin embargo, cuando ya se encontraba mejor, le entró la preocupación de saber si la ruptura de los esponsales con

Rebeca era un hecho cierto o simplemente lo había imaginado en sus delirios, pero no sabía cómo abordar el tema. Finalmente decidió planteárselo abiertamente a su madre, ya que con su padre la relación, si bien no era inexistente como antes de caer enfermo, sí era bastante más fría y difícil.

–Madre, ¿qué pasa con mi matrimonio? ¿Es verdad que mi padre ha disuelto el contrato que me ligaba a la familia de Rebeca?

Su madre, pensando que esto le disgustaría, se echó a llorar.

–Madre, no llores, pues para mí supondría un motivo de alegría.

Ella se enjugó las lágrimas, asombrada, esperando una explicación por parte de su hijo.

–Pensar en mi matrimonio con Rebeca me causaba un enorme sufrimiento, porque amo a otra muchacha.

Sus palabras le causaron un gran asombro.

–¿Y la conozco yo?

–Es Judit, la hija de Miriam –le confesó.

Su madre parecía desconcertada, como si la noticia no encajara en sus oídos.

–La que vive cerca de la hacienda del tío Johab, en Cafarnaún –le aclaró él.

–Sí, hijo, sé quién es, pero me dejas de piedra; ya sabes la mala fama que tiene su madre. Según dicen, es hija del pecado, no puedes casarte con ella. ¡Pero si ni siquiera es de tu misma condición social!

–Madre, prefiero renunciar a mi herencia antes que a ella. Y no es hija del pecado como tú crees; son las malas lenguas las que han corrido ese bulo. Su padre era Josué, el administrador del tío Johab.

–Pero dicen que repudió a su mujer por adúltera.

–Eso es una maledicencia, madre; los hechos no fueron esos.

Samuel prefería ocultarle la verdad del oscuro asunto, entre otras cosas, porque la mujer de su tío Johab era su hermana y no quería que sufriera, pero, como ella seguía insistiendo, acabó por confesársela. Una vez que Samuel hubo terminado de contarle la historia, su madre permaneció en silencio, aunque no parecía tan sorprendida como se había quedado él al enterarse por Judit. Tenía el gesto circunspecto y la boca prieta. También Samuel estaba preocupado. Necesitaba más que nunca la bendición de su madre para los proyectos que tenía. Había renunciado ya a tener la de su padre, conociéndolo como lo conocía, y a su herencia, como le había sugerido Jesús, pero no quería perder el cariño y la complicidad materna. Al cabo de unos segundos interminables, ella suspiró profundamente y le dijo:

–Verás, Samuel, sé que te hice una promesa, pero tienes que entender las condiciones en que te la hice; pensé que te morías, pues eso fue lo que nos dijeron los médicos. Deberías recapacitar y darte cuenta de que no es lo que más te conviene. ¿Debo suponer que es por Judit por lo que querías vivir en Cafarnaún?

–Madre, ella es uno de los motivos, pero no el único. Mi enfermedad y la muerte de Jesús me han hecho ver las cosas de otro modo. Hasta ahora he estado huyendo de mí mismo, poniéndome excusas para no dar este paso, porque tenía miedo. Pero ya no, quiero ser coherente con mis propios sentimientos y afrontar la vida con valentía, como hizo el Maestro. Ya ves, podía haberse escondido, haber renunciado a su mensaje para que no lo apresaran o haberse marchado a otro lugar, y sin embargo no lo hizo.

–¿Quieres que te maten a ti también?

–No, madre. Simplemente, quiero llevar otro tipo de vida. Necesito encontrar un poco de paz y sé que aquí no voy a poder hacerlo.

–Pero tu padre tiene grandes planes para ti.

–Madre, mi lugar no está en el Templo. Yo no soy como mis hermanos, no me gusta el poder. No quiero sentirme dueño de la gente ni mirarla con superioridad y arrogancia, como hacen los sacerdotes y demás autoridades. Quiero sentirme libre, sin ataduras. Quiero ser como Jesús, que estaba cerca de las personas, sin excluir a nadie, y las escuchaba y sabía leer sus ojos.

–Pero, hijo, el Templo es el lugar del Señor, el lugar sagrado por excelencia.

–Si algo me enseñó Jesús, es que el lugar del Señor está en el corazón de las personas. Nuestro Dios no puede ser un juez severo, vigilante y castigador, sino ese Padre del que hablaba él, ese Padre que hace salir el sol sobre buenos y malos y manda la lluvia sobre justos e injustos.

–Ay, Samuel, me da miedo lo que dices.

–Dime, madre: ¿de qué sirven tantos sacrificios, tantas leyes y tanta pureza, si eso te impide ver el corazón de las personas?

–Pero... ¿de qué vas a vivir? Tu sitio está con tu familia.

–En una ocasión, Jesús me dijo que vendiera todos mis bienes y lo siguiera. Entonces sus palabras me entristecieron porque me daba miedo romper con todo; pensaba que no podría vivir de otro modo. Pero ahora veo que nada de eso me hace feliz: ni vivir en este palacio, ni acumular riquezas, ni tener autoridad sobre las personas...

–Pero ser un maestro de la Ley es una profesión muy noble.

–¿Y qué es la semilla sin una buena tierra, sin el abono? Lo mismo que las palabras sin los sentimientos que las sustentan: están huecas, no pesan nada, y por eso se las lleva el viento. Yo he descubierto que la verdad no está encerrada en las paredes del Templo, sino en los corazones de la gente. Lidia me ha enseñado mucho en este sentido.

–¿Esa prostituta? Pero, hijo, ¿qué te ha pasado?

–Madre, para enseñar es preciso aprender de las personas.

–¡Pero de una prostituta!

–Sí, madre, de una prostituta también. Todo el mundo tiene algo que enseñar. ¿Acaso no era Jesús amigo de ellas?

–Pero, hijo, tú perteneces a otro mundo, a otra clase social.

–Sí, y no me gusta lo que veo. ¿De veras crees que mi padre es feliz con todas esas solemnidades y vestiduras? Está tan arriba que desprecia al pueblo, lo mira por encima del hombro. Para él cuentan más las reglas, los rituales y las ceremonias que los propios sentimientos. No tienes más que ver su actitud conmigo mientras he estado enfermo, tan fría y distante; no le importaba mi salud, sino la pureza externa. Y yo no quiero ser así. No quiero que me ocurra como al tío Johab, que ha tenido que renunciar a la felicidad de estar con la mujer a la que ama. Él, al contrario que mi padre, es una persona cercana y cariñosa que se ha visto obligada a aceptar las normas y sufrir por ello.

–Son nuestras costumbres...

–Jesús decía que no se han hecho las personas para las leyes, sino las leyes para las personas, y creo que eso es lo correcto.

Su madre lo contempló con orgullo y preocupación a la vez. Quería encontrar argumentos que lo retuvieran a su lado, pero en el fondo de su alma, comprendía las razones de su hijo.

–No sabes cómo ansío el viaje a Cafarnaún, madre. Necesito vaciarme por dentro para volverme a llenar de las cosas tan bellas que nos da la naturaleza: las flores, los pájaros, la hierba que mece el viento, los aromas del campo...

–Sí, hijo, eso es muy bonito, pero ¿de qué vas a vivir?

Samuel observó el gesto sombrío y preocupado de su madre. Su frente arrugada recordaba a un odre de vino vacío.

–Madre, no te preocupes. Jesús solía decir: «No andéis preocupados pensando qué vais a comer o a beber para sustentaros, o con qué vestido vais a cubrir vuestro cuerpo. ¿No vale más la vida que el alimento y el cuerpo que el vestido? Fijaos en las aves del cielo: ni siembran ni siegan ni recogen en graneros, y sin embargo vuestro Padre celestial las alimenta. ¿No valéis vosotros mucho mas que ellas?».

–¿Entonces piensas ir por los caminos, viviendo de las limosnas de la gente como hacía él?

–No lo sé, madre. De momento ayudaré a los abuelos con la hacienda y seguiré estudiando en la sinagoga de Cafarnaún para convertirme en maestro de la Ley. ¿Me ayudarás a convencer a mi padre para que me dé su bendición?

Su madre esbozó un gesto de resignación e impotencia a un mismo tiempo, como una nube que cubre el sol repentinamente.

–Lo intentaré, hijo, pero no te prometo nada; ya conoces a tu padre.

26

Una noticia inesperada

El día de Pentecostés por la mañana temprano, antes de salir la familia hacia el Templo para la ceremonia de celebración de los dos panes, el padre de Samuel, mirándolo a él fijamente, dijo en presencia de todos:

–He recibido noticias del tío Johab y, entre otras cosas, me dice que Judit ha sido prometida con un joven de Magdala. Quizá a ti, Samuel, te interese saberlo, ya que solías jugar con ella cuando erais pequeños.

Samuel sintió como si las paredes del palacio de su abuelo le hubieran caído encima y lo hubieran aplastado hundiéndolo bajo el suelo; no podía respirar de la opresión que sentía en el pecho. ¡Estaba tan feliz pensando que al final de la semana iba a verla de nuevo! Y ahora... Nunca, ni en sus peores pesadillas, podía haber imaginado un mazazo semejante. Pero, a pesar de ello, no le pasaron desapercibidos ni el gesto de triunfo de su padre ni la mirada esquiva de su madre. Entonces se dio cuenta de que había sido una jugarreta de su progenitor para impedir que se truncaran sus planes, y la cólera se le enroscó alrededor del cuello como una serpiente venenosa, agolpándose toda la sangre de su cuerpo en la cara. Pero su padre no esperó a su explosión, marchándose cobardemente hacia el Templo, seguido de sus hermanos.

–¡Madre! –gritó impotente.

Ella bajó los ojos y murmuró entre dientes:

–Lo siento, hijo. Yo no he podido hacer nada.

La rabia le quemaba por dentro como si hubieran encendido una pira en su interior, y la impotencia que sentía en ese momento era como un yugo imposible de arrastrar. Necesitaba hacer algo que le permitiera seguir viviendo porque notaba que se moría, que no le llegaba el aire a los pulmones. Ciego de ira, echó a correr y no paró hasta llegar al huerto de Getsemaní. Allí, justo en el mismo lugar en que habían prendido a Jesús, hincó las rodillas en el suelo y lloró con desconsuelo hasta que el torrente de lágrimas se secó por agotamiento.

No supo cuánto tiempo había permanecido en ese lugar, ni qué le había hecho marcharse, ni qué camino había tomado de vuelta, pero la visión de un hombre en el suelo, cuya cabeza estaba reventada por la mitad con los sesos esparcidos por el campo, justo debajo de una higuera a la que le faltaba una rama que tenía una soga atada, le heló la sangre e hizo que se parara en seco. En un primer momento, el miedo y la impresión lo paralizaron, pero luego se acercó a ver quién era. Entonces se dio cuenta de que era Judas Iscariote, el amigo de Jesús que lo había traicionado. Se comentaba que era la avaricia la que le había impelido a hacerlo, ya que él era el encargado de administrar la bolsa de las limosnas. Pero alguien había apuntado que la verdadera razón era que él mismo se había sentido traicionado por Jesús porque, al igual que todos los zelotas, grupo al que pertenecía, esperaba que, siendo él el Mesías, hubiera liberado a Israel del poder romano y que su reino se hubiera manifestado con todo su esplendor. Pero, como esos signos grandiosos no acabaran de llegar, se había sentido decepcionado de su mensaje y lo había entregado a las autoridades.

Fuera como fuese, Samuel comprendió que ese hombre no había podido con el peso de la culpa y se había ahorcado, así que gritó pidiendo auxilio.

Enseguida acudieron unos hombres que lo levantaron del suelo para llevarlo dentro de la casa y embalsamarlo antes de darle sepultura. Samuel aprovechó para marcharse. Pero, antes de llegar a la ciudad, tuvo que esconderse tras unos arbustos para aliviar el intestino, pues el espantoso espectáculo le había revuelto las tripas.

Después estuvo vagando por la ciudad sin saber adónde dirigirse. No quería volver a su casa, su corazón estaba lleno de odio contra su padre y su poder de manipulación. Era una persona acostumbrada a mercadear con los sentimientos de la gente con tal de salirse con la suya, y con su hijo no había hecho una excepción.

Al pasar por una calle, vio a los discípulos de Jesús. En medio de la desesperación que tenía, le pareció que aquello era un presagio, un bálsamo para su herida abierta, y se acercó a pedirles consejo. Pero ¡cuál no sería su asombro cuando vio que todos ellos estaban hablando lenguas diferentes! Los extranjeros venidos de Partos, Mesopotamia, la Capadocia, el Ponto o Asia comentaban asombrados:

–¿No son galileos estos? ¿Cómo es que hablan nuestras lenguas?

–Se han pasado con el vino, están borrachos –se burlaban algunos riéndose.

Pero Pedro, levantando su voz por encima de todos, dijo:

–Israelitas, estos no están borrachos, como pensáis; todavía es por la mañana. Lo que ocurre es que se ha cumplido lo que dijo el profeta Joel, que predijo que Dios enviaría su espíritu a todos: hombres, mujeres, ancianos y niños. Como bien sabéis, Jesús de Nazaret, al que el Señor acreditó ante vosotros con los prodigios y señales que realizó en su nombre, fue crucificado y muerto a manos de los impíos. Sin embargo, Dios lo ha resucitado, rompiendo las ataduras de la muerte.

La gente escuchaba sobrecogida el discurso de Pedro y empezó a preguntarles:

–¿Qué tenemos que hacer, hermanos?

–Arrepentíos y bautizaos en el nombre de Jesús para que vuestros pecados queden perdonados. Entonces recibiréis el don del Espíritu Santo. Poneos a salvo de esta generación perversa.

Samuel no lo dudó y, al igual que mucha gente, decidió bautizarse. Serían unas tres mil personas en total las que se convirtieron ese día. Una vez purificado por el agua, se sintió mejor, aunque sabía que si su padre se enteraba, lo repudiaría; pero al menos no se iba a arrepentir de hacer algo en lo que creía profundamente. Estaba harto de vivir en una sociedad hipócrita y corrompida, donde él no encajaba en absoluto, sumido siempre en su eterno dilema. El bautismo lo liberaría por fin de sus miedos y lo convertiría en un hombre nuevo, capaz de enfrentarse a su padre para emprender la vida que quería llevar, lejos de los oropeles del palacio de su abuelo. Aunque dos dudas lo reconcomían: si Judit lo seguiría queriendo y si podría romper el compromiso que la ligaba a ese joven de Magdala.

Con esa nueva fuerza que sentía en su interior, al día siguiente fue a interceder ante su padre por Pedro y por Juan, que habían sido encarcelados después de haber curado a un paralítico que pedía en la puerta Hermosa del Templo.

–Padre, esos hombres no han hecho nada malo.

Su padre, lanzándole una mirada de desprecio, sentenció:

–No eres tú quien tiene que decidir sobre quién debe recaer el peso de la Ley; eso es algo que corresponde al Sanedrín.

Samuel comprendió entonces que tenía que dar la cara solidarizándose con los que eran ya sus hermanos y, armándose de valor, le confesó:

–Padre, yo soy uno de ellos, y si los condenas, tendrás que hacerlo también conmigo.

Pero su padre, clavándole sus ojos cargados de rabia, se limitó a rechinar los dientes y murmuró:

–Has dejado de ser mi hijo.

Y salió a continuación de la habitación en la que se encontraban, absolutamente fuera de sí.

Su frase se le quedó a Samuel clavada como una tea encendida en el corazón, pues si bien era de esperar esa reacción por su parte, no podía impedir que le dolieran sus palabras. Le parecían de una crueldad atroz. ¡Qué diferencia con el padre de la historia que les había contado Jesús del hijo pródigo! En cambio, el suyo estaba dispuesto a condenar a su propio hijo, sangre de su sangre.

Samuel esperó todo ese día y su correspondiente noche la sentencia del Sanedrín con los nervios agarrados al estómago, aunque albergaba la esperanza de que el miedo a la reacción popular les impidiera cometer la misma tropelía que con Jesús. Por eso sintió una grandísima alegría cuando, a la mañana siguiente, los vio salir del calabozo sanos y salvos. Ellos le confirmaron que, efectivamente, no se habían atrevido a retenerlos por miedo a una sublevación, y le agradecieron su apoyo. Luego se despidieron de él para ir a anunciar por los pueblos la palabra de Dios.

Samuel se sintió entonces como el pequeño David ante el gigante Goliat. ¿Sería capaz de enfrentarse a toda la sociedad, a toda su familia? ¿Seguiría queriéndolo Judit, o se habría olvidado de él al haberla prometido con ese joven de Magdala? ¿Le habría llegado el anillo que le había enviado? ¿Qué habría hecho con él?

27

De nuevo en Cafarnaún

Durante el viaje, Samuel iba contemplando el mundo como si lo viera por vez primera. Le parecía hermoso, extraño y misterioso a la vez. Nada estaba hecho al azar, sino con un gran mimo y sabiduría: el verde de los campos, la delicadeza de los lirios, la sombra de los árboles, la musicalidad de los pájaros, la luz del día, la grandeza de la puesta de sol o la quietud de las noches. Todo, absolutamente todo, obedecía a un plan concebido desde el amor. En cada una de las pequeñas cosas que iban encontrando en el camino latía la vida de las personas que antes que él habían pasado por allí, y en cada rincón había un tesoro oculto que descubrir. Aunque, para él, el más grande de todos se encontraba en Cafarnaún. Allí estaba la que sería su compañera, su amante, su esposa, la madre de sus hijos... Su evocación le provocaba un sentimiento muy dulce que lo envolvía con delicadeza, dejándole el cuerpo blando, sin consistencia.

Claro que esos arrebatos de pasión se intercalaban con las dudas, que a veces lo carcomían como la lepra a la carne. Hasta que una noche en que estas lo azuzaron con especial ensañamiento, no pudo más y acabó confesándole a su madre los planes que tenía.

–Pero, hijo, ¿no oíste lo que dijo tu padre? –se escandalizó ella–. Judit está prometida con otro.

–Nada es imposible, madre. Hablaré con el tío Johab, él lo entenderá.

–No se atreverá a desafiar a tu padre.

–¿Porque fue él quien le obligó a concertar ese matrimonio a cambio de su silencio?

El rostro avergonzado de su madre hablaba por sí solo. Samuel no necesitaba su respuesta, así que prosiguió metiéndole el dedo en la llaga:

–¿No te parece una vileza que utilizara su historia con la madre de Judit para hacerle chantaje?

–Yo no soy quién para juzgar a tu padre –murmuró.

–Tampoco yo soy quién para juzgarlo, porque Jesús dijo: «No juzguéis y Dios no os juzgará; no condenéis y Dios no os condenará», pero él mismo se permitió decirles a los fariseos que eran como sepulcros blanqueados, que por fuera parecen bonitos pero dentro están llenos de huesos de muerto y podredumbre, lo mismo que le ocurre a mi padre. Y yo no pienso seguir su ejemplo, sino el de Jesús. ¿Sabes lo que hizo la noche en que lo prendieron durante la cena que tuvo con el grupo de los doce que iban siempre con él? Se quitó el manto, se ciñó una toalla a la cintura, echó agua en una palangana y comenzó a lavarles los pies a todos.

–¡Pero si esa es función de los criados! –exclamó ella, atónita.

–Lo mismo pensaron sus amigos, que tampoco entendieron su gesto. Incluso Pedro se negó a ello. Pero él les explicó que no había hecho sino darles ejemplo de lo que tenían que hacer cuando él ya no estuviera, que era ponerse al servicio de los demás. Y eso es lo que pienso hacer yo, madre. ¿Acaso crees que soy yo mejor que Judit por pertenecer a la aristocracia? Lo importante es el interior de las personas, y te aseguro que ella es la persona más pura y valiente que conozco. Por eso voy a luchar por nuestro amor.

–Pero no es ella quien debe decidir, sino su madre.

–¿Su madre o el tío Johab? Yo sé que Miriam me aprecia y estará encantada de que me case con su hija.

–¿Sin dote?

Samuel se quedó callado. En su locura por recuperarla, se le había pasado por alto este detalle. Pero ¿sería Miriam capaz de sacrificar el amor de su hija a cambio de una buena dote, después de lo que ella misma había sufrido? ¿Le habría ofrecido su padre dinero a cambio de que la casara con ese joven de Magdala? Esos pensamientos volvieron a llenar su cabeza de sombras.

Durante los tres días que duró el viaje, Samuel trató de apaciguar su desasosiego ayudando a todos los que iban en la caravana y hablándoles de su conversión. Algunos se extrañaban y comentaban:

–¿Cómo es que el nieto de Anás, que fue uno de los que condenaron a Jesús, ha podido recibir el bautismo de manos de sus discípulos?

Él, que los oyó, les dijo:

–Porque por fin he logrado deshacerme de los cardos que había en mi camino y hacer que el mensaje de Jesús caiga en tierra buena para que dé su fruto.

La gente, maravillada ante semejante transformación, le pedía que les hablara de él. Entonces Samuel les relataba la parábola del sembrador y otras muchas que le había oído contar. Su madre tenía miedo de que todo aquello llegara a oídos de su padre y de su abuelo, y no dejaba de reprenderlo. Sin embargo, él siempre le respondía:

–Madre, si a Jesús lo mataron por dar testimonio de la palabra de Dios, bien puedo yo enfrentarme a ellos.

Cuando entraron en la ciudad de Tiberíades, el aire se impregnó del olor dulzón del mar de Galilea que tanto añoraba Samuel, y su corazón se puso a latir como las olas que chapoteaban contra las quillas de las barcas meciéndolas suavemente. Desde donde estaban se veían las cúpulas blancas y relucientes del palacio de Herodes, aún en construcción, sobresaliendo por encima del resto de los edificios, porque su reinado se extendía desde las laderas del Hermón hasta los páramos salobres del mar Muerto. Al otro lado del lago, se podía distinguir la silueta apenas dibujada de Hippos, una ciudad griega de casas blancas. Samuel sintió que la felicidad lo inundaba por dentro. Ya no notaba el cansancio de las millas andadas, sino la poca distancia que le quedaba por cubrir para poder abrazar de nuevo a Judit.

Sin embargo, cuando al anochecer entraron en Cafarnaún por la Vía Maris, su corazón, al igual que las pequeñas casas de adobe de los pescadores, se cubrió de sombras, y él se sintió tan frágil como esas techumbres de paja que cubrían las habitaciones. ¿Seguiría Judit queriendo casarse con él? ¿Y si le había gustado ese joven con el que la habían prometido? Dos centinelas romanos montaban guardia en un castro junto a un pequeño edificio que servía de aduana, aunque realmente no eran necesarios, pues la ciudad, al contrario que el ánimo de Samuel, emanaba tranquilidad por los cuatro costados.

Sus abuelos los recibieron con gran regocijo; no dejaban de abrazar a Samuel y repetir:

–¡Qué alegría verte sano, hijo! ¡Cuánto hemos rezado por tu curación!

Su abuelo sentía una debilidad especial por él, quizá porque era el nieto que más se le parecía en la manera de ser, y tenían una gran complicidad, pues él le había enseñado todos los secretos del campo y a amar cada uno de los frutos que producía. A Samuel le hubiera encantado poder confiarle sus temores, así como el enfrentamiento que había tenido con su padre a causa de su bautismo, pero le pareció más prudente dejarlo para más adelante. Su abuelo estaba mayor y no quería darle un disgusto nada más llegar. Por eso se limitó a anunciarle que, si ellos lo aceptaban, de momento pensaba quedarse para ayudarles con la hacienda, como un trabajador más.

Su abuelo enarcó sus cejas blancas y espesas en señal de sorpresa, y a su abuela se le iluminó la cara.

–Pero ¿no ibas a ser maestro de la Ley?

–¿Acaso es incompatible con las labores del campo? Puedo seguir yendo aquí a la sinagoga.

–¿Y ese cambio? –le preguntó su abuelo.

Samuel se percató del gesto contenido y nervioso de su madre. Seguramente temía que les hablara de su conversión y de Judit, pero no lo hizo: ya habría tiempo.

–Ya sabéis que siempre me gustó esta vida más que la de la ciudad. Y cuando los médicos me dieron por muerto, sentí que aquí era donde estaban mis auténticas raíces y donde siempre he sido feliz. Según me dijo mi madre, no cesaba de pedirle venir a morir en Cafarnaún.

–¡Qué alegría, Samuel! –su abuela lo volvió a abrazar con los ojos empañados por la emoción–. Serás el hijo que nunca tuvimos.

Una ligera sombra y una esforzada sonrisa se dibujaron en el rostro cansado de su madre, pues era consciente de la pena que tenían sus padres por haber tenido solo hijas y de que el sacrificio que tenía que hacer ella de separarse de su hijo pequeño era una auténtica bendición para sus progenitores.

Después del correspondiente lavatorio de pies y manos, les ofrecieron comida abundante: una deliciosa sopa de lentejas y puerros, un pastel de pichones, pan y todo tipo de frutos secos para reponer fuerzas del viaje. Luego charlaron un buen rato, hasta que el cansancio hizo mella en sus cuerpos y el sueño les cerraba los ojos. Sin embargo, esa noche Samuel durmió sobresaltado, pensando si Judit habría recibido el anillo que le había enviado a través de su primo Leví, qué habría hecho con él después de su compromiso y si aceptaría romperlo para casarse con él, ahora que no tenía dote.

28

JUDIT

Al amanecer, cuando la ciudad aún estaba envuelta por la lechosa luz del alba, Samuel se dirigió hacia la casa de Judit. No aguantaba ni un minuto más dando vueltas en su camastro, empapado por el sudor que le provocaban las múltiples pesadillas que acudían a él cada vez que se dejaba vencer por el sueño. En ellas siempre aparecía su amada y él corría a su encuentro; pero, al acortar la distancia que los separaba, surgía de la nada una muralla tan alta como la torre de Babel, que le impedía verla y poder abrazarla. También tenía que luchar con bestias salvajes de aspecto pavoroso que trataban de despedazarlo.

Con el corazón en un puño, recorrió el camino que se sabía de memoria, pero que curiosamente se le antojaba nuevo, quizá porque también él se sentía renovado, fuerte, capaz de enfrentarse a cualquiera para defender su amor. Ya no era un niño timorato, todo lo que había vivido en los últimos meses le había obligado a crecer de golpe.

Cuando pasó junto al sicómoro al que solía subirse para poder hablar con Judit, no pudo menos de sonreírse al recordar la primera vez que ella lo había descubierto oculto entre las ramas, pero también recordó con intranquilidad la tensión vivida cuando, en lugar de Judit, había sido su madre la que había ido hacia él para pedirle que dejara a su hija. ¿Qué haría en esta ocasión? ¿Cómo lo recibiría?

Antes de traspasar el umbral de la puerta, se detuvo, se secó el sudor de la frente con el envés de la mano y tomó aire. Era una casa sencilla, de un solo patio y dos estancias, algo apartada del pueblo. A Samuel le gustaba ese lugar, donde el campo se manifestaba en todo su esplendor y el horizonte, teñido de malva, era ilimitado. Alrededor de la casa había unos cuantos almendros, cuatro olivos y dos higueras que, junto con un pequeño huerto de verduras, constituían su principal sustento. Las dos, madre e hija, trabajaban duro desde el alba hasta el anochecer. Samuel pudo oír el ruido del mortero y el trajín de sus voces en el patio, que era el lugar donde los israelitas hacían las tareas domésticas. El olor a pan cociéndose en el horno inundó sus fosas nasales, trayéndole el recuerdo de ese primer beso que le había robado a escondidas en una callejuela, y eso le dio ánimos para entrar.

Judit fue la primera en advertir su presencia, aunque, por la expresión de su cara, diríase que había visto a un resucitado. Durante un instante, sus miradas se atrajeron como el lago Tiberíades a la luna llena y sus cuerpos temblaron de emoción.

–¡Samuel! –gritó Miriam rompiendo el encantamiento; no parecía muy contenta de verlo–. ¿Qué haces aquí?

–Vengo a solicitar tu permiso para casarme con tu hija.

Judit abrió los ojos como una lechuza en la oscuridad. Su sorpresa fue mayúscula.

–¿No te han dicho que está prometida?

–Pero no es a ese joven a quien ama, sino a mí. Y yo ahora estoy libre: mi padre rompió mi compromiso matrimonial cuando los médicos me dieron por muerto.

Los ojos de Judit se llenaron de espanto –era evidente que nadie la había informado de ninguno de los dos incidentes– y se quedó muda de la impresión.

–¿Sabe tu padre lo que has venido a hacer? –volvió a preguntarle.

Samuel tragó saliva y fue como si le quemara la garganta.

–Él me ha desheredado porque he recibido el bautismo de manos de Pedro, el hijo de Sara, y ahora vivo con mis abuelos. Trabajaré en su hacienda y seguiré estudiando la Torah en la sinagoga para llegar a ser un maestro de la Ley –dijo del tirón, sin respirar; pero el gesto de ella seguía siendo igual de circunspecto, no era nada alentador, de modo que añadió–: No sé si sabéis que a Jesús lo crucificaron en el Gólgota. Yo fui testigo de su muerte y sus discípulos lo fueron de su resurrección.

Ahora Miriam parecía tan impresionada como su hija.

–Eso habíamos oído, pero no podíamos dar crédito. Dicen que fue Judas Iscariote quien lo traicionó.

–No me lo menciones, porque su última imagen todavía me revuelve el estómago. Fui yo quien lo descubrió después de haberse suicidado. Ahora los discípulos han elegido a otro para formar parte del grupo, un tal Matías. Todos ellos están yendo por los pueblos para dar testimonio de la resurrección de Jesús.

–Me lo dijo Sara, la madre de Pedro y Andrés; pero no la creí, el Señor me perdone por ello.

–Y yo me he venido aquí porque quiero formar una familia con Judit y vivir según el mensaje de Jesús.

El rostro de Miriam se contrajo de nuevo en una expresión sombría.

–Sabes que no puede ser, Samuel; ya te he dicho que está comprometida.

–Y ha sido idea de mi padre. ¿Crees que no sé que te ha ofrecido dinero por medio de mi tío? –alzó la voz perdiendo los nervios–. ¿Cuánto te han pagado? No puedo creer que prefieras el dinero a la felicidad de tu hija. Tú, precisamente tú, que has vivido la misma historia con mi tío Johab.

Las mejillas de Miriam se tiñeron de púrpura mientras que los ojos de Judit parecían salirse de su cara.

–¿Quién te lo ha contado? –le preguntó mirando acusadoramente a su hija, que parecía un potrillo asustado.

–Eso da igual. Dime, ¿no habrías sido más feliz si hubieras podido casarte con él?

–Las cosas no son como tú piensas. Eres aún muy joven para entenderlas.

–No es cuestión de juventud, sino de sentimientos, y yo sé muy bien lo que siento por Judit. Aunque no tenga una dote que ofrecerte, puedo trabajar para ti: esta casa necesita un hombre. Piénsalo.

–Lo siento, Samuel, ya está decidido, no hay nada que pensar.

Samuel sintió que se le desgarraba el corazón.

–¡Judit! –exclamó, la voz rota por el dolor.

Los ojos de ella eran como dos manantiales de una miel transparente, las lágrimas le impedían hablar. Al igual que él, parecía sumida en una intensa pena. Samuel le rogó desesperado:

–Dile a tu madre que me quieres, Judit, que no serás feliz con ese joven de Magdala.

Pero ella, paralizada por el temor y ahogada por el llanto, no fue capaz de pronunciar palabra alguna.

–Mi hija está de acuerdo con la decisión –habló la madre por ella.

–¡Iré a hablar con mi tío Johab! –gritó él fuera de sí.

–No hay nada que hablar, Samuel; debes resignarte a esta situación.

–Una situación muy conveniente para los dos, ¿no? Así él podrá venir siempre que quiera a verte porque Judit estará en Magdala. ¡Cuánta hipocresía! Creía que el mensaje de Jesús había calado en tu corazón, pero ya veo que no.

–Por favor, Samuel no me lo pongas más difícil –su tono era ahora lastimero, y él comprendió que no le habían dejado alternativa.

–¿Acaso te ha amenazado mi tío, te ha chantajeado?

–Es... es... un buen arreglo para Judit –farfulló, pero, por su expresión asustada y el temblor de su barbilla, él se dio cuenta de que estaba siendo coaccionada.

–¿Para Judit o para todos los demás? Esto no se va a quedar así, mi tío habrá de oír lo que tengo que decirle; no puede ser tan cobarde.

Samuel salió incendiado de allí, corriendo hacia la hacienda de su tío Johab como si alguien lo persiguiera. El corazón golpeaba su pecho como los golpes de una azada. Si lo hubiese visto su madre en el estado en que estaba, se habría asustado. Desde que había estado con un pie al borde de la muerte, se preocupaba excesivamente por su salud, temerosa de una recaída.

Cuando estaba llegando, recordó la alegría que le había producido el año anterior ser recibido por su primo Leví y entrar luego en la casa donde tan feliz había sido de pequeño. Sin embargo, hoy sentía como si todo el polvo del camino se hubiera concentrado en su garganta y las ganas de vivir lo hubieran abandonado.

Seguramente su tío estaría en sus tierras, pues era tiempo de siega, así que ni se molestó en entrar en la casa, y se encaminó directamente hacia allí. Al primero que vio fue a su primo Marcos, que estaba dando órdenes a los campesinos contratados para la ocasión. Pero, en cuanto lo vio, abandonó su tarea y fue hacia él con los brazos abiertos.

–¡Samuel, qué bien te veo! No sabes lo angustiados que estuvimos con tu enfermedad. ¡Ya verás qué alegría se va a llevar Leví cuando te vea! Apenas levantó cabeza mientras duró tu enfermedad, todos los días preguntaba por ti, ya sabes lo que te quiere. Hasta el punto de que estaba dispuesto a aplazar su boda para que tú pudieras ser uno de los dos testigos que preparan el lecho nupcial.

Samuel apreció las muestras de cariño de su primo, pero su impaciencia le impedía ser todo lo caluroso que la ocasión merecía; incluso este se dio cuenta de ello.

–¿Estás bien? ¿Te ocurre algo?

–Tengo que hablar con tu padre.

–¿Le ha sucedido algo a tu madre o a los abuelos?

–Tranquilo, Marcos; es un asunto que únicamente me atañe a mí.

Marcos se hizo cargo de la situación, señalándole el lugar exacto donde se encontraba su tío, y Samuel se dirigió hacia allí sin tiempo que perder. Cuando le dio alcance, este adivinó enseguida el motivo por el que venía a verlo y su rostro se ensombreció, pues le tenía un gran cariño.

–Tío Johab, sé que mi padre te ordenó que arreglaras el matrimonio de Judit para impedir que yo pudiera casarme con ella, pero vengo a rogarte que rompas su compromiso. Tú, mejor que nadie, sabes lo que significa verte obligado a casarte con una persona estando enamorado de otra. Tienes que ayudarme.

Su tío pudo ver la desesperación y la angustia reflejada en sus ojos y sintió una gran lástima de él.

–Mira, Samuel, tú sabes muy bien que yo nada puedo contra la autoridad de tu padre.

–¿Acaso te ha chantajeado para que lo obedezcas ciegamente, o es que alejar a Judit te resulta muy conveniente?

La expresión benévola de su tío se tornó en otra de indignación.

–No te consiento que me hables así.

–Te tenía idealizado, tío Johab; siempre fuiste un padre para mí. Y de pronto he descubierto que mi familia está podrida de hipocresía. Ya no sé qué creer ni qué pensar. Lo único que sé es que he visto la cara de la muerte y no me ha parecido tan dura como descubrir tantos trapos sucios y oscuros secretos de nuestra familia en tan poco tiempo; eso sí que me ha causado una profunda decepción. ¿De qué sirve rezar en la sinagoga, cumplir todos los rituales y darse golpes en el pecho, si se hacen trampas en el cumplimiento de los mandamientos? ¿Acaso no es amar a Dios y al prójimo como a ti mismo el primero y más importante de todos? A la mujer adúltera la lapidan en la plaza pública; sin embargo, el hombre puede yacer con dos mujeres mientras se oculte a los ojos de los demás. Por eso le taparon la boca a Jesús condenándolo a la crucifixión, porque decía verdades muy incómodas para la gente y protegía a los más débiles de las tropelías de los poderosos, que no quisieron creer que era el enviado de Dios. Pues tampoco yo voy a callar ante las injusticias: he recibido el bautismo de sus discípulos y tengo una gran fuerza interior.

Su tío lo contemplaba impresionado; ese no era el Samuel que él conocía, parecía como si lo hubiesen cambiado. Hasta ahora era un muchacho más bien tímido y reflexivo; por eso le extrañaba su arrojo para hablarle así. Le hacía preguntarse si esa fuerza, como decía él, le vendría efectivamente del Señor. Samuel, notando el cambio que se había producido en su tío, prosiguió:

–Tú siempre has sido una buena persona, tío Johab. Te ruego, pues, que no te dejes corromper por el poder ni cedas al chantaje de mi padre. También yo podría traicionarte, si quisiera, contándole a mi tía Sara y a mis primos lo que sé, pero no lo haría nunca porque eso sería una iniquidad por mi parte, y tampoco te juzgo, ya que no soy nadie para hacerlo. Solo te estoy pidiendo que me ayudes, que convenzas a mi padre y rompas el compromiso de Judit. Piénsalo bien, tío Johab.

–¡Samuel! ¡Samueeeel!

La voz desgarrada de Leví llamándolo desde lejos al haberlo descubierto puso fin a su conversación.

–Puedes estar tranquilo, no voy a traicionar tu secreto –le dijo a su tío antes de darse media vuelta para ir al encuentro de su primo.

Su abrazo, cargado de sincero afecto, le devolvió a ese tiempo inocente en que todo era auténtico y verdadero. Porque así era Leví, una persona transparente, sin dobleces, que disfrutaba de la vida que le había tocado en suerte sin cuestionarse nada.

–¡Vaya susto nos diste, primo Samuel! He rezado día y noche por ti. No puedo creer que ya estés aquí; tenía tantas ganas de verte... ¿Te quedarás esta noche?

–No puedo, Leví, tengo que arreglar algunos asuntos con el abuelo; solo he venido a saludaros. Nos veremos el *sabbath* después de la sinagoga, y pasaremos el día juntos. Tengo muchas cosas que contarte.

Su primo iba a decirle que lo acompañaba un trecho del camino, cuando oyó la voz de su padre llamándolo para que fuera donde él estaba.

–¡Leví!

–Lo siento, no te puedo acompañar, me requiere mi padre.

–No te preocupes, nos vemos el *sabbath*.

29

El anillo

El horizonte se perfilaba lleno de negros nubarrones. Cada día que transcurría, Samuel, al ver que se le estaban cerrando todas las vías para poder casarse con Judit, se iba sintiendo como el pez que da las últimas bocanadas atrapado en la red. Pero su amor estaba hecho a prueba de tempestades y naufragios, y cuanto mayor era el oleaje, más se afanaba él en buscar un madero al que agarrarse. Su cabeza, igual que la hoz con la que segaba el trigo, trabajaba sin descanso ideando el modo de poder estar juntos y llegando incluso a barajar seriamente la opción de la fuga en los momentos de máxima desesperación. Pero al instante la descartaba. Ese futuro tan incierto le parecía injusto para Judit. Cualquier muchacha soñaba con tener una boda maravillosa al lado de los suyos y con poder llevar una vida digna. Solo con recordar el cuartucho maloliente en que vivía Lidia, se le hacía un nudo en el estómago. Pero ¿qué podía ofrecerle él ahora que ya no tenía bienes al haber renegado su padre de él? Al menos en Cafarnaún podía trabajar para sus abuelos y vivir bajo su techo, mientras que si se fugaba con Judit... Entonces le daba por pensar que, dadas las circunstancias, quizá ella prefiriera al joven de Magdala. Y solo de pensarlo, se descomponía, se volvía loco, pues la vida sin ella se le antojaba un pozo clausurado.

En más de una ocasión había estado a punto de contarle a su abuelo sus desvelos, pero siempre se acababa echando atrás porque no le parecía justo darle disgustos ahora que ya tenía una edad. Y, desde luego, le disgustaría bastante saber que su padre había chantajeado a su tío Johab amenazándolo con desvelar su relación con la madre de Judit. ¿Estaría enterado su abuelo de que el marido de su hija tenía relaciones fuera del matrimonio? No, Samuel no quería ser el causante de semejante disgusto. Sin embargo, a pesar de guardar celosamente el secreto del que era conocedor, a su abuelo no le pasaban desapercibidas sus cuitas. Conocía lo bastante a su nieto para saber que algo le carcomía por dentro, y esperaba pacientemente a que en el momento menos pensado le abriera su corazón.

En cambio, Samuel esperaba con la impaciencia propia de su edad y de su estado de ánimo a que llegara el *sabbath,* el día dedicado al Señor, y a descansar del trabajo de la semana. Deseaba ardientemente que Judit fuera a la sinagoga para hablar con ella. Necesitaba saber si todavía lo seguía queriendo y a qué estaría dispuesta por él. Pero temía que su madre le impidiera ir para evitar que se encontraran. Y ese pensamiento lo llevaba al paroxismo.

Cuando llegó el día, Samuel se dirigió hacia allí con tanta antelación que, cuando entró, apenas había cuatro o cinco personas sentadas en los bancos. Aunque no tuvo que esperar mucho para que se empezara a llenar de gente. Samuel vigilaba nervioso la puerta, esperando ver entrar a Judit. Pero ya estaba a punto de dar comienzo la oración, y ella aún no había llegado. A pesar de eso, seguía sin apartar los ojos de la entrada, como si así fuera a traerla de un momento a otro. Y cuando ya casi se había convencido de que no vendría, surgió de entre las cortinas como una aparición. A Samuel le dio la impresión de que la sinagoga, abarrotada de gente, se había iluminado de repente, pues sus ojos color ámbar eran como un faro en la oscuridad; y la observó de reojo conteniendo la emoción que le provocaba su presencia, mientras ella avanzaba con movimientos armoniosos hasta situarse en el banco de las mujeres. Fue entonces cuando se fijó en un detalle que le aceleró el pulso de manera incontrolada: en el dedo anular de la mano izquierda llevaba el anillo que él le había enviado a través de su primo Leví. Samuel sintió que el corazón le estallaba de gozo. Esa era la señal que Judit había querido darle de que su amor permanecía intacto, de que no se había olvidado de él. En ese instante deseó con toda su alma que ella lo mirara para hacerle algún gesto de complicidad que lo confirmara, pero sus ojos permanecían bajos, como si el anillo la colocara en una situación de alto riesgo que era mejor evitar. No obstante, la agitación de Samuel no pasó desapercibida a los ojos de su abuelo, cuya sabiduría de anciano era capaz de captar el mínimo gesto de preocupación de su nieto, máxime cuando cada día lo veía más triste y abatido.

Después de la oración con que daba comienzo la liturgia, Jairo, el jefe de la sinagoga, se aproximó al cofre sagrado que estaba orientado hacia Jerusalén, donde se guardaban los rollos de la Torah, y, en cuanto los hubo sacado, los varones se cubrieron la cabeza, pues así estaba prescrito. A continuación, Samuel vio que su tío Johab, poniéndose en pie, se dirigía al lugar donde se situaba el lector para hacer la primera de las siete lecturas propias del *sabbath*. Se trataba del episodio del *Éxodo* en que Moisés recibe el Decálogo del Señor. La bien timbrada voz de su tío sonaba clara y alta leyendo cada uno de los mandamientos, pero cuando llegó al décimo: «No codiciarás la casa de tu prójimo, ni su mujer», se quebró ligeramente, y a Samuel no le pasó desapercibido que su cara se había puesto tan roja como su propia túnica. Luego regresó a su sitio y otro prosiguió con la segunda lectura, pero Samuel ya no pudo escuchar de qué trataba, pues su pensamiento se había quedado anclado en su tío. No debía de estar pasándolo nada bien, no era fácil su postura. Si se oponía al chantaje de su padre, se exponía a que todo el mundo supiera lo que ocurría entre él y Miriam, o peor aún, quizá fuera únicamente ella quien pagara las consecuencias siendo condenada a la pena de lapidación. A Samuel se le erizó el vello de los brazos solo de pensarlo. No podía pedirle a su tío, y mucho menos a Miriam, semejante sacrificio; a lo mejor era él quien tenía que sacrificarse renunciando a Judit. Volvería a hablar con él y le pediría perdón por haberlo puesto en esa disyuntiva: había actuado de una manera muy egoísta al pensar solamente en sí mismo. El único culpable de su situación era su padre, no su tío, y este era excesivamente poderoso para poder ir contra él.

A la salida, su primo Leví le pasó el brazo por encima del hombro y le dijo:

–Vámonos a dar un paseo. Tú y yo tenemos mucho de que hablar.

Samuel se sintió tremendamente agradecido, pues necesitaba aliviar la carga que llevaba enteramente sobre sus hombros desde hacía días, si bien no sabía cómo abordar el tema sin que su tío saliera a colación. Claro que no fue necesario, ya que Leví entró directamente como quien lanza la caña de pescar.

–Te habrás enterado ya de que Judit está prometida a un joven de Magdala.

El semblante de Samuel se ensombreció.

–Sí, fue un ardid de mi padre para que yo no pudiera casarme con ella ahora que he sido liberado de mi compromiso con Rebeca.

–Te aseguro que yo le entregué el anillo que me enviaste sin que nadie se enterara –se apresuró a decir su primo, no fuera a creer que era él quien lo había traicionado.

–Lo sé, Leví, y lo llevaba hoy puesto; esa es la señal de que aún me quiere. Pero tú tenías razón, es un amor imposible.

–No, Samuel, nada es imposible –su primo enarcó las cejas en señal de sorpresa–. Verás, cuando me dijiste la primera vez que te habías enamorado de ella, yo mismo te aconsejé que la olvidaras, que la distancia pondría las cosas en su sitio, pero ahora sé que estaba equivocado.

Samuel lo contempló atónito: en primer lugar, por la seriedad de su primo, ya que no era un rasgo habitual en su personalidad –siempre estaba bromeando–, y en segundo lugar, por la transformación en su modo de pensar.

–¿Y qué te ha hecho cambiar de opinión?

–Mi padre.

Samuel se sorprendió tanto que frunció el ceño hasta que sus cejas formaron un solo arco.

–¿Tu padre? –repitió sin dar crédito.

–También a él lo obligaron a casarse con mi madre cuando en realidad estaba enamorado de la madre de Judit.

Las cejas de Samuel seguían enarcadas formando un ángulo agudo cuyo pico casi rozaba la raíz del pelo.

–¿Te lo dijo él?

–No. Me di cuenta en la caravana a Jerusalén para la fiesta de las Tiendas. Entonces pude explicarme algunas cosas que siempre me habían extrañado. Como cuando mi madre contaba en casa lo que se decía de Miriam y él la callaba muy alterado asegurándole que solo eran murmuraciones. También el misterio que se traía a veces al ausentarse, y otros detalles que vas captando a pesar de ser un niño. Pero todos ellos casaron perfectamente en ese viaje; entonces supe lo que ocurría. Por eso creo que tienes que luchar por casarte con la muchacha que amas. Yo he tenido mucha suerte con la que mis padres han elegido para mí, pues solo pienso en el día en que me case con ella. Y, desde luego, quiero serle fiel –añadió a modo de coletilla.

Samuel se quedó mudo de la sorpresa, no sabía qué decir.

–Tu padre es una buena persona y quiere a tu madre –comentó.

–Lo sé. Pero su corazón está dividido y eso no es bueno para él. Por eso quiero que puedas casarte con Judit, porque sé que es lo mejor para ti.

–El problema es que mi padre me ha desheredado y carezco de dote.

Ahora fue Leví quien mostró su sorpresa. Sus cejas negras, unidas por un poblado entrecejo, se elevaron unas pulgadas y su boca se abrió de par en par.

–¿Qué? –se escandalizó–. ¿Qué has hecho para que te desheredara?

–Bautizarme, convertirme a la fe en Jesús.

–Te dije que ese falso profeta te traería problemas.

–Al contrario, Leví; él trajo paz y amor a mi vida. Ahora sé dónde está mi sitio y cómo quiero vivir. Y te aseguro que no es ningún falso profeta, sino el ungido por Dios. ¿Sabes que ha resucitado después de que los romanos lo crucificaran?

Los ojos de Leví parecían los de un pez fuera del agua.

–¿Cómo puedes decir eso si los saduceos no creéis en la resurrección?

–Sus discípulos y María de Magdala fueron testigos de ella, y yo lo fui de su muerte: fue algo espantoso –su boca se contrajo en un gesto de dolor al recordar aquellos terribles momentos.

Leví lo contemplaba sin salir de su asombro, esperando quizá encontrar algún signo en su rostro o en su persona que delatara locura, pero la serenidad de su cara y la entereza de sus ojos le decían lo contrario.

–Se enfrentó a las autoridades y por eso lo mataron, Samuel. ¿Es que quieres seguir su suerte?

–Lo mataron porque puso de manifiesto la corrupción, los abusos de poder y una religiosidad que nada tiene que ver con el reino de Dios.

–Pero...

–¿De verdad crees que las ceremonias y los sacrificios del Templo están más cerca del Señor que el reino de amor del que él hablaba y el modo de vida que predicaba con su ejemplo? –le cortó.

Leví no encontró palabras para responderle, pero en ese momento tampoco Samuel esperaba una respuesta, pues la visión de Judit paseando por la calle principal con otras muchachas le paralizó los sentidos, y se quedó absolutamente bloqueado. De inmediato, su mente se puso a urdir el modo de poder concertar una cita con ella. De pronto se olvidó de sus nobles sentimientos hacia su tío, hacia Miriam y hacia la propia Judit, porque el deseo que sentía de estar con ella era infinitamente más poderoso.

Después de cruzarse unas cuantas veces sin atreverse a hacer nada, Samuel se decidió a llevar a cabo una estratagema para poder hablar con su amada. Esta consistía en que Leví se tropezara con ella de tal manera que él estuviera al quite para evitar la caída y poderle susurrar al oído el lugar de la cita. Ese tipo de cosas las bordaba su primo, así que todo salió a pedir de boca. Samuel notó cómo a Judit se le ponía la piel de gallina al sentir su aliento en el oído. Pero ocurrió todo tan rápido que apenas tuvo tiempo de saborear el momento vivido. Sin embargo, estaba satisfecho porque había podido citarla en la ensenada después de comer. Utilizaría de nuevo la complicidad de su primo para abandonar la conversación de la sobremesa y correr a su encuentro.

30

Otro chantaje

Samuel llegó el primero a la cita a pesar de que la hacienda de su abuelo estaba más lejos de la ensenada que la casa de Judit, y la espera se le hizo interminable; llegó incluso a dudar si ella podría acudir a ese encuentro furtivo. No podía apartar de su mente la imagen de ella desnuda, cubierta por destellos de luz. Pero sabía que debía contenerse y mantener la cabeza fría si no quería correr el riesgo de dejarla encinta; eso sería terrible para ella.

Para calmar sus nervios, decidió darse un chapuzón. Y después de nadar un buen rato, se sintió renovado por dentro y por fuera. Sin embargo, el tiempo que transcurrió una vez fuera del río se le antojó interminable. Y estaba ya a punto de marcharse con el ánimo abatido, cuando Judit surgió de entre los matorrales como una visión celestial. En ese instante, Samuel tuvo la impresión de que el Señor acababa de crear el mundo solo para ellos y tomó conciencia de la eterna perfección del mismo. El río se deslizaba suavemente mientras sus aguas reían, una risa clara y sonora de pura felicidad. También los árboles reían con una acompasada y suave melodía acompañando los pasos bailarines de ella. Samuel imaginó que así debía de ser el paraíso antes de que Adán y Eva hubieran pecado, y estrechó a Judit entre sus brazos sintiendo que, al hacerlo, abrazaba a toda la creación. Su piel canela pegada a la suya le redimió de todos los fracasos y las mentiras, de la rabia y la tristeza, de la oscuridad y la melancolía que había experimentado en los últimos tiempos, trayéndole el aire fresco de la inocencia, la dulzura y la verdad. Quería gritarle que en sus manos solo había amor y sueños, y que eso era todo lo que podía ofrecerle. Como la primavera ofrece sus flores al campo, como la brisa ofrece su caricia al aire, como la gente ofrece las primicias de los frutos al Señor. Pero su garganta estaba sellada por la emoción del momento, y su voz era tan silenciosa como las caricias. También su cuerpo se había transformado en un gran lago, quieto y profundo, mecido por ese inmenso campo de trigo dorado por el sol que era la melena de ella, y cuyo olor a pan recién hecho le hacía enloquecer.

Samuel perdió el sentido del tiempo, pues cada beso que se daban era como una nube suave y esponjosa que los iba alejando de la tierra mientras su corazón se ensanchaba de amor; un amor tan profundo y tan hondo como el mar y el cielo juntos. Ya no sentía las penas, que se escapaban de su pecho convertidas en palomas blancas.

Hasta que la voz de ella rompió el hechizo de aquel instante que quedaría eternizado para siempre.

–¿Qué vamos a hacer, Samuel? ¿Has hablado con tu tío?

–Sí lo he hecho, pero mi padre lo tiene coaccionado y teme dañar a tu madre. Yo mismo nunca me perdonaría que a ella le ocurriera algo malo por mi culpa. Solo si tu madre cambiara de opinión y me aceptara sin dote, podríamos casarnos.

–Pero ella tiene más miedo que tu tío. ¿Sabes lo que significaría para ella perder el respeto de la gente? Tu padre podría lapidarla por adúltera. Ya sabes el poco peso que tiene la palabra de una mujer frente a la autoridad.

–Lo sé, Judit, por eso he llegado a pensar en huir a un lugar lejano donde empezar una nueva vida, pero sería injusto para ti.

–Prefiero la pobreza que separarnos, Samuel. Sé que sería profundamente desgraciada, como lo he sido estos meses en que tú has permanecido lejos. Ni siquiera tuve noticias de que habías estado al borde de la muerte. ¡Pensar que podría haberte perdido! Cuando lo pienso, me vuelvo loca. Si hubiera sabido que tu padre había roto tu compromiso matrimonial, habría huido antes que comprometerme con ese joven de Magdala. De ese modo, todo nos habría resultado más fácil.

–No te angusties, Judit. Pensaré en el modo de salir de este atolladero; nada es imposible. Se lo pediré al Señor. Él me ha librado de la muerte, y estoy seguro de que volverá a ayudarme.

En ese momento, los dos oyeron un ruido de ramas que les hizo volver la cabeza, pero no vieron nada y pensaron que habría sido una lagartija o cualquier otro animal. Estaban solos en ese rincón lleno de paz y armonía en el que nada los amenazaba. Luego, él la acompañó hasta cerca de su casa y se quedó vigilando tras unos arbustos para que ella llegara a salvo. Todavía permanecía en él el recuerdo de Malaquías tratando de forzarla.

Tan sumido estaba en sus propios pensamientos que ni siquiera advirtió que alguien se le estaba acercando por detrás, hasta que le tocó en el hombro e instintivamente dio un respingo. Su sorpresa fue mayúscula al encontrarse frente a frente precisamente con Malaquías, como si el poder de su mente lo hubiera atraído hasta allí.

–¿Qué haces aquí? –le increpó, pensando que habría ido a espiar a Judit–. ¡Menudo susto me has dado!

–Os he visto besaros, Samuel, y podría acusar a Judit de adúltera, pues está prometida con otro.

Su mirada desafiante denotaba el triunfo que sentía en ese momento sobre él. Samuel se indignó. ¿Cómo podía actuar así después de lo que había hecho?

–Pero sabes que no lo harás. Yo no lo hice cuando intentaste violarla, aunque ahora veo que debería haberlo hecho.

Era tal su indignación que, lejos de sentirse achantado, se mostró firme, sin vacilaciones.

–Quizá se podría arreglar si ella consiente en yacer conmigo –le respondió él con una sonrisa libidinosa en los labios.

Samuel intentó contener su enfado al escuchar semejante vileza, pues sabía que la calma y la frialdad eran fundamentales para tratar con semejante alimaña. Había que ser muy rastrero para pronunciar esas palabras.

–¿Cómo puedes ir a rezar en la sinagoga y hacer un chantaje indigno de cualquier judío inmediatamente después?

–¿Acaso tú no has pecado?

–No, no lo he hecho puesto que voy a casarme con ella. Los dos nos amamos profundamente y nuestro amor está bendecido por el Señor –dijo clavando sus ojos en los de su rival.

Él no pudo sostenerle la mirada, pues era un cobarde y la seguridad de Samuel lo estaba desarmando.

–¿Cómo lo sabes?

–Porque Él me libró de la muerte por medio del Mesías resucitado.

–¿De qué Mesías estás hablando?

–De Jesús de Nazaret. Lo mataron en la cruz y a los tres días resucitó.

–¿Cómo puedes decir eso? Tú eres un saduceo y no crees en la resurrección.

–Pero ahora creo porque él ha resucitado, y yo he recibido el bautismo de manos de Pedro, el hijo de Sara.

–Ese es solo un pescador.

–Sí, un pescador de hombres que es capaz de hacer andar a los paralíticos, devolver la vista a los ciegos y hablar todas las lenguas extranjeras. Yo he sido testigo de ello. Y si tú cometes un pecado tan horrible como llevar a cabo este chantaje, es que estás preso del Maligno, y la ira del cielo caerá sobre ti. Arrastrarás el peso de la culpa como una horrible condena para el resto de tus días y no podrás ser feliz.

Por la expresión de su rostro, Samuel se dio cuenta de que tenía miedo, mucho miedo, y trató de aprovecharse de ello para convencerlo.

–Vamos, amigo, arrepiéntete de ese pensamiento tan indigno que has tenido y aprende a vivir en el amor del Señor.

La autoridad con la que le habló y el contenido de sus palabras parecieron hacer mella en Malaquías, que, avergonzado de su conducta, se dio media vuelta y echó a correr.

Sin embargo, Samuel no estaba seguro de que fuera a guardar el secreto. Ese tipo no era de fiar, y temía el daño que pudiera causar a la reputación de Judit. Cuando llegó a casa, la angustia le oprimía tanto el pecho que decidió desahogarse con su abuelo. Al principio, sus palabras salieron lentamente de su boca, como si pesaran un talento cada una, pero poco a poco fueron haciéndose tan ligeras como barquichuelas impulsadas por el viento.

–Abuelo, tú sabes que siempre he honrado a mis padres y me he mostrado respetuoso con los mayores, pero han ocurrido demasiadas cosas que angustian mi corazón y que necesito contarte.

–Habla, hijo, te escucho.

–Verás: cuando vine aquí a pasar el verano, poco después de celebrarse mis esponsales con Rebeca, me enamoré perdidamente de Judit. Y eso hizo que empezara a rebelarme contra las rígidas costumbres de nuestros antepasados. ¿Por qué Dios querría que nuestro corazón viviera en continua pugna, ansiando permanentemente a la persona que uno ama e impidiéndonos ser felices?

Samuel escudriñó el rostro de su abuelo tratando de descubrir cualquier gesto que denotara algún tipo de juicio sobre lo que él estaba diciendo, pero no lo encontró; únicamente sus ojos color mar dispuestos a escucharlo, así que prosiguió.

–Luego empecé a recibir las enseñanzas de Jesús y a ver el amor con que trataba a la gente; entonces comprendí que eso mismo era lo que a mí me dictaba el corazón. Por eso, a partir de ahí, comencé a rebelarme contra las injusticias cometidas por las autoridades, contra su falta de compasión, contra la frialdad de las ceremonias, únicamente preocupadas por la apariencia. También contra mi padre. Sé que esto va contra la Ley de Dios, abuelo, pero es que para él la pureza de los rituales y los sacrificios está por encima de las personas, incluso de la vida de su propio hijo. No sé si sabes que me ha desheredado por haberme hecho bautizar por Pedro, uno de los discípulos de Jesús. ¿No crees que un padre debería de ser como ese del que hablaba el Maestro: el que recibe al hijo pródigo con los brazos abiertos, el que deja las noventa y nueve ovejas para ir en busca de la perdida, el que perdona las deudas de sus hijos por muy elevada que sea la suma...?

–No debes juzgar a tu padre, Samuel.

–Lo sé, abuelo. Pero me gustaría que mostrara un poco más de humanidad. Su rígida actitud solo ha traído infelicidad a la familia y, como consecuencia de ello, vivimos en la hipocresía, en un mundo de falsedad cubierto de oropeles.

En este punto le pareció observar un gesto de malestar en el rostro de su abuelo. Quizá se sintiera molesto, ya que él mismo había consentido celebrar el compromiso de su hija con el tío Johab aun sabiendo que este amaba a la madre de Judit, ¿o acaso lo ignoraba? De cualquier modo, no iba a ser él quien lo sacara de su ignorancia. Por eso trató de desviar el tema.

–El asunto es que, ahora que he sido liberado de mi compromiso con Rebeca, quiero contraer matrimonio con Judit. Sé que sin ella nunca podría ser feliz, abuelo. Y me da igual que no pertenezca a nuestra clase social –su abuelo enarcó sus cejas blancas–. ¿Acaso el Señor no deja caer su lluvia sobre ricos y pobres, sobre buenos y malos? ¿Por qué tenemos nosotros que establecer esas diferencias? Judit es una muchacha excelente, de gran corazón, lo mismo que su madre...

Su abuelo se removió incómodo en el asiento y Samuel temió por un instante que diera por finalizada la conversación cuando aún tenía que contarle el espantoso chantaje que le acababa de hacer Malaquías y pedirle que intercediera ante su padre para que este le diera su consentimiento para casarse con su amada.

–... La bondad o maldad de la gente nada tiene que ver con el origen de las personas. Precisamente acabo de ser sometido a chantaje por un muchacho de nuestra misma condición social.

–¿Quién ha osado hacer tal cosa? –se indignó su abuelo.

Samuel le contó con todo detalle su encuentro con Malaquías y la conversación que acababan de mantener, en tanto que su abuelo lo escuchaba con el rostro sereno, sin juzgarlo, comprendiendo sus dilemas, su dolor y su angustia.

–Abuelo, sé que obré con excesiva vehemencia, que no debería haber besado a Judit hasta que nuestra situación no se hubiera arreglado, pero me ofusqué y...

–Está bien reconocer los errores, Samuel –lo interrumpió su abuelo–. Sobre todo, porque de ellos sacamos buenas enseñanzas. Sin duda eres el más inteligente de mis nietos y el más afín a mí. Desde que eras pequeño he sentido que había un lazo especial entre nosotros. Mirarme en tus ojos me devolvía mi propia infancia y mi juventud, porque la música que hay en tu interior y la mía suenan al unísono –Samuel sentía que cada palabra que salía de su boca era como si le lavaran sus llagas en el río–. Ahora te has hecho un hombre bueno y sincero que choca con la férrea voluntad de su propio padre y que, por dejarte llevar por tus impulsos, has sido sometido a un vil chantaje. Pero todos cometemos errores, yo el primero, y por eso quiero ayudarte...

A Samuel le volvió a asaltar la misma duda: ¿se estaría refiriendo al matrimonio de su hija con el tío Johab?

–... De modo que ha llegado el momento en que yo intervenga por tu perdón y le haga comprender a tu padre que la autoridad de haber ejercido como sumo sacerdote le ha endurecido el corazón y le ha hecho perder de vista su papel de padre.

Samuel sintió que su alma se reblandecía en un estado de gozo parecido al del río que se deja arrastrar por su propia corriente, y sus ojos brillaron de esperanza.

–¿Y qué opinas de mi bautizo, abuelo?

–Me parece que has hecho lo correcto, lo que te ha dictado tu corazón. No así nosotros, que hemos actuado mal con Miriam, la madre de Judit. Muchas veces he sentido remordimientos por ello, y creo que ha llegado el momento de compensarla por los sufrimientos que nuestra familia le ha causado. Pues si bien es verdad que la mujer ocupa un lugar inferior al del hombre en la sociedad, no deja de ser nuestro prójimo.

Esas escasas palabras de su abuelo le bastaron a Samuel para saber que estaba al tanto del escabroso asunto que, al parecer, toda la familia había tratado de tapar, y no quiso hurgar más en el tema; le bastaba con el reconocimiento de su culpabilidad y le estaba eternamente agradecido por su enorme comprensión. Gracias a él se sentía liberado de la pesada carga que había llevado él solo todos estos días; su cuerpo levitaba como el águila que planea en el aire, como la hoja que se mece en el río, como el aroma de los pinos que se extiende por el campo. Así que abrazó a su abuelo y le dio las gracias por su benevolencia, ignorante como era de que lo más difícil estaba aún por venir.

31

NO ANDÉIS PREOCUPADOS

El tiempo transcurría para Samuel como un barco de vela con el viento en calma. Es lo que suele ocurrir cuando uno desea algo con tantas ganas como él deseaba poder casarse con Judit. Pero nada podía hacer hasta que su abuelo no recibiera la contestación de su padre a la carta que le había enviado, solicitando el perdón para él. Por lo que su estado de ánimo se debatía entre la esperanza y el desasosiego.

La única manera de evitar volverse loco era tratar de alejar de su cabeza la gran cantidad de dudas que albergaba. Para ello se levantaba todos los días con la luz del alba y trabajaba con ahínco en las labores del campo hasta la puesta del sol. Pero, aun así, no lograba disiparlas. ¿Osaría su padre desafiar a su abuelo dándole una negativa? ¿Y qué haría su abuelo en caso de que su padre no accediera a su petición? ¿Sería capaz su padre de denunciar a la madre de Judit? ¿Accedería el joven de Magdala a romper su compromiso? ¿Qué clase de persona sería? ¿Debería hablar con su tío para pedirle perdón por su comportamiento del otro día, o sería mejor dejar las cosas como estaban?

Solo se permitía interrumpir el trabajo un par de horas para acudir a la sinagoga y continuar así su formación, tal como deseaba su abuelo. Pero, curiosamente, en esas clases

Samuel pudo comprobar que las enseñanzas recibidas de Jesús lo habían situado en un nuevo plano, poniendo en más de una ocasión en apuros al rabino, que tenía que hacer grandes esfuerzos para seguir sus razonamientos y responder a todas sus preguntas. Los mismos que tenía que hacer él para comprender el desconcertante comportamiento de Malaquías, quien, después de su intento de chantaje, se mostraba extremadamente amable con él, jactándose ante los demás de una amistad íntima que estaban lejos de tener. Siempre se sentaba a su lado y constantemente le dedicaba sonrisas y guiños de complicidad, o le daba palmaditas en el hombro cuando su interpretación de la Torah había sido brillante. Pero a Samuel todas aquellas exageradas muestras de afecto no le daban confianza alguna, más bien temía que en cualquier momento pudiera traicionarlo y someterlo a algún tipo de extorsión, ya que el fariseo parecía disfrutar en exceso del privilegio de saberse el único poseedor de su secreto. Todo en él parecía decir: «Estás bajo mi voluntad, así que ándate con ojo y báilame el agua, porque si haces cualquier cosa que no me guste, estás sentenciado».

Lo único que podía librarlo de esa condena que pendía sobre su cuello como una pesada carga era la ansiada carta de su padre, en respuesta a la de su abuelo, que no acababa de llegar. Sin embargo, Samuel evitaba caer en la desesperanza restando cada día transcurrido a la distancia que lo separaba de Judit. Aunque había días que la añoraba con tal intensidad que hasta le dolía el alma. Sin ella se sentía como una planta sin agua, como un cervatillo sin pastos, como una comida sin sal.

En esos momentos, las charlas que mantenía con Jairo, a cuya casa acudía a comer a menudo, le eran de gran ayuda. Este estaba muy interesado en que le narrara pormenorizadamente los acontecimientos acaecidos los últimos días de Jesús en Jerusalén, que tan de cerca había vivido, así como las enseñanzas que había recibido de él. Y a pesar de la tristeza que los embargaba cuando Samuel describía los detalles de su flagelación y muerte en la cruz, su resurrección los llenaba de esperanza. Jairo, al contrario que otros, que se la cuestionaban, estaba convencido de ella, pues su propia hija era la prueba fehaciente de ello. No tenía más que verla, tan llena de vida, para creer que Jesús había resucitado en otra vida. Y, al igual que Samuel, tenía la intención de hacerse bautizar por uno de los discípulos en cuanto estos regresaran a Cafarnaún.

Sus palabras se iban extendiendo de boca en boca y cada vez más gente acudía a casa de Jairo a escuchar las historias de Jesús que contaba Samuel. Claro que su fama también llegó a oídos de su abuelo, quien le aconsejó que, en su situación, no era prudente significarse, ya que si su padre se enteraba de su labor de proselitismo, montaría en cólera y ello no favorecería su perdón. Sin embargo, dar esperanza a los demás y ofrecerles respuestas a las múltiples preguntas que le hacían, le servía de consuelo propio.

–¿Acaso el Mesías no debía venir a liberarnos del yugo opresor de los romanos? ¿Cómo es que seguimos sometidos? –era la pregunta que se repetía con más frecuencia.

–Es que esa no es la verdadera liberación –les aseguraba él–, sino la de enseñarnos a vivir para el reino de Dios, donde el amor, la paz, el perdón y la justicia son los principales pilares. Ni el poder ni las riquezas hacen libre al hombre; al contrario, lo encadenan. Él nos enseñó a vivir libres, a confiar en nuestro Padre. Solía decir: «Fijaos en las aves del cielo: ni siembran ni siegan ni recogen en graneros, y, sin embargo, vuestro Padre celestial las alimenta. ¿No valéis vosotros mucho más que ellas?».

Samuel tenía la impresión de que era el Señor quien ponía esas palabras en su boca, quien lo empujaba a hablar con tanta pasión de lo que había vivido junto a Jesús, borrando todo rastro de su timidez. Y ello le hacía olvidarse de sus propias preocupaciones, temores y dudas.

Ese día salió especialmente satisfecho de casa de Jairo, pues sentía que había llegado a los corazones de la gente que había ido a escucharlo. Y se puso de camino a casa de su abuelo con el ánimo lleno de esperanza, deseando que la tan ansiada carta hubiera llegado por fin.

¡Qué lejos estaba el pobre de intuir la catástrofe que se le avecinaba! Ni en sus peores pesadillas podía haber imaginado que las cosas se pudieran torcer de ese modo.

En el patio central de la casa, las criadas cocían el pan bajo la atenta mirada de su madre, y su olor se expandía por doquier, recordándole a Samuel el de Judit. Pero sus pensamientos se ensombrecieron cuando vio que su madre iba hacia él con expresión asustada y, abalanzándosele prácticamente, le espetó:

–Hijo, ¿qué has hecho? Miriam ha venido para hablar contigo. Estaba muy disgustada, pero a mí no me ha querido decir nada. Dejó el recado de que fueras a verla con urgencia.

Samuel se quedó como si un rayo lo hubiera partido en dos mitades y le hubiera privado de su función cerebral. ¿Qué podía haber ocurrido? ¿Le habría confesado Judit su encuentro furtivo en la ensenada? No, ella nunca hubiera hecho tal cosa, no cabía esa posibilidad.

–Madre, no sé qué ha podido ocurrir para que Miriam esté enfadada conmigo.

Pero, nada más decirlo, se acordó de que había un testigo de sus besos en aquella tarde del *sabbath:* Malaquías. ¿Habría osado delatarlo? Al instante se apoderó de él una furia incontenible. ¿Cabía mayor cinismo que hacerse pasar por su íntimo amigo sabiendo, como sabía, que lo había traicionado? La imagen de su rostro, con esa sonrisita bobalicona que tenía últimamente dibujada siempre en los labios, se le apareció con una nitidez insoportable. Y ese recuerdo le condujo a otro, el de Judas dándole un beso a Jesús la noche de su detención en el huerto de los Olivos. Notó cómo le hervía la sangre, a borbotones. Si lo hubiera tenido delante en ese momento, le habría partido la nariz. Pues, al contrario que Jesús, él se sentía incapaz de esa mansedumbre de la que el Maestro había hecho gala ante la traición de su amigo, entregándose a los soldados sin oponer resistencia.

–Voy ahora mismo a hablar con ella, madre. Necesito saber qué ha ocurrido.

–Pero, hijo, ¿adónde vas a ir si está anocheciendo? No es una hora decente para presentarte en su casa. Cuando llegues, estarán ya acostadas. Espera a mañana.

Samuel comprendió que su madre tenía razón, pero en estos casos la cabeza no manda sobre el corazón, y este le reventaba de impaciencia. Sabía que le esperaba una noche en blanco, ya que, en el estado de nervios en que se encontraba, le iba a ser imposible conciliar el sueño. Y a pesar de que su abuelo trató de tranquilizarlo lo mejor que pudo, no lo logró, pues tampoco hoy había llegado la carta de respuesta de su padre.

No obstante, y a pesar de sus pesimistas augurios, acabó durmiéndose. El duro trabajo del campo era un buen somnífero, aunque su sueño no estuvo exento de pesadillas.

32

Repudiada

Samuel se despertó antes incluso de que cantara el gallo, con la sensación de haber librado una encarnizada batalla. Tenía el cuerpo molido, pero ello no le impidió levantarse impulsivamente de un salto, deseando poder arrancar las sombras de la noche con sus propias manos para traer el día. Y antes de que empezara a clarear, ya se había puesto de camino hacia la casa de Judit, el corazón golpeándole el pecho sin piedad. No dejaba de pensar en el enfado que tendría Miriam al enterarse por Malaquías de su encuentro furtivo en la ensenada del Jordán, pues no podía imaginar que pudiera haber otro supuesto peor, su imaginación no iba más allá. Una persona de naturaleza ingenua como la suya era incapaz de imaginar un plan tan perverso y retorcido como el que Malaquías había urdido.

Corrió con todas sus fuerzas hasta que la violencia con que le latía el corazón lo obligó a detenerse para tomar aliento. Le dolía el pecho como si le hubieran dado una punzada con un objeto cortante, así que no le quedó más remedio que hacer el resto del camino andando; de otro modo, llegaría tan falto de aliento que no podría ni responder a las acusaciones de Miriam. Su mayor preocupación era no tener aún el consentimiento de su padre para proponerle matrimonio con su hija y no poder decirle que su familia quería resarcirla por el daño causado todos estos años, pues eso no le correspondía a él, sino a su abuelo o a su tío. Sin embargo, no le iba a quedar más remedio que hacerlo para poner a salvo el honor de Judit. De otro modo, podría acusarlo de mancillar su honra. Este pensamiento y otros muchos le pasaron por la cabeza durante el trayecto con una total falta de lucidez, pues en el estado de nervios en el que se encontraba, difícilmente podía pensar con claridad.

Cuando faltaban unos pasos, se atusó el pelo y se sacudió el polvo de la túnica para mostrarse un poco más presentable ante la que pronto sería su suegra, notando con alivio que, después de la carrera, su nivel de ira había descendido. Sin duda, en este tipo de situaciones era mejor conservar la calma. Sin embargo, en cuanto se asomó por la puerta y vio a Miriam en el patio, no pudo evitar que todos sus músculos se agarrotaran y su estómago se contrajera en un espasmo.

Nada más advertir su presencia, el rostro de ella se tensó y sus ojos le lanzaron una mirada cargada de resentimiento. Samuel nunca la había visto tan enfadada.

–¿Cómo has podido arruinar la vida de mi hija de esa manera, Samuel? –le espetó en un tono tremendamente agresivo.

Samuel se quedó paralizado.

–Yo... no... –intentó balbucir, el terror reflejado en sus ojos.

Le parecía desproporcionado el odio que había en la mirada de Miriam.

–¿No te advertí que no te acercaras a ella?

–Es que... yo... voy a casarme con ella. Mi abuelo le ha escrito una carta a mi padre intercediendo por mi perdón y estoy esperando su consentimiento –consiguió decir de carrerilla, sintiendo cierto alivio por haber podido alegar una razón de peso en su defensa.

–¿Casarte con ella? –repitió con sarcasmo–. ¿Y crees que eso es posible después de haber sido repudiada?

La palabra «repudiada» taladraba sus oídos como los martillazos que daban los canteros picando la piedra. Pero, aun así, pudo escuchar a lo lejos los sollozos ahogados de Judit. Aquella situación le desbordó, y se sintió incapaz de decir nada.

–Creí que eras una buena persona –prosiguió ella, en vista de su mutismo–, pero ya veo que me he equivocado contigo. Sal inmediatamente de mi casa y no vuelvas a pisarla. ¡Maldito seas!

–Pero...

–¡Pero nada! Haz lo que te ordeno si es que conservas un poco de decencia. En tu afán por casarte con mi hija, has ido demasiado lejos.

La actitud amenazadora de Miriam no le dejó otra salida que no fuera cumplir su tajante orden. Él quería que le explicara qué había sucedido, cómo se había enterado ese joven de Magdala de que Judit y él se habían besado aquel día en la ensenada, pero no tuvo que hacer un gran esfuerzo para comprender lo ocurrido. ¡Malaquías! Y con esa palabra encajonada en su cabeza como una yunta de bueyes, echó a correr hacia la casa de su tío Johab, escuchando todavía las últimas palabras de esa madre despechada y humillada.

–¡Atreverte a denunciarla ante su prometido! ¡Qué poca vergüenza!

Samuel se paró en seco. ¿Había escuchado bien? Pero ya Miriam había desaparecido dentro de la casa y él no se atrevía a regresar para aclararlo. ¿Acaso pensaba que había sido él quien la había acusado ante el joven de Magdala de haberse besado con él? Eso no tenía ningún sentido. ¿Cómo había podido pensar algo así? ¿Podía haber alcanzado tal grado de perfidia Malaquías como para haber usurpado su personalidad? ¿Tan grande era su maldad? Sintió que la locura se apoderaba de su mente y de su cuerpo, arrastrándolo a un lugar más horrible que el *sheol*. Necesitaba decirle que él no había hecho tal cosa, que nunca perjudicaría a Judit porque la amaba, que ese no era en absoluto el plan que tenía, pero seguramente ella no le creería. Por un instante dudó sobre qué hacer: si ir donde su tío, como había pensado en un primer momento, o ir a pedirle cuentas a Malaquías. Daba pasos en una dirección y, al momento, en la otra.

Preso de la locura, se decidió finalmente por ir a la hacienda de su tío. Se sentía impotente para enfrentarse él solo a tamaña insidia, necesitaba que alguien lo ayudara y comprendiera la injusticia que se había cometido con él. ¿Acaso era ese el castigo a su pecado? Pero ¿qué pecado era ese? Él amaba a Judit y pensaba casarse con ella, pasara lo que pasara. Le daba igual que ese muchacho de Magdala la hubiera repudiado, eso no tenía ninguna importancia para él. *¿No vale más la vida que el alimento, y el cuerpo que el vestido*?

Más de una vez estuvo tentado de cambiar de rumbo e ir a buscar a Malaquías para pedirle una explicación, tal era su desesperación. Recordar su sonrisita libidinosa cuando le propuso a modo de chantaje yacer con Judit y su sonrisita maliciosa teñida de amable apariencia al salir de la sinagoga, le hacía hervir la sangre. Pero, en un segundo pensamiento, decidió proseguir camino hasta la estancia de su tío. Lo primero era tratar de convencerlo para que hablara con Miriam y deshiciera el entuerto, eso era lo que más le preocupaba en este momento; ya habría tiempo después de ir a exigirle cuentas a Malaquías y llevarlo a Magdala para aclarar la situación.

Lo alcanzó cuando regresaba de los campos, a punto de entrar en casa para el almuerzo.

–Tío Johab, espera, tengo que hablar contigo.

A su tío se le ensombreció la cara. La tensa conversación que habían mantenido el otro día le había dejado un regusto amargo y le había dado mucho que pensar todos aquellos días.

–Ven a almorzar con nosotros y luego hablamos, Samuel.

–No, tiene que ser ahora, tío Johab; es una cuestión de vital importancia.

Sus ojos enloquecidos y sus aspavientos al hablar le convencieron de la urgencia de la situación, y lo apartó de la casa llevándolo hacia el huerto de manzanos y granados. Allí Samuel se explayó sin otras trabas que la dificultad de su propia razón al tratar de exponer los elementos del conflicto, pues su nerviosismo y su afán por contarlo rápido hacían que el relato resultara bastante incomprensible. Aun así, logró hacerse entender.

–No te oculto, sobrino, que me dolió que pensaras que el hecho de casar a Judit con un joven de Magdala era por conveniencia propia, pero...

–Te pido perdón, tío Johab –lo interrumpió–. Cuando uno está fuera de sí, dice cosas de las que luego se arrepiente, y te aseguro que a mí me dolió más que a ti habértelo dicho.

–Acepto tu perdón, Samuel, porque sé que no había intención en tus palabras. Es más, todo lo que me dijiste me hizo reflexionar y creo que tienes razón. De nada sirve rezar en la sinagoga, cumplir todos los rituales y darse golpes en el pecho si se hacen trampas en el cumplimiento de los mandamientos y se vive con hipocresía. Si yo me hubiera desposado con Miriam, no habría vivido con el corazón dividido, porque, aunque no lo creas, yo quiero a tu tía, pero nunca he podido olvidarme de ella –la confesión de su tío le impresionó vivamente–. Te aseguro que yo, mejor que nadie, puedo comprender tu sufrimiento. No sabes la de veces que yo mismo me he cuestionado la rigidez de esa costumbre de nuestro pueblo que tantas veces impide a la gente ser feliz. Pero tú sabes tan bien como yo cómo es tu padre, al igual que una gran parte de la sociedad, y la importancia que da al cumplimiento de las leyes y las costumbres. Y con el poder que ostenta como sacerdote del Templo, no resulta fácil oponerse a sus deseos.

–¡Cómo no voy a saberlo! Yo mismo he vivido estos meses atrapado en un dilema de conciencia, hasta que he reunido la fuerza necesaria para romper las cadenas que me ataban a un modo de vida y a unas costumbres que mi corazón rechaza frontalmente.

–Ojalá hubiera tenido yo tu fuerza y tus agallas.

–Para mí siempre has sido un ejemplo, tío Johab, el padre que me hubiera gustado tener.

A su tío se le humedecieron los ojos, y Samuel se abrazó a él volcando sus propias emociones en un torrente de lágrimas. Necesitaba un escape para ese cúmulo de sentimientos tan dispares que había experimentado en tan poco espacio de tiempo y que llenaban su corazón de congoja. Nunca hubiera podido hacer algo así con su propio padre, que siempre se mostraba frío y distante, como si tuviera miedo a exhibir sus emociones ante los demás.

–No te preocupes, Samuel. Esperemos que la carta de tu abuelo haya conseguido ablandar el corazón de tu padre y acceda a tu boda con Judit; nada me alegraría más. Yo mismo iré, en cuanto acabe de almorzar, a aclarar las cosas con Miriam, pues no quiero levantar sospechas en tu tía. Tú ve a exigirle cuentas a Malaquías sobre su comportamiento. Nadie mejor que tú para hacerle entrar en razón. Sin duda, el Señor te ha concedido una gran sabiduría para afrontar retos, así como el don de la palabra. Pero acuérdate de mantener en todo momento la calma, no te dejes cegar por la ira. Shalom, Samuel.

–Shalom, tío Johab. Muchas gracias por tu ayuda.

Al quedarse solo, Samuel sintió que él era el principal culpable de todo el entuerto por haber actuado tan egoístamente. Si no hubiera abrazado a Judit en la ensenada, se habría podido evitar todo ese lío. Él era el único responsable de este desaguisado, no Malaquías. Su pasión desbordada y su falta de cordura la habían puesto en una situación terriblemente embarazosa para ella y para su familia, si bien eso no eximía al fariseo de haber actuado con malicia. Tendría que haber hecho caso de los consejos de Miriam y de su tío, en lugar de dejarse llevar por sus propios sentimientos. No podía perdonarse haber puesto a Judit en una delicada situación por culpa de su inconsciencia.

Tan grandes eran el dolor y el peso de la culpa que parecía como si le hubieran partido el pecho en dos mitades. ¿Podría perdonar a Malaquías por su insidia? Desde luego, no le iba a resultar fácil hacerlo; sin embargo, Jesús decía que había que perdonar a los enemigos. También él había ofendido a su tío Johab con sus acusaciones y a Miriam con su indigno comportamiento. Aunque no era momento para sentir remordimientos, sino para tratar de enmendar el agravio hecho a Judit y poner a salvo su honor.

Encontró a Malaquías ya cerca de la sinagoga y fue directamente hacia él, la mirada cargada de rencor y de ira. Su actitud amenazadora hizo que al fariseo se le borrara de golpe su sonrisa bobalicona, pero aun así a Samuel le costó mantener la calma, pues su ánimo encendido lo impulsaba a agarrarlo de la túnica con las dos manos y zarandearlo sin piedad. Solo el consejo de su tío hizo que se contuviera.

–¿Se puede saber por qué te has hecho pasar por mí? –lo interpeló directamente.

La actitud inocente y sumisa de él lo desconcertó.

–Ha sido para ayudarte, Samuel. ¿Por qué estás tan enfadado? Deberías estarme agradecido. Necesitabas que Jesé rompiera su compromiso con Judit para poder casarte con ella. De verdad, tienes que creerme. Mi única intención fue ayudarte.

Si Samuel no fuera tan ingenuo, se habría dado cuenta de que todo aquello no era sino una farsa para salvar el tipo, pero su buena fe le hizo creerlo.

–¿No te das cuenta de que de ese modo has puesto en entredicho el buen nombre de Judit?

–¿El buen nombre de Judit? –se mofó él–. Pero si todo el mundo sabe que es «hija del pecado».

Escuchar ese insulto le removió las entrañas.

–¡Eso es una calumnia! –estalló–. La gente no sabe lo que dice, mejor estaría callada. Judit es hija de Josué, el que fue capataz de mi tío. Y si abandonó a Miriam no fue porque esta hubiera cometido adulterio, sino por otras razones que no son de tu incumbencia. En todo caso, vas a venir conmigo a Magdala para arreglar este entuerto.

–Mi padre se enterará si no voy a la sinagoga.

–Mejor que se entere de eso y no de otras cosas peores –le respondió mirándolo fijamente a los ojos con una gran fortaleza de ánimo.

Esto fue lo que desarmó a su contrincante, que se encontraba en inferioridad de condiciones, pues en el fondo era un cobarde.

33

MAGDALA

Lo que más temía Samuel, según se iban aproximando a Magdala por la Vía Maris, no era el encuentro con Jesé, ni siquiera que Malaquías se echara atrás en el último momento y decidiera no retractarse de su mala acción, sino un tropiezo casual con cualquiera de los hermanos de Judit, pues de seguro le darían una buena paliza sin el menor miramiento.

Un fuerte olor a pescado y a vino inundó sus fosas nasales; no en vano, la ciudad de Magdala era el primer centro de Palestina en comercio de pescado en salazón, y sus calles estaban abarrotadas de tabernas.

–Vayamos a comer algo en la taberna de Abías –sugirió Malaquías secándose el sudor de la frente–. La caminata me ha dado un hambre de lobo.

–Primero, lo que hemos venido a hacer; ya habrá tiempo después –respondió Samuel con firmeza, pues se daba cuenta de que con él no podía bajar la guardia–. Además, ¿tú tienes alguna moneda?

Malaquías le mostró un par de óbolos de cobre.

–Te invito a unos dorados y una jarra de vino –le dijo.

–Está bien, acepto tu invitación cuando hayamos finiquitado este asunto. Y ahora condúceme hasta Jesé.

El calor era tan intenso que los obligaba a detenerse cada poco para refrescarse en las aguas del lago. En ellas se reflejaban las casas de ambas orillas como en un espejo ondeante. La ausencia de viento hacía que su único movimiento se debiera a la incesante actividad de las barcas que entraban y salían del puerto.

Para llegar a la lonja de pescado en salazón, donde al parecer trabajaba Jesé, tuvieron que atravesar casi toda la ciudad. Samuel iba muy pendiente de la gente que pululaba por ahí, por si aparecía alguno de los hermanos de Judit y tenía que ocultarse. Y en ese estado de alerta en el que iba, vio venir de frente a María Magdalena, apodada así por ser de Magdala. Al momento, su corazón dio un brinco y, sin pensárselo dos veces, corrió hacia ella arrastrando a Malaquías, que encontraba la carrera totalmente inapropiada, dada la solana que hacía.

–Shalom, María –la saludó, saltándose la regla que le habían enseñado a observar en su familia de no abordar a una mujer en la calle.

Quizá por eso, en un primer momento, ella pareció desconcertada.

–Me suena tu cara –comentó, como si estuviera tratando de recordar dónde lo había visto anteriormente–. Tú has ido alguna vez a escuchar a Jesús, ¿no es así? –Samuel asintió, satisfecho de que lo hubiera reconocido–. Pero no recuerdo tu nombre.

–Soy Samuel, y él es Malaquías. Perdona mi atrevimiento, pero es que me dijo Juan que el Maestro se te había aparecido después de muerto y me gustaría saber cómo ocurrió. Por favor, cuéntame todos los detalles.

A Samuel le brillaban los ojos, estaba ansioso por saber más cosas sobre Jesús y no podía creer su suerte; en cambio, Malaquías la miró con desprecio, ya que en Cafarnaún la gente murmuraba que había sido una prostituta. Claro que

María no se apercibió de ese detalle, tal fue la alegría de que alguien le preguntara por su Señor, pues hablar de él era un modo de revivirlo.

–Verás: el domingo, muy de mañana, me dirigí al sepulcro donde lo habían enterrado y vi que alguien había corrido el canto rodado que lo cerraba. Me quedé espantada y entré apresuradamente, temiéndome lo peor.

Samuel contuvo la respiración y Malaquías cambió su gesto de desprecio por otro de curiosidad.

–Efectivamente, tal y como me temía, enseguida pude comprobar que se habían llevado el cuerpo de mi Señor, así que me eché a llorar desconsolada. Luego, el que yo creía un jardinero del huerto adyacente me preguntó: «Mujer, ¿por qué lloras? ¿A quién estás buscando?». Yo le respondí: «Señor, si te lo has llevado tú, dime dónde lo has puesto y yo misma iré a recogerlo». Entonces él me llamó por mi nombre y en ese instante lo reconocí: era Jesús. ¡Qué alegría me dio! Enseguida exclamé: «¡Rabboni!».

–¡Qué historia más rara! –se burló Malaquías–. ¿Cómo es que no lo reconociste desde el primer momento, si siempre ibas con él? ¿Tanto lo había cambiado el *shcol*?

–Naturalmente que había cambiado –respondió ella pasando por alto su sarcasmo–, puesto que su alma era inmortal, pero cuando me habló, enseguida lo reconocí. Después me dijo: «No me retengas más, porque todavía no he subido a mi Padre; anda, vete y diles a mis hermanos que voy a mi Padre, que es vuestro Padre; a mi Dios, que es vuestro Dios». Entonces fui corriendo a donde estaban los doce y les conté lo que había visto y oído.

A Samuel le hubiera gustado prolongar el encuentro, estaba ávido de conocer cada pequeño detalle, pero Malaquías le recordó lo que habían venido a hacer, y no tuvo más remedio que dar por terminada la conversación y despedirse de ella. Sin embargo, durante el trecho que faltaba hasta la lonja, se dio cuenta, por las preguntas de su compañero de viaje, de que este, a pesar de su fanfarronería, se había quedado profundamente impresionado por lo que les había contado María. Los fariseos creían en la resurrección y, por el modo en que ella se lo había contado, era difícil dudar de la autenticidad de la historia, ya que contenía toda la emoción del momento vivido.

Cuando llegaron a la lonja, el fuerte olor a pescado en salazón inundó sus fosas nasales, metiéndoseles hasta los pulmones. Malaquías hizo un gesto de repugnancia y le señaló de lejos a Jesé, con una clara intención de escabullirse para no tener que dar la cara.

–Mira, es ese, yo te espero aquí.

Pero Samuel lo agarró con fuerza del brazo y no volvió a soltarlo hasta que estuvieron delante de él. El de Magdala pareció muy sorprendido de verlo, y enseguida demostró el fastidio que le producía su presencia.

–¿A qué has venido, Samuel, si sabes que no eres bien recibido? –se dirigió a Malaquías sin paños calientes–. No pretenderás reclamarme el dinero que me dio tu tío.

Samuel le hizo un gesto para que aclarara las cosas, pero, en vista de su mutismo –se le veía amedrentado–, decidió tomar él la palabra.

–Él no es Samuel, sino yo.

Jesé no pudo ocultar la sorpresa que le produjo semejante noticia.

–Se hizo pasar por mí actuando por su cuenta y riesgo, ya que no eran esas mis intenciones –prosiguió lanzándole otra mirada de agravio al fariseo, pero su gesto avergonzado y compungido no hacía sino confirmar sus palabras–. Y no he venido para reclamarte el dinero que te ofreció mi tío para que te casaras con Judit. Lo hizo a instancias de mi padre, para evitar que me casara con ella, puesto que esa era mi intención. Por eso no me parece justo ni necesario manchar su buen nombre con la palabra «repudiada», ya que ella no ha hecho nada de lo que avergonzarse, sino mi padre comprando su boda con dinero a mis espaldas.

El aplomo y la autoridad con que hablaba Samuel volvieron a desconcertar a Jesé. Él era un simple chico de pueblo, y todo este asunto le venía grande. Samuel, que se dio cuenta, se sirvió de ello.

–Para no alargar la historia, te rogaría le dijeras a todo el mundo que simplemente rompiste el compromiso porque había otro previo del que tú no estabas enterado, y no que la repudiaste por haberte sido infiel. De otro modo, será mi padre quien venga en persona a reclamarte el dinero que te dio. ¿Queda claro?

Malaquías estaba muy impresionado por la habilidad con la que Samuel había llevado el asunto, sin concederle a su oponente la oportunidad de darle una negativa. En cuanto a Jesé, achantado por la aplastante seguridad con la que hablaba su interlocutor, no pudo sino asentir con la cabeza. En el fondo le daba miedo que el peso de la autoridad se le echara encima; después de todo, ese muchacho era nieto de Anás y sobrino de Caifás.

–Así que hoy mismo, en cuanto acabes de trabajar, vas a contarle esta versión de los hechos a los hermanos de Judit, ¿está claro?

Volvió a mover la cabeza afirmativamente, y Samuel le dio una palmada en la espalda.

–Eres un buen muchacho. Me alegro de haber hablado contigo.

También se alegró de poder marcharse de allí, pues el fuerte olor a pescado en salazón le estaba dando arcadas. Cuando partieron hacia la taberna de Abías, pudo comprobar que la actitud de Malaquías había cambiado por completo: ya no era de miedo ni de fanfarronería, sino de una profunda admiración por él. Hasta el punto de que, para pasmo suyo, durante el trayecto le pidió perdón por el aprieto en el que lo había metido y el daño que había causado a Judit y a su familia.

–Pues claro que te perdono, amigo –le respondió dándole una palmada en la espalda.

–¿Estás seguro? –le preguntó con desconfianza, ya que en su familia le habían enseñado a regirse por la ley del talión: «ojo por ojo, diente por diente».

–¿Tú sabes lo que le dijo Jesús a Pedro cuando le preguntó si tenía que perdonar siete veces a su hermano cuando le ofendiera?

Malaquías negó con la cabeza.

–Le respondió: «No te digo siete veces, sino setenta veces siete».

Su respuesta borró cualquier atisbo de duda que hubiera quedado en él, y la admiración por su nuevo amigo creció unos cuantos enteros. Una vez en la taberna de Abías, los dos charlaron durante la comida como viejos amigos, brindando por su amistad y la futura boda de Samuel. Y después de darse un auténtico festín de dorados asados a la brasa, se pusieron de nuevo en camino hasta Cafarnaún a paso ligero, pues Samuel estaba deseando saber qué había pasado después de que su tío hubiera ido a la casa de Judit para aclarar todo aquel entuerto y poder comprobar si por fin había llegado la tan anhelada carta de su padre.

34

La carta

Samuel llegó a casa sudoroso y lleno de polvo del camino, pero contento por cómo le habían ido las gestiones, a la vez que esperanzado por el prometedor horizonte que se abría ante él, ya que ignoraba el nuevo golpe que le esperaba.

Su tío y su abuelo estaban sentados en el patio central de la hacienda, absortos por la conversación que estaban manteniendo. Samuel los saludó desde la puerta con la alegría de haber puesto a salvo el buen nombre de Judit; por el contrario, ellos respondieron a su saludo con el rostro serio y circunspecto, lo cual le hizo intuir que algo no marchaba bien. ¿A qué venían esas caras? ¿Y por qué había ido su tío? ¿Seguiría enfadada Miriam a pesar de la aclaración del malentendido? ¿Se habría echado atrás su abuelo en su intención de apoyarlo, en vista del cariz que había tomado últimamente el asunto?

–Siéntate, Samuel; tenemos que hablar –le dijo su abuelo.

Él sintió que se le aflojaban las piernas. ¿Por qué se comportaban de ese modo? ¿Por qué ese cambio de humor, cuando los últimos días era su abuelo quien lo animaba a él?

–¿Qué ocurre, tío Johab? ¿Ha ido todo bien con Miriam? ¿Has podido aclararle el asunto de la denuncia?

–Sí, Samuel, todo ha quedado aclarado en lo referente a esa cuestión.

–¿Entonces?

–Ha llegado la carta de tu padre –dijo su abuelo–. Ve a buscarla, está en la arqueta donde guardo el correo. Nada más abrirla, la verás.

El horizonte amenazaba con nuevos nubarrones. Por la gravedad con la que estaban llevando todo este asunto, podía deducirse que la respuesta de su padre no le era favorable. Lo más probable era que siguiera empecinado en oponerse a su boda con Judit, y sin duda ello constituía un duro golpe para él. Su negativa significaba que se le habían cerrado todas las puertas y tenía que asumir que su historia de amor debía ir por otros derroteros. Ya solo les quedaba la fuga. Evidentemente, no era la solución ideal para ninguno de los dos, pero, dadas las circunstancias, era la única alternativa que les quedaba; de otro modo, ¿qué sería de ella ahora que había sido repudiada? ¿En qué situación quedaría? Samuel hubiera preferido que le hubieran expuesto directamente el contenido de la carta sin tantos rodeos.

Con el corazón en un puño, abrió la arqueta de madera de ébano, donde su abuelo guardaba el correo junto con otros documentos, y el olor a pergamino penetró hondamente en sus fosas nasales, trayéndole el recuerdo de su infancia. De pequeño le encantaba ese olor, solía rogarle a su abuelo que le permitiera oler dentro de la arqueta; pero hoy ese olor solo presagiaba malos augurios. La carta de su padre estaba enrollada y atada con un cordel, aunque el sello de lacre estaba partido, señal de que ya había sido leída. La cogió con manos temblorosas, sintiendo indignación contra su padre. ¿Cómo se podía ser tan terco, tan inflexible? ¿Cómo había sido capaz de ignorar la intercesión de una persona de mayor edad que, para colmo, era su suegro y al que, como tal, debía un respeto? ¿Hasta dónde podía llegar su cabezonería? ¿Sería capaz de repudiar a su madre por apoyarlo?

Con la cabeza gacha y la expresión compungida, Samuel le entregó la carta a su abuelo diciéndole:

–Ya veo que son malas noticias.

–Léela –le instó su abuelo.

«Por cómo están actuando, deben de ser peores que malas», pensó Samuel, pero se limitó a cumplir las órdenes de su abuelo y a desplegar el pergamino. En la carta, su padre le decía a su suegro que no pensaba perdonar a su hijo por su abominable traición a los suyos, y mucho menos hacer los honores de padre del novio en una boda con la que no estaba de acuerdo; pero que, naturalmente, no le podía impedir que él diera la bendición a su nieto y obrara según le pareciera. A continuación renegaba de su hijo, o sea de él, por haber deshonrado y mancillado el buen nombre de su familia y las buenas costumbres de los saduceos, y además dejaba constancia de que lo consideraba un hereje por abrazar una fe contraria a la de las autoridades. Y finalizaba diciendo que nunca más volvería a poner los pies en su hacienda en caso de celebrarse dicha boda, si bien consentía que lo hiciera su mujer, pues al fin y al cabo era su hija.

En cuanto terminó de leerla, una negra sombra, como la de un pájaro de mal agüero, se abatió sobre él dejándolo absolutamente desolado. Le pareció monstruoso el chantaje que le hacía a su abuelo; por eso supo enseguida que tendría que renunciar a él, ya que no podía consentir ponerlo ante semejante disyuntiva. La familia era lo más sagrado para los judíos, en ella no cabían las fisuras, de modo que no le quedaba más remedio que renunciar a casarse como le hubiera gustado, con su consentimiento y la presencia de los suyos, ya que no podía seguir empecinándose en un imposible. Bastantes problemas les había causado a todos. Pero le resultaba imposible entender la actitud de su padre, la de un juez impertérrito y castigador que anteponía su orgullo a la felicidad de poder abrazar a su hijo de nuevo y acompañarlo en el que sería el día más feliz de su vida.

–No te preocupes, abuelo. No hace falta que me des tu bendición para casarme con Judit. No voy a consentir que seas objeto del chantaje de mi padre. Renunciaré a casarme rodeado de mi familia, si bien lo haré lejos de aquí, ya que, además de sentir un profundo amor, tengo un compromiso moral con ella y no voy a abandonarla a su suerte ahora que se ha corrido la voz de que ha sido repudiada.

–Esa decisión no te corresponde a ti, Samuel, sino a mí, y ya está tomada –hizo una pausa–. No quiero seguir haciendo desgraciados a los miembros de mi familia –le echó una mirada a su tío que no hizo sino confirmar que sabía lo que él ya sospechaba– ni seguir viviendo bajo las apariencias o el miedo al qué dirán. Si tu padre quiere apartarse de mí, respetaré su decisión, pero no aceptaré su chantaje. Yo apruebo tu bautizo y que te cases con Judit, y por tanto quiero darte mi bendición. Además, estoy dispuesto a hacer en la boda los honores que tendría que haber hecho tu padre y que su cabezonería le impide asumir. Y, por supuesto, me haré cargo de los gastos y te daré una dote.

Samuel abrazó a su abuelo por tanta comprensión, pero no iba a consentir que cargara con lo que únicamente era responsabilidad suya, así que le dijo:

–Abuelo, te agradezco tu gran generosidad conmigo, pero únicamente necesito tu bendición para casarme. No puedo aceptar tu dote ni que te hagas cargo de los gastos de la boda. Judit y yo no necesitamos una boda fastuosa para ser felices. En cuanto a la dote, no hará falta desde el momento en que tú mismo dijiste que haríais justicia con Miriam y la compensaríais por el daño causado. Tendremos una boda sencilla, en familia, y luego nos iremos algún tiempo por distintos pueblos.

–Pero, hijo, yo me estoy haciendo mayor y te necesito conmigo.

–Volveré, abuelo. Pero, para poder enseñar, antes tiene uno que aprender de la gente, y eso es lo que pretendo hacer en mi periplo –luego, dirigiéndose a su tío, le preguntó–: ¿Crees que Miriam nos dará su bendición?

–Sí, Samuel. He hablado con ella de este tema y piensa que lo más conveniente es celebrar la boda cuanto antes para evitar habladurías que puedan dañar la honra de Judit.

Los siguientes días fueron de auténtica locura. Samuel nombró testigos de su boda a sus dos primos, Leví y Marcos, mientras que, por su parte, Judit llevaba a cabo todos los preparativos de la ropa que luciría ese día y su abuelo daba las órdenes pertinentes para el pequeño festín.

Y por fin llegó el gran día. Samuel se tuvo que pellizcar al ver salir a la novia rodeada de las diez vírgenes con sus lámparas. El impacto de su presencia le cortó la respiración: estaba deslumbrante con su sencilla corona de flores. Judit no necesitaba oro ni plata para resaltar su belleza. Ninguna joya era comparable a sus ojos color ámbar, que iluminaban la noche a pesar de que su cara estaba cubierta por el velo.

Samuel se quedó embobado contemplando la elegancia y la armonía con que Judit daba las tres vueltas rituales a su alrededor mientras pronunciaba las palabras del *Libro de Tobías*. Se movía como un paso de baile, y sus sandalias, adornadas con unas capas sueltas de tejido, parecían flotar sobre el suelo. Pero la mayor emoción la sintió cuando Jairo, después de intercambiarse los regalos, los declaró marido y mujer. En ese instante, Samuel la miró a los ojos y percibió en toda su grandeza el misterio que encerraban, dando gracias al cielo por tanta felicidad como le había concedido.

MARÍA
MENÉNDEZ-PONTE

AUTOBIOGRAFÍA

Nací un buen día de septiembre en La Coruña. Durante mis primeros años pensé que la cigüeña me habría dejado en el mar y mis padres me habrían recogido de entre las olas, tal es mi pasión por él. Mi padre solía decirme que me iban a salir escamas y mis hijos decían que su mamá era sirena. Sí, confieso que, viviendo como vivo en Madrid, tengo auténtico mono, y lo primero que hago cuando voy a Galicia o a cualquier otro lugar de la costa, es ir a la playa, incluso en invierno. Siempre he sido un poco salvaje (voluntad virgen, que decía mi abuelo) y me siento muy ligada a la naturaleza. De pequeña, al igual que *El barón rampante* de Italo Calvino, me pasaba el día subida a los árboles. Desde allí contemplaba la ría y me refugiaba de un mundo que me parecía bastante extraño e impredecible. Tenía la sensación de haber aterrizado en él sin unas instrucciones debajo del brazo, y así era imposible saber lo que se esperaba de mí. Por eso la mayoría de los días no me iba a la cama sin algún castigo. Y no es que fuera una niña terrible, pero mi imaginación volcánica trabajaba a una velocidad de vértigo, inventando juegos y situaciones que me abocaban directamente al desastre. Si no ponía patas arriba la casa, cambiando todos los muebles de sitio para llevar a cabo historias que inventaba, me tiraba desde lo alto del columpio porque quería entrenarme para ser paracaidista.

Tampoco se me daba mal montar todo tipo de circos y atracciones peligrosas en los que embarcaba a mis hermanos pequeños, o convertirme en un indio salvaje que destrozaba los vestiditos de batista inglesa. Y otro tanto me ocurría en el colegio. Pero ¿cómo podía atender a las explicaciones de las monjas si tenía que dilucidar si debajo de aquellas tocas negras había pelo o tenían la cabeza afeitada? ¿Y por qué no se podía entrar en clausura: qué secretos se cocían allí dentro? ¿Y por qué Dios, que era tan bueno, había mandado unas plagas tan monstruosas? Había tantas cosas que observar, imaginar y sobre las que reflexionar, que era imposible centrarse en la pizarra. En cambio, sentía auténtica pasión por los libros, que leía y releía cientos de veces hasta sabérmelos de memoria: *Celia*, *Cuchifritín*, *Guillermo Brown*, *La isla del tesoro*, *Mary Poppins*, *Peter Pan*, Enid Blyton, *Cuentos rusos*, *La tía Tula*... Todas las noches me dormía con el libro abierto y la luz encendida, no sin antes haber inspeccionado a fondo mi cuarto por si había algún monstruo o fantasma escondido. Y es que era terriblemente miedosa (lo sigo siendo), incapaz de quedarme sola en el piso de arriba.

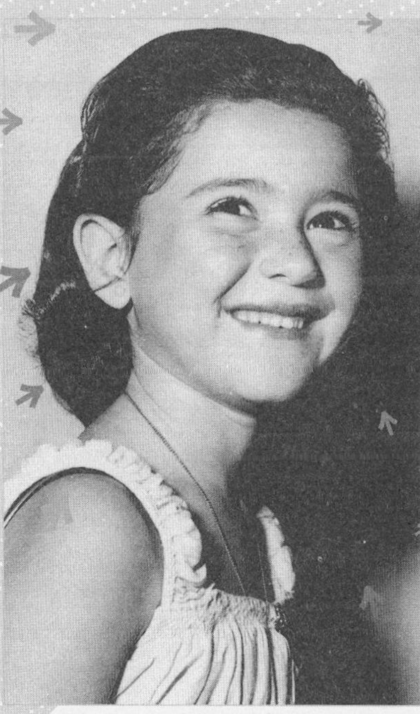

En vista de que mis padres no conseguían hacerme salir de mi estado salvaje y curarme de mis locuras quijotescas, a los doce años me enviaron interna a Madrid, a Santa María del Camino. Allí, gracias al *ballet* y la gimnasia (fui campeona de España a los trece y catorce años), me centré por fin en los estudios y los suspensos se convirtieron en sobresalientes. Sobre todo, cuando pude dejar las Matemáticas, que se me daban fatal, y estudiar, en cambio, Latín y Griego, que me apasionaban. Por las noches, cuando nos apagaban la luz, o bien nos contábamos por turnos los libros que leíamos, o bien leía con linterna debajo de las sábanas. Fue así como descubrí *Jane Eyre*, *Cumbres Borrascosas*, *La vida sale al encuentro*, *Edad prohibida*, *David Copperfield*, *Ana Karenina* y tantos otros libros que me ayudaron a crecer y a superar esa difícil etapa que es la adolescencia (era muy tímida y excesivamente sensible). También me ayudó mucho escribir algunos cuentos, reflexiones, sentimientos o retazos de mi vida en papeles o agendas que me regalaba mi padre. Supongo que era el único modo que tenía de poder explicarme un mundo tan complejo.

De ahí pasé a estudiar Derecho en Santiago de Compostela (todavía hoy me pregunto cómo pude elegir una carrera que nada tenía que ver conmigo). Pero había tantas cosas interesantes en mi vida que quizá por ello no me di cuenta a tiempo del error: era delegada de curso (fueron años de reivindicaciones y revueltas estudiantiles); escribía artículos de protesta en periódicos locales que, naturalmente, eran siempre censurados; fundé un cineclub junto con otros estudiantes y Alonso del Real, un catedrático estupendo que nos animaba en nuestra misión imposible (casi acabamos en la cárcel por algo tan inocente, ¡qué tiempos!); iba a clases de piano, de inglés y francés; hacía yoga y empecé a salir con el que hoy es mi marido.

Esto último fue cobrando cada vez más importancia, y cuando todavía me faltaban cuarto y quinto, decidimos casarnos, así que tuve que terminar la carrera en la UNED, porque a él lo destinaron a Nueva York, donde vivimos cinco años maravillosos. La verdad es que no me resultaba fácil estudiar Fiscal o Procesal en una ciudad tan vital y con una oferta cultural tan importante. Así que traté de compatibilizarlo con todo tipo de cursos en la universidad, viajes, visitas a museos, conciertos, *ballet*, ópera... Pero, sobre todo, disfruté un montón con mis hijos: entonces Antonio y Álvaro, y ya de vuelta en Madrid, Verónica y Diego. Y a pesar de que Álvaro era un terremoto (le daba por desenterrar chicles en el parque y metérselos en la boca, cuando no escondía los zapatos por algún insólito lugar o se perdía él mismo) y elegía puntualmente la víspera de mis exámenes (tenía que desplazarme a Washington) para hacerme pasar la noche en vela, conseguí licenciarme. Luego, al regresar a Madrid, estudié Filología Hispánica.

Tener a mis cuatro hijos es lo mejor que me ha pasado. Ellos me han enseñado a contemplar el mundo con una mirada mágica, como si lo viera todo por primera vez, tratando de descubrir el lado oculto de las cosas. Y con ellos empecé a inventar cuentos y aventuras que vivíamos durante días. Así fue como me inicié en esta apasionante andadura que es la de contar historias.

¿Cómo soy? Uf... Tremendamente curiosa, todo me interesa, me encanta aprender. Y persigo las cosas hasta el final, nunca me doy por vencida, soy una gran luchadora. Soy paciente para unas cosas (mi trabajo, los niños) y muy impaciente para otras (el ordenador, abrir envases). Soy inconformista: no me gusta un mundo tan injusto, tan poco tolerante, tan consumista, tan mediocre... y pienso que lo deberíamos cuidar más, ya que es el único que tenemos. Pero a la vez soy optimista, y creo profundamente en la educación como medio para salvarnos de los desastres que nosotros mismos provocamos. Vivo el día a día con mucha pasión e intensidad, en realidad me faltan horas para hacer todo lo que me gusta. Y salud, porque me falla la espalda.

Me gusta mucho estar con mi familia, nos reímos un montón. Y me gusta escribir y encontrarme con mis lectores, porque me llenan de energía y buenas vibraciones. Y me gusta leer. Y la música, escucharla y hacerla con mis hijos, ya sea componiendo, tocando o grabando. Y la danza: he hecho *ballet* clásico, *jazz*, flamenco y contemporáneo. Y el deporte: sobre todo, nadar, hacer *surf* y esquí acuático, montar a caballo, en bicicleta, hacer gimnasia y patinar. También me gusta viajar, ir al cine, al teatro, al *ballet*, a conciertos, a la ópera, pasear por la playa y por el campo, hacer yoga, cocinar... Me gusta el silencio y escuchar los sonidos del campo, contemplar el crepúsculo y las estrellas, coger moras, quedarme horas mirando el mar, perderme por las ciudades comiendo un helado. Me gusta el olor de los pinos, de la jara, de la lavanda, del otoño, de la canela, de las manzanas asadas... Ah, y me encanta la gente. Creo que se nota en mis novelas, porque lo que más cuido siempre son los personajes. Me encanta hurgar en su psicología, su modo de ser, de hablar y de actuar; enseguida me siento atrapada por ellos, tratando de resolver sus conflictos.

Lo siento, pero no me llega con una vida. ¿Podría tener otra? Bueno... también me gusta soñar.

Entrevista a

Una escritora todoterreno

Por Carmen Albert

Hacer una entrevista a María Menéndez-Ponte es fácil y difícil. Es fácil porque, a cualquier insinuación que le hagas, enseguida recoge la idea y te cuenta, te cuenta...; es difícil porque ahora me toca resumir tres horas de intensa conversación en unas páginas.

Recuerdo un texto publicitario que utilizábamos en las clases de 2º de Bachillerato para preparar los comentarios de tipología textual en selectividad: se trataba de una impresora-fotocopiadora-fax que integraba en un solo aparato todas las funciones, y además en color. La fotografía presentaba un cromatismo muy vivo para recalcar este dato, y el lema del anuncio era, por supuesto: «Todo en uno». Pues conocer a María después de haberla leído da la misma impresión: es una todoterreno que bulle de proyectos y actividad, pero cuya vida y literatura están perfectamente integradas, y fluyen a la par de sus venas a su pluma. Sus experiencias son el caudal que, directa o indirectamente, nutre sus libros, y su familia participa como actor involuntario, como crítico riguroso o como parte del entramado imaginario creado por María. Así, por ejemplo, su hijo Álvaro puede inspirar el personaje de una historia, y su hijo Diego leer las primeras versiones de la siguiente novela o disfrazarse de Pupi para acompañar a su madre en un encuentro con los más pequeños.

Esta vez, la historia que María nos ha contado está ubicada en otro lugar, en otra época, que pudieran parecer menos actuales e inmediatos que los de aquellas novelas a las que nos tiene acostumbrados. Aunque después de esta conversación, una piensa que quizá lo narrado está más cerca de lo que inicialmente pensamos.

María Menéndez-Ponte

María, tú ya habías realizado numerosas incursiones en el mundo de la literatura religiosa, pero siempre para un público infantil. ¿Qué te lleva a contarnos esta historia?

Sí es cierto que he participado en proyectos como *Pasito a Pasito*, *Hablamos de Dios*, *El libro de Jesús* o *La Biblia. Historias de Dios*, todos ellos dirigidos a niños de Infantil y Primaria, y que este es el primer libro para jóvenes que escribo dentro de esta temática. Sin embargo, en este caso hay una diferencia fundamental: es un libro que crece desde el interior. Y aunque en un principio no era consciente de ello, creo que en esta historia, al igual que en otras novelas mías, se proyectan de algún modo vivencias propias.

¿Cuál es, entonces, tu historia en esta historia?

Te cuento. Yo inicié mi educación en La Coruña, en un colegio de monjas. Era una niña con una imaginación volcánica, desbordante, y con ella me evadía en clase constantemente, con el resultado de que apenas me enteraba de nada. No hacía más que suspender, y solo se me ocurrían barbaridades, que para mí eran aventuras, pero que me tenían castigada todo el santo día. Solo había una asignatura con la que vibraba, con la que me quedaba embobada escuchando, y era la Historia Sagrada. Aquellas historias bíblicas que se contaban en clase me seducían, pero también me creaban problemas de conciencia: puesto que todo lo contaban extrapolándolo de su naturaleza legendaria o simbólica, sencillamente como si hubiese sucedido exactamente de esa manera. Yo no podía concebir cómo

Dios era capaz de crear un árbol que únicamente se podía ver pero no comer su fruta; cómo podía mandar un diluvio, o decirle a Abraham que debía matar a su hijo. Estas dudas me provocaban un gran malestar, ¡pero cualquiera preguntaba nada! Enseguida te miraban como a una hereje. Lo mismo sucedía con las costumbres de la época: recuerdo que en mi colegio había escuela de pobres y de pago, y no nos dejaban mezclarnos; tampoco mi abuela me dejaba ir a merendar a la casa del jardinero, y a mí me encantaba ir allí a jugar con su nieta. Todas estas situaciones para mí constituían un choque brutal y hacían que me rebelara contra ellas.

Cuando a los doce años mis padres me enviaron interna a Madrid, al colegio Santa María del Camino, un mundo nuevo se abrió a mis ojos. Empecé con la gimnasia deportiva y el *ballet*, pasé de suspender a sacar buenísimas notas, y aunque el ambiente que se respiraba seguía siendo bastante pijo socialmente, en las clases descubrí a un Jesús distinto, más humano, más cercano. Y eso para mí fue una revelación. Ese fue el Jesús con el que me identifiqué: el Jesús revolucionario, rompedor, que nace y crece en una sociedad pacata, llena de normas, con el *Levítico* para arriba y el *Levítico* para abajo, en la que política y religión caminan juntas; y él va y se junta con los pobres, con los desfavorecidos, y critica el mercadeo del Templo, y denuncia a los que se arrogan el poder de Dios y olvidan que lo principal es el amor al prójimo, y pone en evidencia a los viven su religión y su vida como compartimentos separados. Jesús fue un rebelde, un iconoclasta. ¡Cómo no lo iban a matar!

«En ese Jesús encontré las respuestas a muchas de las preguntas, de las dudas que me habían asaltado a lo largo de mi educación religiosa.
Por eso este libro tiene mucho más de mi vida de lo que supuse en un principio.»

En ese Jesús encontré las respuestas a muchas de las preguntas, de las dudas que me habían asaltado a lo largo de mi educación religiosa. Por eso este libro tiene mucho más de mi vida de lo que supuse en un principio.

Vamos primero a las cuestiones prácticas. ¿Qué hiciste para documentarte? ¿Hasta dónde inventaste?

Buff, leí tanto que al final me decía a mí misma: «María, tienes que parar. Sigues leyendo para no ponerte a escribir». Siempre me han interesado las religiones en general, y siempre he comprado libros al respecto cuando he viajado a distintos lugares. En este caso leí estudios sobre la época, consulté atlas bíblicos, diferentes versiones bíblicas... Me llegué a parecer Alonso Quijano: empezaba a enloquecer con tanta lectura. Cuando finalmente me puse a redactar la historia, pensé que, con tanta información como tenía acumulada, la novela me iba a salir como un pastiche, atiborrada de datos. Pero fue curioso: todo el proceso fue absolutamente fluido, como si alguien me lo dictara desde dentro. Luego, también es cierto, he ido puliendo y quitando detalles que, si bien a mí me parecían muy interesantes (¡el problema es que todo me parecía interesante, y se lo quería trasladar al lector!), lo que hacían era recargar la historia en exceso.

«Cuando me puse a redactar la historia, todo el proceso fue absolutamente fluido, como si alguien me lo dictara desde dentro.»

Realmente, la idea con la que nació esta novela, ¿fue contar la historia de Jesús, o la del joven rico?

Quería contar la historia de ese joven, que tiene fundamentalmente dos dilemas. El primero es de conciencia, con su entorno y su forma de vida. Ya, de hecho, ha mostrado su afán de hacer las cosas de un modo distinto cuando declara que no quiere hacerse sacerdote del Templo, como su padre y hermanos, sino maestro de la Ley. Este primer dilema se resuelve al conocer a Jesús. El otro dilema, el amoroso, surge cuando él se enamora de una mujer que no es la que su familia ha escogido para él, y que además nunca aceptarán.

Y Jesús es el espejo en el que él se mira. Al escucharlo, reconoce el discurso que él ya tenía dentro pero que no tenía elaborado. Y ese encuentro es el impulso que lo lanza hacia delante, que le permite eclosionar. Porque hasta entonces ha estado retenido por una inercia que no era capaz de superar, mediatizado por su familia, su entorno, su educación religiosa...

Ya hemos hablado de los porqués. Ahora voy más allá: ¿para qué contar esta historia?

Porque las historias, contadas con todos sus elementos y como algo cotidiano, son las que nos acercan la realidad. Algo parecido me sucedió con otra de mis novelas, *El amuleto de Yelko*, que hablaba sobre la guerra de Bosnia. Estamos tan acostumbrados a que las noticias nos lleguen en cantidades tan ingentes, que las escuchamos anestesiados; además, parece que se refieren a situaciones y personas muy lejanas, y absolutamente ajenas a nuestra vida, a nuestro día a día. Cuando lees la historia de un chico que vive dentro de esa guerra, le das un nombre, un rostro, y de su mano te acercas a los detalles, esa guerra lejana se convierte en algo cercano, cotidiano, porque aprendes a ver lo más grande de la vida en lo más pequeño. Ya no es una GUERRA con mayúsculas, es la vida de alguien inmerso en esa terrible realidad, y que tú como lector estás compartiendo. Y, de repente, las cosas se ven de otra manera, y recuperas la sensibilidad.

Algo parecido sucede con la novela que he narrado ahora: creo que la historia de Jesús es tan rabiosamente actual que hay que contarla para que el lector se identifique con su dimensión humana, y de ese modo pueda sentirse parte de los acontecimientos. Ya no se trata de parábolas sueltas, milagros aislados, lecturas dispersas... Las historias nos ayudan a tener una visión más global y, a la vez, más cercana de los personajes.

Y en ese sentido, el hecho de haber escogido a un joven como protagonista ¿es un hecho casual?

Desde luego, no es intencionado de antemano. Pero tampoco es casual, porque nace de muy dentro de mí. Me he pasado mil años de adolescencia: primero, la mía, y luego, la de mis cuatro hijos y las de sus amigos, que siempre he procurado vivir muy de cerca. Ellos mismos me lo dicen a veces: «Mamá, tú aún no has salido de la adolescencia».

«La juventud es la edad rebelde, la de replantearse las cosas, vivir el mundo de nuevo, estrenarlo.»

La juventud es la edad rebelde, la de replantearse las cosas, vivir el mundo de nuevo, estrenarlo. Y yo sigo sintiéndome rebelde. Es también una edad vulnerable, llena de dudas e inseguridades. Yo intento meterme en su piel, me identifico con ellos porque yo también sigo cuestionándome un millón de cosas. Y desde dentro de mis personajes también intento resolver, apoyar. Por eso la juventud del personaje no es algo escogido desde fuera, sino la consecuencia natural de mi forma de entrar en la historia.

¿Crees que en el mundo de hoy, mucho más laico que el de nuestra adolescencia, hace falta inventar otras formas de acercar el mensaje de Jesús a los jóvenes?

«En el mundo en que vivimos, la Iglesia a menudo se presenta o se percibe como algo muy alejado de nuestras vidas. Y la gente necesita cercanía, y que la Iglesia hable un lenguaje que ellos entiendan.»

En el mundo en que vivimos, la Iglesia a menudo se presenta o se percibe como algo muy alejado de nuestras vidas. Y la gente necesita cercanía, y que la Iglesia hable un lenguaje que ellos entiendan. Que entendamos todos. Jesús hace eso: está a pie de calle, escuchando a los niños, a las mujeres, a los leprosos. En esta historia intento recuperar al Jesús auténtico, el anterior a las jerarquías eclesiásticas, el que a mí me deslumbró.

La historia del joven rico es también la parábola del mundo materialista en el que nos ha tocado vivir. ¿Crees que es sencillo establecer un paralelo entre la historia de Samuel y la del lector?

¡Por supuesto que lo es! Podríamos trasladar esta historia al presente, porque de hecho es intensamente actual. Vivimos en un mundo en el que queremos inculcar unos valores, pero luego vivimos con otros. Los jóvenes son los conejillos de Indias de esta sociedad: son los principales consumistas, y la publicidad está pensada para ellos. Los hacemos así, y luego nos quejamos. Habitamos el mundo de la parábola del buen samaritano, del que no auxilia a su prójimo porque si lo hace se contaminará y no podrá entrar en el Templo. Y este mundo materialista es el del joven rico, que desea la trascendencia pero no es capaz de tocarla, porque está demasiado apegado a las cosas y las ha convertido en algo necesario.

Y no solo eso: en Jesús vemos la solidaridad que este mundo global predica y no termina de ejercer, la ayuda a los pobres y a los marginados. Esos son, para escándalo de muchos, aquellos a los que Jesús se acerca. Dentro de estos núcleos, es llamativo el de la mujer, que en esa época, igual que ahora en muchos lugares, sufre una situación de sometimiento y de violencia, o al menos de discriminación y desigualdad. Jesús se pone de su lado, y se acerca a la adúltera, a la prostituta... En mi versión de la historia he querido dejar en evidencia esa hipocresía social por la cual es el mismo hombre que se acerca a este tipo de mujeres, e incluso provoca su situación, quien luego tira la primera piedra contra ellas. Esa doble moral sigue presente en nuestra sociedad.

Después de tanto trabajo y tanta ilusión, ahora esta historia llega a los lectores. ¿Cómo crees que la recibirán?

Estoy deseando poder hablar con ellos de este libro, dialogar con ellos. Quiero saber qué imagen tienen ellos de Jesús, y si lo separan o lo incorporan a su vida. La sensación que tengo es que, en general, la religión existe en ellos como un compartimento estanco, no integrado en el resto de su vida. Incluso percibo que hoy día hablar de Dios abiertamente es un tema más tabú que, por ejemplo, hablar de sexo. Existen una lejanía y un pudor que les cuesta superar. Espero que este libro les acerque la figura de un Jesús muy humano. Y también creo que me llevaré sorpresas, agradables sorpresas.

De eso estamos seguros, María. Y de la suerte que siguen teniendo tus lectores cuando escribes para ellos, por ellos, desde ellos.

«Soy tremendamente curiosa. Todo me interesa. Me encanta aprender... Lo siento, no me llega con una vida. ¿Podría tener otra?»

MARÍA
MENÉNDEZ-PONTE

COMPAÑEROS DE VIAJE DE
SI LO DICTA EL CORAZÓN

ALGUNOS DISCOS, PELÍCULAS, LIBROS O CUADROS PUEDEN ACOMPAÑAR A ESTE LIBRO EN SU LARGO VIAJE.

Antes de ponerme a escribir esta novela, llevé a cabo una intensa labor de campo, leyendo numerosos libros sobre la persona de Jesús, los lugares por los que transcurrió su vida y la sociedad de aquella época: desde la magnífica obra de José Antonio Pagola, *Jesús. Aproximación histórica*, o la de Armand Puig, *Jesús, una biografía*, o *Jesús, el hijo del hombre*, de Gibrán Jalil Gibrán, o el *Jesús* de Jürgen Roloff, entre otros, hasta la obra en cómic y clave de humor de José Luis Cortés, *¡Qué bueno que viniste!*, además de consultar distintas Biblias y numerosos atlas históricos. Como digo en la entrevista, llegué a un punto en que me planteé si no me estaría poniendo excusas para dilatar el momento de sentarme a escribir la novela y si toda aquella información que tenía en la cabeza no sería excesiva para la historia que quería contar. Pero,

cuando comprobé que las palabras comenzaban a fluir a borbotones, como si alguien me las estuviera dictando, y toda aquella información acumulada se iba colocando en su sitio con asombrosa naturalidad, me di cuenta de que era una novela que tenía mucho que ver con mis propias vivencias, a pesar de lo lejos que me quedaba en el tiempo. Y que fueron precisamente aquellas dudas que me generaban el modo en que nos contaban las historias bíblicas las que me despertaron las ganas de profundizar en esos temas tan peliagudos y me impulsaron a escribir, junto con Joaquín García de Dios, algunos libros de Religión y a adaptar los textos para *La Biblia. Historias de Dios*, de SM, en la que incluimos un apéndice donde se recogen aspectos de la sociedad de esa época, *En tiempos de la Biblia*. Ya anteriormente había hecho una pequeña colaboración para *La Biblia Didáctica*: «La influencia de la Biblia en la música».

Y es que la música, el arte y el cine religiosos llenaron también mis años de infancia y adolescencia y, sin duda, ejercieron una gran influencia a la hora de escribir esta novela.

LA PINTURA

Tanto los frescos románicos del Museo Nacional de Arte de Cataluña, que visité con el colegio cuando era adolescente, como los de Miguel Ángel en la cúpula de la Capilla Sixtina, o los de Fra Angelico en el convento de San Marcos, en Florencia, han dejado una viva impresión en mi retina, al igual que muchos cuadros de motivo religioso. Aquí destacaría *La última cena*, de Leonardo da Vinci, en el que lo que más me impresiona es el contraste entre la soledad de Jesús y su gesto de amor hacia los discípulos y las distintas reacciones de estos ante la noticia de que uno de ellos lo iba a traicionar. Siempre que veo imágenes trato de interpretar

qué sentimientos reflejan las caras e incluso la personalidad de los retratados, su historia y sus circunstancias, una consecuencia de mi permanente necesidad de novelar, de explicarme el mundo a través de las pequeñas historias de la gente. También destacaría *La oración en el huerto*, de Mantegna, donde los apóstoles aparecen tumbados en el suelo, completamente dormidos, Jesús está solo en un primer plano y, al fondo, Judas guiando a los soldados que vienen a apresarlo. Ese sentimiento de soledad es el que he intentado reflejar en varios momentos de la novela.

Otros cuadros de interés para la misma son: *La expulsión de los mercaderes del Templo*, de Giotto, en el que nos presenta un Jesús tremendamente humano, con gesto amenazante porque se siente desbordado y furioso ante un Templo donde prima lo comercial sobre lo religioso, o *El entierro*, de Rafael, en el que refleja con toda su crudeza el dolor atroz de una madre que acaba de presenciar la crucifixión de su hijo, el rostro apenado de Juan y la consternación del resto de los presentes. También me ha impactado siempre el cuerpo desnudo en la cruz de *El Cristo* de Velázquez, un cuerpo lleno de luz que emerge de la oscuridad.

EL CINE

Cuando yo era pequeña, el único plan posible en Semana Santa era ver películas religiosas, así que las vi todas y varias veces: *Los diez mandamientos*, *Ben-Hur*, *La historia más grande jamás contada*, *Rey de reyes*, *Jesús de Nazaret*, *La túnica sagrada*... La mayoría destacaban por esa grandiosidad que tienen las grandes producciones y porque, a pesar de su larga duración, lograban mantenerte con los ojos pegados a la pantalla, viviendo las historias desde dentro, con todo el dramatismo que las envolvía. Sin embargo, la que más me impresionó de todas fue precisamente la más desnuda, *El Evangelio según San Mateo*, de Pier Paolo Passolini, una película

en blanco y negro que te acerca al Jesús más auténtico y austero, cuya fuerza reside en la mirada y cuya palabra es puro fuego. También me gustó mucho el punto de vista del musical de Andrew Lloyd Weber, *Jesucristo Superstar*, que vi primero en Londres y luego en Nueva York, convertido después en película, donde Jesús se presenta como un auténtico liberador que se enfrenta a una sociedad tremendamente clasista, en la que las personas están al servicio de unas normas que atentan contra los derechos más básicos del hombre, y la pone en evidencia acercándose a los más desfavorecidos y hablando del amor como único mandamiento. O *La última tentación de Cristo*, de Martin Scorsese, donde se explora el lado más humano de Jesús: sus dudas, sus tentaciones, su soledad...

LA LITERATURA

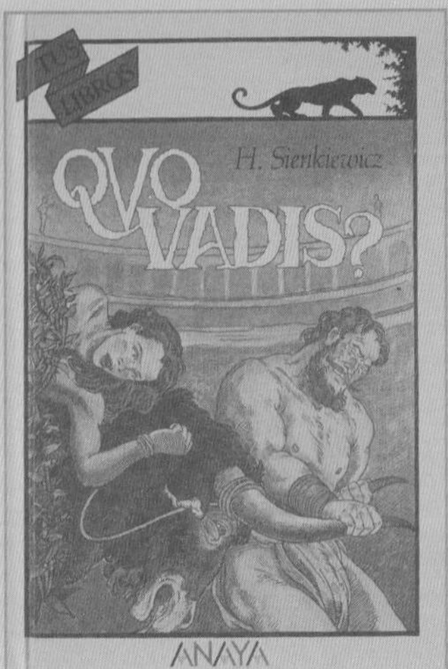

Entre los libros favoritos de mi infancia puedo destacar *Fabiola*, del Cardenal Wiseman, la historia de los primeros cristianos, que trataban de mantener viva su fe en las catacumbas de una Roma cada vez más pagana, y *Quo Vadis*, de Henryk Sienkiewicz, una novela que, al igual que la mía, cuenta una historia de amor, la de Vinicio y Ligia, y la transformación de Petronio, encuadradas en un momento histórico posterior a Jesús: la persecución de Nerón a los cristianos. Ya de mayor leí, entre otros, *El lenguaje de las fuentes*, de Gustavo Martín Garzo, novela en la que narra con maestría las dudas de José sobre la paternidad de Jesús, y que te llegan directamente al corazón, al contrario de lo que me ocurrió con *El Evangelio según Jesucristo*, de José Saramago, quien, a pesar de ser uno de mis autores favoritos, no logró conquistarme con esta obra. También leí los primeros volúmenes de *Caballo de Troya*, de J. J. Benítez, que, aunque pertenecen al género de la ciencia ficción, lograron engancharme.

LA MÚSICA

En muchos momentos de la novela he podido dejarme guiar por la música que me ha acompañado a lo largo de mi vida, y que seguramente ha ayudado a que esta historia creciera dentro de mí. (Cuando escuchas música, entras en un estado ultrasensorial donde cada uno de los sentidos se agudiza al máximo, lo mismo que cuando escribes una novela). Y si tengo que destacar alguna composición, nombraría *El Mesías*, de Händel, y *La Pasión según San Mateo*, de Juan Sebastián Bach.

Juan Sebastián Bach

En *El Mesías*, la monumentalidad y la grandiosidad de las voces que se alzan hasta el cielo nos introducen de lleno en nuestro «yo» más espiritual, haciendo que el alma se eleve por encima de las ataduras del mundo actual y entre en comunión con el AMOR y la BELLEZA (con mayúsculas). Es un oratorio que te ayuda a recuperar la paz perdida al situarte ante un Jesús liberador que se hace eco de tus preocupaciones, dilemas, penas y momentos de angustia o soledad. Escucharlo nos provoca la misma sensación que le producía a Samuel su mirada comprensiva, apaciguadora, y su modo de acercarse a la gente. Este oratorio nos hace tomar conciencia de un mundo que trasciende la miseria humana y nos enseña a apreciarlo en cada pequeño detalle, como

le ocurre a Samuel en el viaje de regreso a Cafarnaún, donde descubre la maravilla que entraña cada flor que se encuentra en el camino, la musicalidad de los sonidos del campo o la plasticidad de los paisajes.

Un canto de explosión de alegría como el *Hallelujah* te hace tomar conciencia de que lo pequeño es algo muy grande y que lo más bonito en la vida es encontrar personas como Jesús, dispuestas a darlo todo y estar al lado de los más débiles. Un sentimiento del que el propio Händel nos hace partícipes, pues él mismo declaró que esa obra sería siempre para los enfermos y los presos, «pues he sido un enfermo y con ella me he curado, y fui un preso y ella me liberó».

En contraste, tenemos la tristeza provocada por el sufrimiento y la soledad de Jesús, que tan bien los refleja Bach en *La pasión según San Mateo*. Esos tonos bajos y largos de las cuerdas y esas voces convertidas en lamentos, alternando las arias, los recitativos y los coros, mantienen siempre un tono lúgubre y sombrío que también yo he intentado reflejar en el capítulo de la pasión y la crucifixión.